김남훈 판타지 장편 소설
Vacant
베이컨트

베이컨트 4
김남훈 판타지 장편 소설

초판 1쇄 찍은 날 § 2002년 7월 9일
초판 1쇄 펴낸 날 § 2002년 7월 20일

지은이 § 김남훈
펴낸이 § 서경석

편집장 § 문혜영
편집책임 § 박영주
편집 § 장상수 · 김희정 · 권민정 · 이종민
마케팅 § 정필 · 강양원 · 김규진 · 안진원

펴낸곳 § 도서출판 청어람
등록번호 § 제1081-1-89호
등록일자 § 1999. 5. 31
어람번호 § 제1-0258호

주소 § 경기도 부천시 원미구 심곡1동 350-1 남성B/D 3F (우) 420-011
전화 § 032-656-4452 팩스 § 032-656-4453
http://www.chungeoram.com
E-mail § eoram99@chollian.net

ⓒ 김남훈, 2002

값 7,500원

ISBN 89-5505-290-1 (SET)
ISBN 89-5505-411-4 04810

베이컨트

Vacant

김남훈 판타지 장편 소설

Chapter
4 과 거

도서출판 청어람

목차

전투

피가 대지를 검붉게 적시며 그 위로 수많은 무언가가 스러져 덧없이 죽어간다.
죽음은 영웅의 서사시처럼 아름답지 않기에,
그들은 살아남기 위해서 발버둥 친다.

Chapter 6 전투

4

"여섯 시간?"

레전트는 고개를 끄덕거렸다. 레전트는 마법사들의 대표라는 명목으로 작전 회의에 참석할 수 있었고 마법사가 회의에 참석했다는 것에 대해서 다른 이들도 별다른 반응을 보이지 않았다. 오히려 그들로서는 마법사들에게 구원을 받은 입장이기 때문에 긍정적인 반응을 보이기도 했다.

"아케보니안… 님만 빼면 마법에 관해서 잘 모르시겠지만, 급한 상태라서 결계를 치밀하게 조직하지도 못했고 위력 또한 증대시켜야 했기 때문에 결계의 지속 시간은 그 정도입니다. 네 시간이라고는 했지만 그건 최대일 경우입니다. 최악의 경우에는 두세 시간 정도일 수도 있습니다."

아케보니안에게 '님'이라는 호칭을 붙이는 게 여간 까다롭고 어색한 레전트였지만 군사 회의에서 아케보니안을 할아버지라고 부를 수 없다는 사실 정도는 잘 알고 있었다. 어쨌거나 지금 자신은 마법사들의 대표로 군사 회의에 참여하고 있는 중이고 그렇기 때문에 예의를 지켜야 했다.

"저번 마지막 통신 때 정보를 들어서 상대방이 언데드 같은 녀석은 아니라는 것은 알고 있었습니다. 언데드였다면 성기사들이 힘을 발휘했겠지만 실상은 전혀 그렇지 않다고 했었죠."

레전트는 잠시 자신의 이야기에 귀를 기울이고 있는 청중들을 하나하나 살펴보았다. 지금 이 회의에는 국왕부터 소대장급까지의 모든 인물들이 참여해 있었다. 게다가 이번에는 의례적으로 태양기사단의 대표까지 회의에 참석하고 있었다. 그는 레전트의 말을 듣고 얼굴을 찌푸렸지만 아무 말도 하지 않았다.

태양기사단의 대표로 회의에 참석한 성 울비엘은 성직자라는 존재가 신의 손이 닿지 않은 곳에서 얼마나 약한 존재인지 이번 전투에서 절실히 깨달았다. 태양기사단은 신의 도움을 받지 못한 이번 전투에 별다른 도움도 되지 못하고 괴멸적인 피해를 입고 말았으며 주위의 다른 병사들을 돕지도 못했다.

그렇기에 태양기사단에서도 이번만은 도움이 되고자 자존심을 굽히고 인간들의 왕이라는 자가 있는 곳에 대표를 보낸 것이었다. 비록 그들은 인간의 왕을 인정하지는 않았지만 그들이 먹고 살기 위해서는 물질적인 뭔가가 필요했다. 그리고 지금 태양기사단은 네스트라는 나라의 국고에서 나오는 성금으로 유지가 되고 있었다. 만약 태양기사단이라는 존재들의 가치가 없어진다면 그들에게 닥칠 현실적인 일은 너무나도 뻔했다. 네스트라는 나라의 국고는 놀고 먹는 자들에게 친절을 베풀 만큼 풍성하지 못했다.

'역시 이런 데서 연설하는 건 체질에 안 맞아.'

레전트는 울비엘이 자신에게서 눈을 돌리자 잠시 숨을 고른 다음 말을 이었다.

"그렇기에 저희들은 그 괴물들이 마법적인 어떤 방법으로 탄생한 괴물들이라는 사실을 알았습니다. 그렇기 때문에 마법 생물들을 내쫓는 주문을 사용한 거죠. 의외로 효과가 잘 먹혀들어 가서 다행이었습니다. 덕분에 그 전장에서 생성되었던 인간의 육신을 걸친 망령들도 죽은 것 같지만."

정확히 말하자면 망령은 아니었다. 레전트는 병사들이 죽어서도 죽지 않았던 것이 일종의 부작용일 거라고 생각했다. 하지만 그 일은 부작용치고는 병사들의 사기에 치명적인 영향을 가져다 주었다. 죽어야 할 자들이 끝까지 죽지 않고 검을 휘두르는 모습은 같은 동료들에게도 큰 공포로 다가왔다. 그리고 그것이 자신의 동료이고 전우였다는 사실은 엄청난 충격이 되어 병사들의 뇌리에 틀어박혔다. 산전수전 다 겪었던 병사들이라 미치거나 패닉에 빠지는 경우는 드물었지만 사기는 이미 바닥을 기고 있었다. 몇 시간째 펼쳐진 지옥은 병사들에게 싸울 만한 기력도, 정신력도 모두 빼앗아가 버렸다.

굳이 사흘이라는 시간이 흐른 오늘에서야 이런 부작용이 나타난 것은 그 사흘이라는 기간 동안 이벨도 가만히 있지 않고 영역을 더 강하게 넓혔기 때문일 것이다. 사실 며칠 전까지는 먼 거리는 아니더라도 가까운 거리에서는 통신용 아티팩트를 사용할 수 있을 정도였다. 하지만 지금은 아무리 근거리라고 해도 잡음이 너무 심해 통신용 아티팩트의 사용이 불가능했다.

"이곳과 다른 지역 마력의 흐름이 거의 완전히 격리되어 있을 정도입니다. 물론 마법은 사용이 가능하지만 상당히 문제가 심각하지요. 어쨌든 중요한 건 이쪽에게 시간이 없다는 겁니다."

레전트는 땀을 짧게 훑으며 한숨을 쉬었다. 오늘의 사상자는 전부 집계되어 있지 않았지만 적어도 천여 명의 사상자의 집계가 예측됐다. 무기나 말, 식사의 관리 등을 맡고 있는 비전투 인원 천 명 정도를 제외한다면 이제 싸울 수 있는 병력은 삼천 정도였다. 게다가 그 사상자 천 명은 어디까지나 사상자를 말하는 숫자였다. 사상자가 아니라고 해서 그 삼천이 전부 싸울 수 있는 인원이라는 소리는 아니었다.

"아마 결계의 효과가 사라지면 적은 다시 이쪽을 공격해 오겠지. 이 상황에서는 제대로 된 전투가 불가능할 거요."

피넬은 그렇게 중얼거리듯 말했고 레전트는 고개를 끄덕였다.

"다행히 방법은 있습니다. 지옥기사단 6, 7부대가 오늘 저녁쯤에 도착할 겁니다. 비록 발로 뛰어오기는 하겠지만 저희들보다 먼저 수도를 출발했으니까요. 아마 다시 결계를 짠다면 그들이 도착할 때까지 시간을 벌 수 있을 겁니다."

레전트는 탁자 위에 펼쳐져 있는 이 주위의 모습이 그려진 지도를 손가락으로 가리켰다.

"그리고 그 후 성을 중심으로 이 지역의 여러 곳에 열두 개의 결계석을 배치할 겁니다. 그리고 그 결계를 발동시키면 일단 성의 모든 마법적인 활동이 중지됩니다. 아마도 성안에 마법적으로 저 뼈괴물을 만들어내는 곳이 있는 듯한데, 그것도 중지가 돼서 다시 뼈괴물을 만들 수 없게 될 겁니다. 하지만……."

레전트는 전쟁터에서 돌아오자마자 회의에 참여하느라 상당히 지저

분한 모습인 제마이드와 케딜 등을 힐끔 바라보았다.

"이미 만들어져 있는 그 괴물들은 사라지지 않고 이쪽을 공격해 올 겁니다. 물론 적이 다소 약해지기는 하겠지만 여전히 처리하는 게 힘겹기는 하겠죠. 병사들이 얼마나 그 괴물들과 싸워줄까 의문입니다만… 게다가 그 결계가 유지되는 동안에 성안으로 들어가 지금 이 상황을 만들고 있는 그 이벨이란 작자를 처단해야 하니까 시간은 결코 많지 않죠."

이벨이 영혼으로 만들어내는 마력의 파장을 묶을 수 있는 결계가 존재한다는 것은 큰 행운이었다. 서적에서 찾아낸 그 결계는 오직 그런 파장을 가진 마력의 움직임만을 억제시키는 능력이 있었다. 물론 보통 마력에도 어느 정도 영향을 주기 때문에 보통 마법을 사용하던 것처럼 마법을 사용할 수는 없었지만 패턴을 조금 바꾸기만 한다면 어떤 마법이든 사용이 가능했다. 마법의 지원을 받을 수 있다는 것은 상당히 큰 이점이었다.

"그 결계라는 것의 유지 시간은 어느 정도인가?"

"세 시간 정도입니다. 그것도 확실하다고 볼 수 없습니다."

"의외로 짧군……."

피넬이 중얼거리며 아케보니안에게 눈을 돌렸다. 아케보니안도 일정 지역의 마력을 완전히 굳혀서 이동하지 못하게 하는 결계를 장시간 동안 발동시키는 것이 얼마나 힘든지 알고 있었기 때문에 작게 고개를 끄덕거렸다. 아무리 결계석을 열두 개나 이용한다고 해도 그런 마법을 오랫동안 유지하는 건 무리였다. 그런 점을 생각해 볼 때 강제적으로 마력의 흐름을 차단하고 흐름 자체를 변경한 이벨의 힘은 정말로 엄청나다고 할 수 있었다.

잠시 동안 뭔가를 생각하던 피넬은 마침내 입을 열었다. 그것은 이 회의의 끝과 휴식의 시작을 동시에 선포하는 명령이었다.

"모두들 일단 쉬어두도록 하시오. 6, 7부대가 도착하면 그때 회의를 다시 시작하도록 하지. 울비엘님, 수고하셨습니다."

피넬에게 인사를 받은 울비엘은 가볍게 고개를 숙여 보이고 자리에서 일어섰다. 그의 태도는 너무나도 담담해서 주위에 있는 장군들의 신경을 긁어놓긴 했지만 그로서는 그것이 당연한 행위였다. 그 역시 신의 교리에 따라 인간의 왕을 인정하지 않는 자였다.

모든 기사들과 대장들이 천막 바깥으로 나갈 때 피넬은 흑아와 함께 자료를 정리하고 있는 아케보니안을 힐끔 바라보며 자신도 자리에서 일어섰다.

"아케보니안, 잠시 할 말이 있는데 괜찮겠소?"

"예? 무슨 일이십니까?"

"뭐, 별건 아니니 너무 신경 쓰지는 마시오. 흑아, 자네는 그 레전트 라는 마법사들의 대장을 불러주게."

"예, 폐하."

막 이 근처의 지리가 그려져 있는 지도를 말던 흑아는 아케보니안의 손짓에 공손히 인사를 한 후 천막 바깥으로 뛰어나갔고 피넬은 짧게 한숨을 쉬며 자리에서 일어났다. 그 역시도 이런 회의에는 절대 익숙 하지 않은 인물 중 하나였다.

＊　　　＊　　　＊

8년 전 네스트 전역에서는 몬스터의 사체와 인간의 시체가 파리를 날리며 숲 속에서 썩어가는 것을 흔히 볼 수 있었다. 하지만 아무도 이 고약한 냄새를 풍기며 썩어가는 사체들을 치우려고 생각하지 않았고 사실 그렇게 썩은 사체들은 좋은 비료가 되어 숲을 더욱 풍성하게 만들곤 했다. 하지만 썩어서 버려지는 사체의 수가 점점 늘어나도 아무도 처리하려 하지 않았을 때, 신이 게으른 인간에게 벌을 내리기라도 한 듯 '그것' 이 인간에게 찾아왔다.

네스트의 중서부 지방에서 맨 처음 발생한 전염병은 무섭게 사방으로 뻗어 나가기 시작했다. 그 전염병은 네스트의 전체 인구의 3할 정도를 줄여 버릴 정도로 강력했고, 어디서나 걸리는 감기와 같을 정도로 흔했다. 전염병은 귀족과 평민을 가리지 않고 차례차례 덮쳐들어 살해했다.

이벨은 그런 상황에서 자신들의 주민들을 전염병에서부터 지키고자 노력한 훌륭한 영주 중 한 명이었다. 그는 전염병의 소식을 듣자마자 손수 더러운 환경을 개선하며 다른 지방으로부터의 민간인 출입을 통제했고, 고서적을 뒤져 그 전염병의 치료법을 찾기 위해서 고심했다. 성직자들의 회복 마법은 오히려 전염병을 악화시킬 뿐이었기 때문에 이벨은 마법과 의학에 모든 것을 걸어야 했다.

마침내 그가 담당하고 있는 영지에 전염병이 조금씩 찾아들기 시작했다. 전염병은 인간에게서만 찾아볼 수 있는 것이 아니었다. 산짐승이나 쥐, 들짐승에서부터 유입된 전염병은 삽시간에 주민 전체에게 퍼져 나갔다. 이벨은 즉시 병에 걸린 사람을 격리 조치시키도록 명령한 후 치료법을 찾기 위해서 서재에 틀어박혔다.

"내가 치료법을 찾기 전까지 이 서재에는 아무도 들이지 마라."

그의 아내는 다른 이들에 비해서 선하고 인간미가 넘치는 여자였다.

그녀는 아무도 하지 않으려고 하는 일들을 앞에 나서서 행했다. 병자들을 간호하며 의사들을 지휘했고, 병에 걸려 죽은 시체와 집을 불태웠으며 쥐를 잡았다. 아무도 앞장서서 이런 일을 하려고 하지 않았겠지만, 이 지방을 지배하고 있는 영주의 부인이 그런 일을 하는데 뒷짐 지고 구경만 하고 있는 일반 주민이 있을 리가 없었다. 주민들은 그녀의 말에 따라 전염병이 더욱 확산되지 않게 열심히 노력했다.

"나의 남편, 이 지방 영주님의 명령입니다. 모두들 잘 따르세요. 그렇지 않으면 우리는 이 전염병을 이겨낼 수 없습니다."

하지만 그것이 화근이었다. 그녀는 좋은 부인이었고 훌륭한 어머니였지만 결코 튼튼한 노동자는 아니었다. 약해진 몸으로 병의 가장 가까이서 일하던 그녀는 너무나도 쉽게 병에 걸리고 말았다. 그녀는 자신이 병에 걸린 것을 알아차리고 스스로를 격리 조치했다.

이벨이 그 사실을 알았을 때 그는 곧바로 그녀의 방문 앞으로 달려갔지만 그녀는 결코 문을 열지 않았다. 이벨은 곧바로 자신과 자신의 부인을 가로막고 있는 두껍고 단단한 문을 부수려고 했지만 그녀는 엄한 목소리로 그의 행동을 가로막았다.

"당신은 나에게 좋은 남편이지만 그에 앞서서 이 지방의 영주이고 하나밖에 남지 않은 희망입니다. 지금 당신이 병에 걸린다면 희망은 사라지고 말아요. 여보… 부디 치료법을 찾아주세요. 전 그때까지 당신을…….'

이벨은 마법사답게 머리 회전이 빨랐다. 그렇기에 그는 그녀가 절대로 문을 열 생각이 없다는 것을 금방 눈치 챘다. 이벨은 다시 서재에 처박혀 치료법을 찾아내기 위해서 고심했고 그녀는 작은 방 안에서 남편을 대신해 경비대를 움직이며 병에 관한 자료를 서재에 가져다 놓을 것을 명령했다.

*　　　*　　　*

『왜 인간들은 이렇게까지 나에게 대항하려고 하는 건가? 나는 단지 인간에게 영원한 생명을 주고, 죽음의 공포를 맛보지 않게 해주고 싶었을 뿐인데… 누군가와 헤어진다는 그 고통을, 그리고 자기 자신이 소멸되는 그 고통을…….』

시드리칸은 말없이 고개를 숙였다. 그의 앞에서는 거대한 붉은 유기질덩어리가 자신의 의지를 내뱉듯 크게 박동하고 있었다. 그 유기질덩어리가 한 번씩 박동할 때마다 '그'의 기억과 감정은 아무런 여과도 없이 그대로 시드리칸의 머리 속으로 파고들었다. 시드리칸은 묵묵히 그의 '말'을 받아들였다. 그는 인간의 태도에 분노하기도 했고 자신을 믿지 못하는 인간들에 대해서 조소하기도 했다.

자신이 믿고 따르고 있는 이벨 사베이언이라는 인간의 존재가 얼마나 연약하고 여린 감성을 가진 존재였는지 시드리칸은 똑똑히 알고 있었다. 그렇기에 시드리칸은 그의 마음을 이해할 수 있었다. 그는 비록 지금은 인간이라는 존재를 뛰어넘어 버린 몸이었지만 정신만은 예나 지금이나 다름없이 지극히 인간적이었다.

『너무나도 연약한 인간… 생명이라는 것에 구애받는 그 인간이란 존재를 죽지 않는 존재로, 영원히 살아갈 수 있는 그런 존재로 태어나게 만들어주고 싶었는데… 시드리칸, 내가 틀렸다고 생각하나?』

하지만 시드리칸은 알고 있었다. 그의 정신은 분명히 변화하고 있었다. 지금 그의 정신에는 몇 달 전만 해도 철철 넘쳐흐르던 광기는 털끝

만치도 찾아볼 수 없었다. 그는 이런 존재로 진화하며 자신이 과거에
벌였던 일이 잔혹하고 비인간적인 짓이었다는 것을 스스로 인정했다.
그리고 자신이 미쳐 있었다는 것도 인정했다. 그의 정신은 연약한 인
간처럼 그런 충격을 부정하려고도, 변명하려고도 하지 않았다.

시드리칸은 묵묵히 고개를 깊이 숙였다. 어쨌거나 지금같이 변화한
이벨은 과거의 이벨과 다르지 않았다. 그에게 이벨은 여전히 절대적인
존재였다.

『나는 그때와 같은 실수를 하지 않겠네. 머뭇거리다가 후회하는 일
은 하지 않을 거야. 비록 지금은 인간들이 나의 이런 뜻을 모르겠지만
언젠가는 알게 되겠지.』

그의 의지가 시드리칸의 머리 속에 몰아닥쳤다. 시드리칸은 고개를
들었다. 그리고 조용히 그 유기질덩어리를 응시했다. 자신의 주인은
지금 이 순간 싸워야 한다고 말하고 있었다. 비록 인간과 싸우고 다투
는 것은 괴로웠지만 그렇다고 이렇게 포기할 수는 없다. 지금 포기하
면 이 앞에 이 일을 위해서 희생된 다른 이들의 '죽음'은 헛된 게 되어
버린다. 그렇기 때문에 어떤 일이 있어도 이 일을 성공시켜야 했다. 그
의 주인은 그런 결론을 내렸다.

『이기라고 하지는 않겠네. 다만 내가 그들을 이해시킬 수 있는 힘을
가지게 될 때까지만… 싸워주게.』

시드리칸은 무릎을 꿇은 자세에서 몸을 일으켰다. 보통 사람은 입고
움직이기도 힘든 풀 플레이트 메일은 그의 몸을 전혀 구속하지 못했다.
잠시 그렇게 자신의 주인을 똑바로 바라보던 그는 고개를 숙여 보이고
오른팔을 옆으로 뻗었다.

스으으으……

옆으로 뻗은 손 끄트머리에 음침한 빛깔의 검은 안개가 모이기 시작했다. 사람 한둘은 간단히 삼켜 버릴 정도로 거대해진 안개가 어느 순간인가 모습을 갖추어가기 시작하자 시드리칸은 그 안개 속으로 손을 집어넣었다. 그리고 손끝에 잡힌 뭔가의 감촉을 확인한 후 그것을 옆으로 크게 휘둘렀다.

그의 손놀림에 한곳에 모여 있던 안개는 방 안에 흩어져 바닥에 자욱이 깔려 희미하게 사라졌다. 그리고 시드리칸은 안개 속에서 모습을 드러낸 음침한 검은빛의 헬버드, 파괴를 한 손에 단단히 움켜잡고 출구를 향해서 걸어나갔다.

『그들에게도 말해 놓았네. 그들은 자네의 말을 그대로 따를 걸세.』

잠시 머리를 울리는 의지에 걸음을 멈췄던 시드리칸은 다시 걸음을 옮겼다.

수십 명의 기사들이 한 천막의 주위를 둘러싸고 무뚝뚝한 얼굴로 정면을 바라보고 있었다. 사방에서는 고통에 가득 찬 비명 소리가 대기를 찢어발기고 절망스러운 신음 소리가 낮게 흘렀지만 그들은 흔들림 없이 자신들의 임무를 되새기며 만에 하나라도 누군가 저지선을 넘어오지 않는가를 살폈다.

작전 회의가 벌어지고 있는 천막은 킹 오브 머셔너리에 의해서 보호되고 있었다. 그들과 천막과의 거리는 약 오 미터. 만약 천막 안에서 무슨 일이 벌어진다면 곧바로 대응이 가능한 거리였다. 그리고 병사들이나 부상자들을 나르는 자들은 그 천막의 주위에 꽂혀 있는 회의 중인 것을 알리는 붉은 깃발과 킹 오브 머셔너리의 기사들을 보고 함부로 그쪽으로 접근하지 않았다.

"으아아아악―!"

룬은 조금 멀리서 들려오는 비명 소리에 슬그머니 눈을 돌렸다. 부상자 하나가 비명을 지르며 들것에 실려가는 중이었다. 언뜻 본 그 병사는 잘려 나간 팔꿈치 아랫부분을 오른손으로 감싸 쥐고 연신 비명을 질러대고 있었다. 급히 지혈은 한 것 같았지만 붉게 물들어 버린 붕대에서는 핏물이 계속 배어 나오며 그 상처가 결코 작은 것이 아님을 알려주고 있었다. 만약 살아난다고 해도 정상적인 생활은 불가능해질 정도의 큰 부상. 룬은 붕대로 머리의 절반을 묶고 있는 그 병사에게서 다시 고개를 돌려 그 천막을 바라보았다.

룬과 티아스는 마차의 뒤를 쫓다가 뭔가를 설치하고 있는 마법사들과 만나게 되었다. 처음에 그들은 룬과 티아스를 경계했지만 티아스가 자신의 정체를 밝히고 룬을 소개하자 꽤 순순히 경계를 풀었다.

허무의 전당에서 출발할 때 유일하게 마법사가 아니면서 일행에 가담한 티아스는 모두의 뇌리에 확실히 기억될 만큼 특징적인 외모를 가지고 있었다(진보라색 눈동자와 은사와 같은 은발은 결코 흔하지 않았다). 게다가 룬의 이야기를 들어서 알고 있었던 마법사들은 룬이 레전트를 찾아서 이곳에 왔다는 소리를 듣자 흔쾌히 레전트가 이곳에 없고 전쟁터를 향해서 먼저 출발했다는 정보를 주었다.

룬은 자신 같은 용병이 단독으로 전쟁터에 찾아간다면 오히려 의심을 살 수 있다는 점을 알고 있었기에 마법사들과 동행하기로 했다. 얼마 후 몇 명의 보병이 와서 마법사들에게 소식을 전했고, 마법사들은 아직도 지친 기색이 역력한 말들을 몰아 야영지로 향했다.

그리고 이곳에 도착한 그들은 레전트가 군사 회의에 참석하고 있다는 소식을 듣고 네이온의 명령에 따라 일단 부상당한 병사들을 치료하기 위해서 각자 준비를 하고 있었다. 비록 그들에게 전문적인 의학 지식이 있다거나 치료 마법을 사용할 수 있는 건 아니었지만 약초를 조합한다거나 붕대를 감는 일 정도는 할 수 있었다.

"이봐, 거기 뭐 하는 거야? 늑장 부리지 말고 빨리빨리 움직여!"

룬은 누군가 자신을 부르는 카랑카랑한 목소리에 문득 자신이 약초를 나르고 있었다는 것을 기억해 내고 급히 걸음을 옮겼다. 사방에서는 큰 솥에 물이 끓여지고 있었고 그 물에서는 각종 약초들이 삶아지고 있었다. 부상자가 길가에 굴러다니는 돌같이 넘쳐 났기 때문에 부상이 경미한 자들은 야외에 앉아 치료를 받고 있는 중이었다.

룬은 젊은 남자가 휘젓고 있는 커다란 솥의 곁으로 다가갔다. 그는 자신의 뒤에서 인기척을 느끼고 고개를 흘깃 돌렸다가 솥을 향해 턱짓을 했다. 룬이 품에 한가득 들고 있던 약초를 그대로 솥 안에 넣자 그는 다시 솥을 휘젓다가 잠시 뒤로 물러서며 이마에 흐르는 땀을 닦았다.

"으아아악!"

"참아!"

마법사들은 뜨거운 물에 수건을 담가서 부상자들의 상처를 닦은 다음 약을 뿌리고 다른 약초물에 소독한 붕대로 상처를 감는 일을 하고 있었다. 상처에 약초물이 스며들자 통증을 느낀 부상자들은 비명을 질렀다가 마법사들의 엄한 목소리에 이를 악물고 고통을 참았다. 워낙 수가 많다 보니 치료를 받기 위해서 기다리는 쪽이나 치료를 하는 쪽이다 둘 다 지쳐 버릴 만큼 고된 일이었다. 솥 안의 내용물을 휘젓던 남자는 그런 부상자들을 둘러보며 벌컥 화를 내면서 욕을 내뱉었다.

"썩을 자식들! 도대체 어떻게 싸웠길래 멀쩡한 새끼가 하나도 안 남아나냐?"

 룬은 그 남자의 기분이 결코 좋은 것이 아니라는 것을 알 수 있었기 때문에 슬그머니 그 남자에게서 떨어져 다시 약초가 쌓여 있는 마차를 향해서 사라졌다. 그 남자는 곁에서 불꽃만 튀면 폭발할 것 같은 얼굴을 하고 신경질적으로 약초가 진득하게 녹아든 끓는 물을 바라보았다. 잠시 이마를 만지작거린 그는 다시 나무 막대를 집어 들고 솥을 휘젓기 시작했다. 힘들기도 했고 화가 치밀어서 미쳐 버릴 것 같았지만 지금은 그것보다 빨리 약초 끓인 물을 만드는 것이 시급했다.

 "이봐."

 하지만 그때 누군가가 막 진정하려고 하던 그의 등을 두드리고 말았다. 그는 꽤 유능한 약제 조합 능력이 있는 의사였지만 거친 병사들 사이에서 지낸 만큼 성질도 그들 못지 않게 사나웠고 자제력 또한 상당히 부족했다. 그는 평소 때 자신이 하던 것처럼 욕을 한바탕 뱉어내기 위해 고개를 맹렬히 뒤로 돌렸다.

 "왜, 이 새……."

 "왜 이 새? 뭔 소리야, 그거?"

 그 남자는 자신의 눈앞에 서 있는 꽤나 고급스러운 로브를 입은 남자를 보고 급히 입 바깥으로 튀어나오려고 하던 단어를 삼켰다. 다행히도 그의 어깨를 두드렸던 청년은 그를 더 추궁하는 대신 주위를 둘러보며 누군가를 찾았다.

 "혹시 나무 깎아놓은 것같이 무표정한 얼굴에 검은 머리카락이 이 정도 내려오는 녀석 못 봤어? 이쪽으로 왔다고 하던데?"

 "그, 그 녀석이라면 지금 약초 마차가 있는 쪽에……."

 "약초 마차라… 어디로 가면 있는데?"

“예, 저쪽입니다.”

그는 심장이 일순간 정지되는 느낌에 슬그머니 손을 올려서 가슴을 누르며 최대한 친절하게 답변했다. 꽤나 수수한 복장이긴 했지만 그가 입고 있는 로브에는 마법사 길드의 문장이 은빛으로 새겨져 있었다. 보통 마법사들이 이런 곳에 파견될 경우에는 자신의 신분을 확실히 알리기 위해서 그런 특별한 로브를 입곤 했다.

만약 그가 원래대로 ‘왜 이 새끼야!’ 라는 그 뒤의 말을 마저 내뱉었다면 그의 생명은 온전히 보존되기 힘들었을 것이다. 한순간 눈앞에서 주마등이 스쳐 지나갈 정도로 경악했던 그는 숨을 천천히 내쉬며 한순간 멈춰 버렸다가 빠른 속력으로 뛰기 시작한 심장을 진정시키기 위해서 노력했다.

금빛 머리카락과 귀족적으로 보이는 얼굴이 인상적인 청년은 그의 말이나 행동에 별다른 대꾸도 없이 약초 마차가 있는 쪽으로 걸어가 버렸다. 그는 청년의 모습이 분주히 뛰어다니는 사람들 사이로 사라지고 나서야 속으로 욕지거리를 내뱉으며 안도의 한숨을 쉴 수 있었다.

“도와줄까?”

룬은 뒤에서 들리는 목소리에 뒤를 힐끔 바라본 다음 끝으로 묶여져 있는 약초 더미 하나를 어깨에 짊어지고 걸음을 옮기며 말했다.

“너 부려먹으면 내가 무사할 거라고 생각하지는 않는데.”

“오랜만이야.”

“그렇군.”

“야야, 너 너무 매정하잖아.”

하지만 지금까지 기분이 그다지 좋지 않았던 레전트는 그런 룬의 태도에 오히려 조금 밝은 얼굴이 되어 중얼거리며 급히 룬의 뒤를 따랐다.

"티아스는? 네이온이 너랑 티아스랑 같이 왔다고 하던데."

"마차 안에서 자고 있어. 지금 너에게 묻고 싶은 게 한두 가지가 아니다."

"나도 너한테 부탁하고 싶은 거 한두 가지가 아니야."

룬은 그런 레전트의 말에도 걸음을 멈추거나 하지는 않았기 때문에 레전트는 빠른 걸음으로 룬의 뒤를 따라 걸어야 했다.

"우리가 겪은 그 일과 관련이 있는 건가?"

"응."

주위는 시끄러웠기 때문에 꽤나 작은 목소리로 대화하는 둘의 목소리가 멀리 퍼지지는 않았다. 게다가 누군가 그 대화의 내용을 듣는다고 해도 그 대화는 언뜻 듣기에는 별로 중요하지 않은 개인적인 말 같은 것들이었다. 룬은 거의 본능적으로 주위에서 알 수 없는 적절한 단어를 골라내서 말을 만들어내는 능력을 가지고 있었다.

"그래서 네가 알고 있는 건 뭐지?"

"뭐가 알고 싶은 건데?"

"티아스의 상태, 나를 부른 이유, 그리고 네가 여기에 있는 것. 셋 다 무관하지는 않겠지."

룬은 걸음을 멈추고 어깨에 메고 있던 약초 더미를 내려놓았다. 멀리서 일하고 있는 일꾼들을 감시하던 남자가 그런 룬의 행동을 보고 달려오며 소리를 지르다가 룬의 곁에 서 있는 레전트를 보고 입을 다물었다. 그는 레전트의 눈이 사방을 둘러보다가 자신을 향해서 고정되자 흠칫 놀라며 몸을 굳혔고, 레전트가 자신을 향해서 손짓을 하자 급히 굳어 있는 근육을 강제로 움직여 그쪽으로 내달렸다.

"이거 대신 좀 날라줘. 난 이 녀석하고 할 얘기가 있으니까."

"예, 알겠습니다."

레젠트는 순식간에 자신의 앞으로 뛰어온 그의 빠르기에 순수하게 감탄했다. 룬은 레젠트의 부탁 아닌 부탁에 약초 더미를 짊어지고 커다란 솥들이 끓고 있는 쪽으로 걸어가는 감시병의 뒷모습을 잠시 지켜보다가 레젠트에게 고개를 돌렸다. 평소 때와 같이 나사 몇 개 정도는 빠진 것 같은 유쾌한 모습은 레젠트의 표정 어디에서도 찾아볼 수 없었다.

"일단 티아스 있는 쪽으로 가자."

룬은 아무 말 없이 앞장서서 걸었다. 얼마 걷지 않아 레젠트는 자신과 마법사 일행이 타고 왔었던 마차들을 볼 수 있었다. 혼자서 그 마차들을 지키고 있던 울은 고개를 돌려서 레젠트와 룬을 바라보았다가, 그 둘 중 한 명이 자신의 주인이고 나머지 한 명도 등록이 되어 있는 자라는 것을 확인한 후 다시 고개를 돌려 정면을 바라보았다. 레젠트는 룬에게 고개를 돌렸고 룬은 그 눈짓의 의미를 간단히 파악하고 마차 하나를 손가락으로 가리켰다.

"숙녀를 깨우는 건 성격에 안 맞지만 상황이 상황이니 별수없겠지?"

레젠트는 앞으로 걸어가서 허리를 숙이고 룬이 가리킨 마차의 문을 두드렸다. 부유 마법의 효과가 사라진 마차는 땅에 붙어 있었기 때문에 보통 성인 남성의 키를 가진 레젠트로서는 허리를 숙여야 했다. 몇 번이나 문을 두드렸지만 안쪽에서는 아무런 기척도 없자 레젠트는 잠시 머리를 긁적이다가 목소리를 가다듬고 조금 큰 소리로 말했다.

"티아스, 좀 일어나 보시겠습니까?"

팍!

레전트는 순간 몸을 휘청거리며 얼굴을 감싸 쥐었다. 갑작스럽게 열린 문은 고개를 숙이고 있던 레전트의 얼굴을 정확히 강타했고, 룬은 얼굴을 양손으로 감싸 쥔 채 고개를 푹 숙이고 있는 레전트를 조금 측은한 눈빛으로 바라보았다. 기다시피 해서 바깥으로 나온 티아스는 무릎을 털고 일어나 옆에 허리를 숙이고 쭈그려 앉아 얼굴을 감싸 쥐고 있는 레전트와 그런 레전트를 측은한 눈으로 바라보고 있는 룬을 번갈아 바라보았다.

"무슨 일?"

티아스의 목소리가 들리자 얼굴을 양손으로 감싼 채 쭈그려 앉아 있던 레전트는 자리에서 일어서며 얼굴을 문질렀다.

"아, 드릴 말씀이 있어서 그렇습니다. 잠깐 이야기 좀 해도 될까요?"

"후우……."

"너, 왜 한숨을 쉬는 거지?"

레전트는 한숨을 내쉬며 자신의 시선을 피하는 룬을 노려보다가 고개를 잠깐 흔들곤 주위를 둘러보았다. 어쨌거나 이쪽으로 함부로 접근하는 사람은 없었다. 이쪽으로 접근할 만한 이유가 있을 마법사들은 레전트의 명령대로 마법진을 새기며 결계석을 배치할 만한 위치를 정확히 계산하고 있을 것이고, 마법사가 아니라면 다른 사람이 이곳에 올 이유는 없었다.

"그럼 일단 들어가죠. 울, 만약 누군가 오면 저지한 다음에 알려줘."

[예.]

애써 바깥으로 나왔던 티아스는 다시 마차의 안으로 기어 들어갔고 레전트와 룬도 그 안으로 들어가 문을 닫았다. 창도 열어놓지 않아 빛이 들어오지 않는 마차 안이었지만 그다지 어둡지는 않았다. 레전트는 룬과 티아스가 자리를 잡자 그들을 바라보며 입을 열었다.

"티아스의 상태, 너를 부른 이유, 그리고 내가 여기에 있는 것. 이것들을 설명하기 위해서는 일단 우리가 당했던 일부터 설명해야 돼."

"우리가 당했던 일?"

"그러니까 한 달 전쯤에… 벌써 한 달이나 지났나? 대충 3주 정도쯤인 것 같은데… 어쨌든 우리가 이곳에서 당한 일 말이야."

룬은 그 일에 대해서 생각했다. 이상한 키메라들과 싸우고 뭔지 모를 전투가 벌어졌던 일들. 레전트가 납치당했고 룬은 그 괴물 흑기사와 싸우다가 죽을 뻔하기도 했다. 룬에게는 평생 동안 잊지 못할 힘든 일이었다. 룬은 이곳에서 도망쳤던 것을 마지막으로 생각해 내며 말을 꺼냈다.

"관련이 있는 건가?"

"간단히 설명하자면 그 영주 놈은 영혼이나 마기, 마력 같은 걸 모으고 있었던 거야. 나 같은 마법사의 영혼은 보통 영혼에 비하면 꽤 강력하니까. 우리가 가지고 있었던 그 마기가 담긴 라이칸슬로프의 심장과 나를 동시에 노렸던 거지."

"이유는?"

레전트는 짤막한 룬의 질문에 잠시 입을 다물었다. 그리고 걱정되는 눈빛으로 룬과 티아스를 바라보았다. 그 이벨 사베이언이란 인간이 신이 되기 위해서 그런 짓을 벌였다는 건 보통 사람이 듣기엔 너무도 허무맹랑한 이야기였다.

사람들은 의외로 전설을 잘 믿는다. 사실상 아무것도 남아 있지 않

고 그저 노래나 이야기로 내려오는 몽상과 같은 신화라고 하더라도 그
들은 그런 오래전에 일어났을지도 모르는 환상을 신봉한다. 하지만 그
전설이 현실이라는 잔혹한 껍질을 뒤집어쓰고 자신들에게 찾아오면 그
들은 그런 일이 벌어질 리가 없다고 필사적으로 부정하며 현실도피에
빠져든다.

"룬, 확실히 묻겠다."

레전트는 진지한 얼굴로 어둠에 의해서 반쯤 숨겨진 룬의 눈을 정면
으로 주시했다. 마치 아무런 감정도 존재하지 않는 것 같은 검은 눈동
자는 자신을 바라보고 있는 푸른 눈동자를 마주 보았다.

"정말로 이건 상식에 어긋나는 일이야. 그러니까 네가 이걸 믿을 거
라 생각하지도 않고 이해할 거라 생각하지도 않아. 하지만 네가 이걸
믿어주지 않으면……."

"레전트."

레전트는 룬이 자신의 말허리를 끊었음에도 불구하고 화를 내지 않
았다. 대신 피식 웃으며 앞으로 약간 숙였던 허리를 쭉 펴며 팔짱을 꼈
다. 룬은 그저 레전트의 이름을 불렀을 뿐이었지만 레전트는 그 말의
의미를 확실히 알 수 있었다. 레전트는 눈을 살짝 돌려 티아스를 바라
보았다가 입을 열었다.

"신이 되고 싶어서 그런 거야. 왜 신이 되고 싶어했는지는 알 수 없
지만……. 사실 신이 되는 건 불가능한 일이지. 하지만 적어도 그에 필
적하는 존재는 될 수 있을 거야."

레전트가 조금 밝아진 얼굴로 간단히 이유를 설명하자 룬은 아주 약
간 의아한 표정을 지으며 말했다.

"세계 정복이라도 할 생각인가?"

"차라리 세계 정복이라면 낫겠는데 문제가 좀 심각해. 만약 그놈이 신과 비슷한 존재로서 이 땅에 강림한다면 그 순간 그놈의 힘이 공간에 영향을 미치게 돼. 지금이야 그 몸이 이 세계에 속해 있는 거니까 상관없지만 신이 되면 이 세계에 있어서는 안 될 것이 여기에 있게 되는 거니까. 그럼 일단 일차적으로 대륙 전체에 지진이 일어나고 그 충격으로 화산이 터지겠지. 당연히 지형은 바뀌고 마을은 파괴될 거야. 그리고 마력의 흐름이나… 이건 가설로 전해지는 이야기지만 그랜드 스톰으로 흘러가는 전생의 바람도 완전히 바뀌어 버릴 테니까 생명체는 얼마 동안 태어나지 못할 거고 공기의 질이 바뀌어 버릴지도 몰라."

"세계 멸망이군."

레전트는 룬이 핵심을 간단히 집어내자 고개를 끄덕이며 긍정적인 반응을 보였다.

"말하자면 그렇지. 좋게 말해서 우리는 세계 멸망을 막는 용사가 되는 거야. 하지만 이 일을 외부로 가져갈 생각은 없으니까 이 일에 대한 건 그대로 묻혀 버리겠지. 공식 서류에는 '마법을 이용하여 반란을 일으키려던 영주가 살해당하다' 정도로 나오게 될 거야."

"어쨌든 네가 여기 있는 이유는 그 이벨 사베이언이라는 영주를 막기 위해서라고 할 수 있겠군. 그리고 '우리' 라고 표현한 건 나와 티아스도 도우라는 건가?"

레전트는 고개를 끄덕였다.

"그날 밤, 우리가 도망치던 날 밤 우리의 등 뒤로 몰아닥쳤던 그 검은 구름… 그건 삭혼의 안개라고 하는 건데, 간단히 말하면… 혼을 강제적으로 빼앗아가는 일종의 장치야. 역시 마법적인 거지. 문제는……."

레전트는 룬의 허리를 향해서 턱짓을 하며 말을 이었다.

"나는 급히 방어막을 쳐서 영혼 대신에 마력을 뺏겼지. 인간에 비하면 몇 배나 강인한 수인족인 티아스도 안전하진 않았어. 아마 지금도 눈 뜨고 있는 것만으로도 충분히 힘들 거야."

룬은 반사적으로 벽에 등을 기댄 채 묵묵히 레전트를 바라보고 있는 티아스를 향해서 고개를 돌렸다. 티아스는 룬의 시선이 자신에게로 향하자 고개를 약간 돌려서 룬의 시선에 답한 다음 다시 앞을 바라봤다. 분명히 그런 티아스의 행동에는 힘이 없었다.

"따지자면 넌 티아스보다 더 심각한 상태에 빠져 있어야 돼. 아스의 영혼은 약 3할 정도밖에 남아 있지 않아. 그런 강인한 수인족의 영혼도 겨우 3할밖에 남지 못했어. 나는 마법을 사용해서 회피했다고 하지만… 안개를 그대로 덮어쓴 너는 어떻게 멀쩡할 수가 있는 거지?"

"글쎄……."

모든 생물은 태어날 때 공간을 떠도는 영혼을 부여받고, 그 영혼에 의해서 살아가게 된다. 그리고 영혼은 그 존재가 죽는 순간까지 신체에 머물며 몸을 움직이는 생명 에너지를 만들어내는 역할을 한다. 그런 영혼이 살아가는 동안에 몸에서 떨어진다면 닥쳐올 피해는 이루 말로 할 수 없다. 아무런 이유 없이 식물인간 상태에 빠졌다가 생명 에너지 고갈로 죽는 것이 보통이었으며 좀 나은 경우에는 평생 동안 이유 모를 병을 앓게 될 수도 있었고, 신경질적이 되거나 지능이 떨어지는 경우도 적지 않았다.

지금 티아스도 그런 상황이었다. 온몸에서는 이유없이 힘이 빠져나갔고 침착했던 그녀의 성격은 가면 갈수록 신경질적이 되어갔다. 본인은 느끼지 못했지만 그녀는 확실히 변화해 가고 있었다. 그리고 그 변화의 끝에서는 파멸이 기다리고 있었다.

"내가 봤을 때 너는 보통 사람보다 좀 강하긴 하지만 단지 그것뿐이야. 그럼 여기서 가설 몇 가지가 나오는데… 첫 번째, 네가 정말로 영웅이나 신의 힘을 가진 화신이라는 것."

룬은 무덤덤하게 고개를 흔들었고 레전트는 좀 어색하게 웃었다.

"농담이야. 역시 이건 아니겠지? 그럼 두 번째, 네 영혼의 크기가 보통 사람에 비해서 컸다. 그래서 많은 영혼을 뺏기고도 원래대로의 생활을 할 수 있었다. 하지만 이것 역시 아닌 것 같아. 만약 이 가설이 맞다면 넌 이전보다는 몸이 약해지거나 힘이 약해져야 정상이야. 그러니까 이것도 아니지."

"요즘 들어서 감정이란 걸 조금씩 찾는 것 같다. 이것도 어떤 징조가 생겼다고 볼 수 있지 않을까?"

룬이 막 다음 말을 이으려는 레전트의 말을 끊었고 레전트도 룬의 말에 꽤나 진지한 얼굴로 고개를 갸우뚱거렸다. 확실히 그날 이후로 룬이 감정적이 되는 날이 많아진 것 같기는 했다. 잠시 그 점에 대해서 생각하던 레전트는 결국 고개를 내저었다.

"아니, 확실히 가능성은 있지만 그렇다고 네가 더 약해지거나 하진 않았잖아? 어쨌거나 영혼이 크게 줄어들었다면 정신적인 면뿐 아니라 몸으로 영향이 더 많이 오니까. 게다가 영혼이 지나치게 거대하다면 육체가 오랫동안 버티지 못해. 천재들이 단명하는 경우가 많은 것도 이런 이유지. 하지만 솔직히 너는 천재라기보다는 노력에 의한 것 같은데?"

"그런가……."

"그럼 마지막, 뭔가가 너를 대신해 삭혼의 안개의 영향을 받았거나 혹은 그것을 막았다."

레전트는 룬의 허리를 향해 턱짓을 했고 룬은 자신의 허리에 달려 있는 검집을 꽉 움켜잡았다. 레전트는 그런 룬의 행동에도 별다른 반응을 보이지 않고 여전히 진지하게 말을 이었다.

"네가 가지고 있는 물건 중에서는 마법적인 능력을 띠고 있는 것… 그 마법검밖에 없지?"

"이터가 나를 보호했다는 건가?"

"꽤 설득력있는 가정이라고 생각해. 스승님도 그걸 꽤 오랫동안 가지고 있었지만 아무런 능력도 발견하지 못한 상태였어. 네가 그 검의 주인이라고는 하지만 능력을 다 알고 있다고는 단정할 수 없잖아? 너도 기억 상실이었으니까."

룬은 그 점을 인정했다. 자신이 이터에 대해서 알고 있는 기능은 킬 블레이드와 디스트럭션뿐. 게다가 킬 블레이드나 디스트럭션을 어느 정도의 시간 동안 유지하여 적을 직접 공격하는 방법을 알아낸 지도 얼마 되지 않았다.

"그렇군. 확실히 일리있는 소리다."

"그렇지? 어쨌든 중요한 건 네가 그 삭혼의 안개에 대항할 수단이 있다는 거고 그건 네가 발동시킬 수 있다는 거야. 그리고 지금 상황은 고양이 손이라도 빌려야 할 정도라는 거고."

병력의 수가 터무니없이 부족했다. 오늘쯤에 수도로부터 나머지 잔여 부대가 도착한다고 하더라도 열두 개나 되는 결계석을 지키기 위해서는 병력을 그만큼 나눠야 했다. 게다가 남아 있는 골각수들이나 해골귀를 처치하면서 성안으로 진입해야 했기 때문에 병력의 수는 턱없이 부족했다.

"자세한 건 나중에 말해 주겠지만 일단 너는 나하고 같이 별동대가 돼서 성안으로 침입해야 할 거야. 물론 우리 둘만 가는 건 아니야. 어차피 대규모 부대가 건물 안으로 들어가는 건 무리니까 특별히 뛰어난 사람들을 뽑게 되겠지. 나중에 작전 회의가 한 번 더 있을 거니까 그때 건의……."

"나도 갈래요."

레전트는 자신의 말을 끊는 목소리에 고개를 폭 숙였다.

"티아스는 안 됩니다."

"왜?"

"일단 티아스 몸 상태로는 제대로 된 싸움을 바라는 건 무리예요. 어쨌든 룬은 데리고 오신 걸로 됐으니까 쉬어두셔도 될 겁니다. 저희가 알아서 할 거니까."

"하지만……."

"그리고."

티아스는 단호히 자신의 말을 끊어버리는 레전트의 말투에 움찔거렸다. 레전트의 얼굴은 레더아머의 가죽같이 굳어 있었다. 룬의 무뚝뚝한 얼굴이 무색할 정도로 딱딱하게 굳은 레전트의 얼굴은 자연스럽게 룬과 티아스를 침묵하게 만들었고 레전트는 그 얼굴을 유지하며 다시 입을 열었다.

"룬, 너도 잘 들어둬라."

"뭔데?"

"그 흑기사 살아 있는 것 같다."

순간 티아스의 얼굴 표정이 복잡미묘하게 변해갔다. 그리고 그 표정 중에는 분명히 '기쁨'이라는 감정이 자리 잡고 있었다. 레전트는 그런 티아스의 감정을 놓치지 않았다. 하지만 티아스와는 달리 룬은 왼손으로 얼굴을 감싸며 나지막이 중얼거렸다.

"다시 싸우란 거냐, 그 괴물하고?"

"무리겠지? 자세한 건 잘 봐야 알겠지만."

"절대 안 싸워."

룬은 레전트의 말이 끝나자마자 딱 잘라서 자신의 행동 방침을 털어놓았다. 하지만 레전트의 눈은 룬을 보고 있지 않았다. 레전트의 눈은 아직도 자신의 말에 동요하고 있는 티아스를 바라보고 있었다.

"싸울 수 있습니까, 티아스?"

"……."

"능력 문제가 아니에요. 티아스는 저번에도 그 흑기사를 살려 보냈어요. 이번에도 그러실 겁니까?"

티아스는 고개를 숙였다. 그리고 그때 거의 미친 듯 몸부림치던 자신의 행동을 기억해 냈다. 결과적으로 그런 티아스의 행동은 룬과 레전트, 그리고 자신에게 상처를 입히는 결과를 만들어냈다. 레전트는 마치 티아스를 책망하는 듯이 냉정하게 말했다.

"솔직히 왜 그랬는지는 그다지 중요하지 않아요. 개인적인 문제라면 저희도 굳이 들어야 할 필요도 없을 거고. 하지만 지금 상황은……."

레전트는 조금씩 굳어가는 티아스의 얼굴을 보면서 마음을 단단히 굳혔다. 티아스에게 그다지 악감정은 없었지만 지금은 그런 개인적인 감정을 철저하게 배제시켜야 했다.

"여기 있는 수천 명의 목숨이 문제가 아니에요. 물론 그렇다고 그 수천 명 사람들의 목숨이 중요하지 않다는 건 아니지만……. 어쨌거나 이번 일이 틀어지면 다음 수를 생각하기 위해서 꽤나 오랜 시간이 걸릴 거고 피해는 걷잡을 수 없이 번지게 돼요. 저나 저 병사들 전부가 이곳에서 죽는다고 해도 이 일은 이 선에서 끝내야 된다는 소리죠. 이런 중요한 일에 내부에 적을 둘 수는 없어요."

티아스의 얼굴이 서서히 굳어져 갔다. 레전트의 말이 날카로운 비수가 되어 티아스의 심장을 물어뜯자, 기억 속의 오래된 상처가 뜯어져 고통이 온몸을 타고 흘렀다. 혈관에 작은 비수가 떠다니는 듯한 날카로운 고통에 티아스는 몸을 움츠렸다.

확실히 티아스의 행동은 잘못되어 있었고, 티아스 자신도 그 사실을 확실히 인식하고 있었다. 그리고 무엇보다 티아스 자신이 정말로 이번에는 제대로 싸울 수 있을 것인지 알 수 없었다. 그렇기에 티아스는 조용히 입을 다물고 일그러진 표정으로 고개를 숙였다.

격렬하면서도 조용한 티아스의 반응은 레전트를 불안하게 만들었다. 레전트는 자신의 말이 너무 심했던 것은 아닌가 고민하면서도 온몸을 긴장시켰다. 만약 이런 좁은 마차 안에서 티아스가 날뛰기 시작한다면 자신이나 룬의 목숨을 보장하기는 어려워지게 될 것이다.

[정지하라.]

갑작스럽게 쇳소리가 섞인 누군가의 말소리가 단단히 닫혀 있는 문틈 사이로 스며들자 꼿꼿이 굳어 있던 레전트는 기묘한 소리를 지르며 튀어 오를 뻔했다. 다행히 레전트는 몸을 크게 움찔거리기만 했을 뿐 그와 같은 추태는 벌이지 않았다. 불안한 눈으로 룬과 티아스를 번갈아 바라보던 레전트는 딱딱한 움직임으로 허리를 펴고 일어서며 헛기침을 했다.

"누가 왔나 보네. 좀 있어봐."

국왕의 명령을 받은 흑아는 꽤나 오랫동안 레전트의 뒤를 쫓아서 헤매야 했다. 레전트는 회의가 끝나자마자 어디론가 사라져 버렸고, 아무도 레전트가 어디로 갔는지는 모르고 있었다. 눈이 보이지 않는 흑아는 마법사로 추측되는 영혼의 크기가 특별히 강한 사람을 잡고 레전트의 행방을 물었다. 그는 레전트가 누군가를 찾기 위해서 사라졌다고 말했고 약제를 조합하고 있는 의사에게 가보라는 조언을 했다. 그리고 약초를 조합하던 의사는 흑아에게 그런 인상착의의 마법사가 약초 마차가 있는 쪽으로 갔다는 정보를 주었다.

원래대로라면 레전트의 영혼이 남긴 흔적을 찾으면 더욱 간단했을 것이다. 하지만 흑아의 몸 상태는 그다지 좋은 편이 아니었다. 커르니 안에서 기절해 있을 시라닌이나 크라우드보다는 훨씬 나았지만 그 증상은 그들과 비슷했다. 흑아는 가까운 곳에 자신의 영혼의 조각이 고동 치고 있다는 사실은 알 수 있었지만 이미 의식이 희미해진 그 영혼의 조각은 기척조차 거의 느껴지지 않았다. 만약 지금 당장 영혼의 조각을 되찾는다고 해도 그 영혼이 몸에 안착할 수 있을지가 의문이었다.

그런 상태로 희미한 영혼의 흐름을 쫓는 것은 힘든 일이었기 때문에 흑아는 부득이하게 직접 사람에게 레전트의 행방을 묻는 방법을 사용하고 있었다. 다행히 흑아는 자신의 직위를 알리는 문장이 새겨진 옷을 입고 있었기 때문에 꽤나 호의적인 대답들을 들을 수 있었다. 흑아는 몇 번이나 여기저기를 헤맨 다음에야 그런 인상착의의 마법사가 어떤 남자와 같이 마법사들의 마차가 있는 곳으로 갔다는 소리를 들을 수 있었다.

'조금……'

흑아는 못 박힌 듯 한자리에 멈춰 서서 희미하게 보이는 랜스의 끝머리를 바라보았다. 원래대로라면 일반적인 어떤 물체를 볼 능력이 없는 흑아가 영혼이 없는 랜스를 볼 수 있을 리가 없었지만, 그 랜스를 들고 있는 괴물의 몸에서 흘러넘치는 마력이 랜스를 따라 흘렀기 때문에 흑아의 마안으로도 그 모습을 어느 정도는 볼 수 있었다.

'오래 걸리는군……'

마차들이 있는 곳으로 오는 것까지는 그럭저럭 순조로웠다. 그리고 마차에 접근하는 것까지도 그다지 어려운 일은 아니었다. 하지만 흑아가 마차에 어느 정도 가까이 접근하자 마차 옆에 서 있던 누군가가 랜스를 쳐들어 흑아에게 겨누고 충분히 위협이 느껴지는 어투의 쇳소리로 외쳤다.

[정지하라.]

인간의 목소리는 분명히 아니었기 때문에 흑아는 아마도 자신에게 랜스를 들이밀고 있는 것이 어떤 마법 생명체 같은 것이라고 생각했다. 마법사가 있다면 그런 괴물이 호위로 붙어 있는 것도 그다지 이상할 건 없었다. 중요한 것은 그런 괴물들은 마법사의 명령을 무조건적으로 따른다는 점이었다. 그렇기에 흑아는 순순히 그 목소리의 주인공의 경고에 따라서 꼼짝하지 않고 그 자리에 서 있는 중이었다.

덜컹—

꽤 길다고 말할 수도 있는 기다림이 끝나고 마차의 문이 열리며 레전트가 바깥으로 걸어나왔다. 레전트는 랜스를 앞으로 들이밀고 여차할 경우에는 상대방의 몸을 박살 내버릴 자세를 취하고 있는 울의 행동을 풀게 만들었다. 흑아는 자신에게 내밀어졌던 랜스가 치워지자 조금 허리를 느슨하게 풀며 자신의 앞에 있는 남자가 자신이 찾던 그 남자인지 확인했다. 그리고 레전트에게 공손히 고개를 숙여 인사했다.

"레전트님, 국왕 폐하의 명령으로 레전트님을 모시러 왔습니다."

"국왕 폐하가? 무슨 일로?"

"저도 레전트님을 모시고 오라는 명령만을 받았을 뿐입니다."

사실 흑아도 왜 국왕이 레전트를 데리고 오라고 했는지 그 목적을 모르고 있었다. 레전트는 흑아가 고개를 좌우로 저으며 모르겠다고 답하자 왜 국왕이 자신을 불렀는지 잠시 고민했다.

'회의 때는 아무 말도 없었는데… 개인적으로 할 말인가? 하지만 난 왕을 보는 게 이번이 처음인데. 혹시 이번 일에 관한 걸 눈치 챈 건가? 그 정도로 머리가 잘 돌아가는 인물은 아닐 거라고 생각하지만… 어쩌면 이번 일에 관련된 뭔가를 물으려고 하는 것일 수도 있겠군……'

짧은 시간 동안 레전트의 머리 속에서는 수많은 의문이 생겨나고 그에 따른 가설들이 스쳐 지나갔다. 하지만 이대로 가만히 서서 머리 속으로 생각해 봤자 그 의문에 대한 해답은 떠오르지 않을 것이라는 건 분명했다.

'뭐, 잡아먹으려고 부른 건 아닐 테니까.'

레전트는 뒤로 돌아서 마차 문을 살짝 열고 안을 들여다보았다. 티아스는 여전히 일그러진 얼굴을 숨기기 위해 고개를 숙이고 있었고, 룬은 허리에 차고 있는 대거의 손잡이에 손을 가져다 대고 있었다. 티아스의 위치에서는 보이지 않는 왼쪽 허리였다.

"무슨 일인지는 모르겠지만 국왕 폐하가 부르는 모양이야. 갔다 와야 할 것 같으니까 적당히 쉬어둬. 이거 줄 테니까 만약에 누가 너 부려먹으려고 하면 보여주고. 알았지? 오늘 밤에는 꽤 힘든 싸움이 될 거니까."

룬은 레전트가 던지는 길드 문장을 가볍게 받아 들었다. 레전트의 성격을 알고 있는 룬은 길드 문장을 함부로 다루는 레전트의 태도에 놀라거나 하지는 않았다. 생명의 나뭇가지와 뿌리가 아로새겨진 길드 문장은 웬만하게 다루어서는 흠도 나지 않을 만큼 단단했기 때문에 여간해서는 심하게 다룬 흔적 같은 건 남지 않았다.

곧 레전트의 모습이 사라지며 마차의 문이 닫혔다. 룬은 아직도 묘한 표정으로 몸을 움츠리고 있는 티아스를 향해 고개를 돌렸다. 분명히 지금까지 티아스의 행동은 동료의 그것이었다. 하지만 한 번의 실수는 그런 모든 행동을 한 번에 날려 버릴 만큼 치명적인 것이었다. 룬은 티아스로 인해서 그 흑기사가 생명을 건졌던 것을 잊고 있지는 않았다.

'하지만……'

룬은 왼손을 대거의 위에 올려놓은 채 오른손을 가만히 들어 올렸다. 그리고 그 손을 티아스의 등 뒤로 가져갔다. 하지만 룬의 오른손은 잔뜩 움츠려 있는 티아스의 등 뒤에서 한없이 맴돌았다. 티아스의 등과 룬의 손에는 보이지 않는 뭔가가 있는 듯 룬의 손은 티아스의 등과 접촉하지 않았다. 잠시 후 룬은 티아스의 등 뒤를 떠돌던 손을 꽉 움켜쥐며 자리에서 일어서서 문을 열었다.

"티아스의 일… 그다지 알고 싶지는 않습니다만……"

작은 목소리에 티아스의 몸이 움찔거렸다.

"생각해 보시길 바랍니다."

룬은 마차의 바깥으로 나서며 말을 끝맺었다.

"지금 티아스의 행동이… 옳은 건지."

'자신의 생각에, 그리고 자신의 의지에……'

5

　룬은 마차에서 멀어졌지만 발걸음을 멈추지는 않았다. 전쟁터 한복판에서 일반 병사가 마음대로 개인 행동을 하고 있는 건 참수형에 해당될 큰 중죄였지만 룬에게는 레전트라는 훌륭한 면죄부가 있었다. 게다가 레전트도 룬에게 자신의 지위를 이용해도 상관없다는 길드 문장을 주는 의지를 보였기 때문에 룬도 레전트의 지위를 이용하는 데에는 별다른 불안감을 느끼지도 않았다.

　한참을 걸어가던 룬은 걸음을 멈추고 뒤를 돌아보았다. 부상자의 비명 소리와 병장기들이 부딪치는 소리가 섞여 만들어낸 소음이 시끄럽게 들려오고 있었다. 한참 동안 걷기는 했지만 룬이 서 있는 곳은 야영지에서 그다지 멀지 않은 곳이었다. 룬은 무작정 걷는 것이 아니라 야영지의 주위를 맴돌며 사람이 없는 곳을 찾고 있었다. 아무래도 일개 병사가 야영지에서 멀리 떨어지는 것은 눈에 띄는 일이었고, 룬은 다른 누군가의 눈에 띄는 짓을 하고 싶지는 않았다.

주위에는 아무도 없었다. 룬은 길게 심호흡을 하고 왼손을 이터의 손잡이 위에 올리며 조용히 말했다.

"당신이라면 뭔가 알고 있겠지."

룬의 말은 누구의 귀에도 울리지 않고 공허하게 맴돌았다. 하지만 룬은 그런 것에 상관하지 않고 다시 한 번 입을 열어 '누군가' 에게 말을 던졌다.

"말해. 있다는 거 알고 있어."

메마른 겨울바람이 룬의 몸을 차갑게 휘몰아 허공으로 솟구쳐 올랐다. 갑작스럽게 낮아진 체온을 보충하기 위해 룬의 몸이 순간적으로 진저리쳤고 그와 동시에 누군가의 말소리가 허공에서 흩날렸다.

―언제부터 알고 있었나?

"오래전부터. 리테일과 싸운 그날 밤 이후… 계속 느꼈다."

―그랬군.

그 말소리는 허공에서 생성되어 룬의 귓가를 두드리며 자신의 존재를 알렸다. 언젠가부터 룬은 '그'와 대화하고 싶어했다. 하지만 티아스나 레전트에게 누군가가 자신의 주위를 유령처럼 맴돌고 있다고 말하기는 뭔가 껄끄러웠다. 그렇기에 룬은 혼자 남을 기회를 몇 번이나 노렸고 지금이 바로 그때였다.

그는 분명 과거의 자신을 알고 있었고, 그런 자신과 연관되어 있었다. 그는 몇 번이나 꿈속에 나타나기도 했고 환상 속에서 룬을 질책하기도 했다. 하지만 그건 언제나 일방적이었다. 그는 일방적으로 룬을 분노하게 만들었으며 자신의 존재를 룬에게 깨우치게 하려고 했다.

"어쨌든 묻고 싶은 게 있다. 레전트가 말한 것, 듣기는 했겠지? 그럼 역시 그때 날 살린 건 이터의 능력인가?"

—궁금한가?

제대로 대화하는 건 처음인 두 존재였지만 둘은 그런 사실에 신경 쓰지 않았다. 둘은 어찌 보면 엄청나게 편한 사이라고 할 수도 있는 자세로 대화를 나누었다.

"확실하다면 아마 너는 그것을 쓰는 법을 알고 있겠지. 가르쳐 줘. 그 능력을 사용할 수 있어야만 저 안에 들어가서 살아남을 수 있다."

—…….

"모른다고는 하지 못할 거다. 예전에 허무의 전당에서 디스트럭션의 또 다른 사용법을 가르쳐 준 것도, 이터에 마력을 거는 방법도 다 네가 무의식 중에 가르쳐 준 것일 테니까."

—확신하는 건가?

"확신하는 거다."

음침하리만큼 차가운 기운이 룬의 몸 주위에서 휘몰아쳤다. 바람도 불지 않았고 주위에는 어떤 움직임도 없었지만 룬은 순간 온몸으로 스며드는 한기를 느꼈다.

— 그건 '너'의 힘이지만 네 마음대로 발동시킬 수는 없는 힘이다.

"무슨……?"

—게다가 저번에도 그 힘을 발동시킨 후에 며칠 간이나 죽을 고생을 했지 않나? 그런데 싸울 때 그 힘을 발동시키겠다고? 차라리 그 기운으로 도망치는 게 더 나을 거다.

룬은 그 저번을 기억해 냈다. 그땐 그 이유를 알 수 없었지만 룬은 이곳에서 수도까지 가는 데 온몸을 덮쳐드는 지독한 무력감을 버텨내야 했었다. 공기가 납덩어리가 된 것처럼 팔다리를 물고 늘어졌고 중력의 사슬은 룬의 몸을 한없이 잡아당겼다.

"그 힘을 사용한 것 때문에 그랬던 거였나… 하지만 어떤 일이 일어날지 모르니 알아두는 게 좋을 것 같다. 가르쳐 줄 수는 없나?"

—말했을 텐데. 그건 네 마음대로 발동시킬 수 없어.

룬은 그의 확고부동한 태도를 알 수 있었다. 그는 절대로 그 힘에 관한 것을 룬에게 말할 생각이 전혀 없었다. 어째서인지는 룬 자신도 알 수가 없었지만 단 하나의 사실은 확실했다. 룬에게는 상대방을 협박할 수단이나 방법도 존재하지 않았다. 상대방이 싫다면 더 이상 말을 끌어봤자 쓸모없는 일이었다.

"그런가? 그럼 다른 질문을 하지."

두근—

룬은 이터의 손잡이를 잡고 있던 왼손을 올려 자신의 가슴을 내리누르며 조용히 말했다. 그 힘의 사용법을 아는 것도 중요했지만 사실 그건 별로 중요하게 느껴지지 않았다. 어쩌면 하찮은 일이라고 할 수 있을지도 모르는 개인적인 일. 룬은 처음으로 개인적인 일이 공적인 일보 다 중요하다고 생각했다.

"그 꿈… 내 어머니로 추정되는 여성을 죽인 건 너인가?"

—…….

"그리고 그런 너를 죽이기 위해서 복수심에 불타며 날뛰던 그 소년은 과거의 나이던가?"

—…….

"그런 나에게 검술을 가르쳐 준 것도… 당신인가?"

룬은 어쩐지 온몸이 떨려오는 느낌에 주먹을 꽉 움켜쥐었다. 담담하게 말하려 했지만 이상하게 몸이 떨려서 담담하게 말할 수가 없었다.

심장은 거칠게 박동했고 피가 빠른 속력으로 혈관을 돌며 맥박이 빨라졌다. 룬은 자신이 흥분했다는 사실을 냉정하게 파악하고 심호흡을 했다.

'진정해야 한다.'

그러는 와중에 그는 룬의 질문에 계속 침묵했다. 분명히 사라진 것은 아니었다. 그의 묘한 존재감은 계속 룬의 주위에서 머물고 있었다.

'답답하다……'

룬은 자신도 모르게 눈살을 찌푸리며 입술을 깨물었다. 수년 간이나 한 방울의 비도 오지 않은 대지처럼 딱딱하게 굳어 있던 룬의 얼굴에는 보통 사람만큼은 익숙하지 않지만 예전의 룬에 비하면 상당히 많은 패턴의 표정이 생겨났다. 그리고 그 표정은 룬의 감정이 점점 생겨나고 있다는 것을 의미했다.

―나를 미워하나?

시간이 흐르고 마침내 돌아오지 않을 것 같았던 대답이 돌아왔다. 룬은 여전히 왼손으로 가슴을 누르며 약간 으르렁거리는 듯한 말투로 중얼거렸다.

"대답을 회피하는군. 역시 그게 진실인가?"

비록 감정이 조금씩 솟아나고 있기는 했지만 룬 크리셔드라는 인간의 본질은 변하지 않았다. 룬의 이성은 날카롭게 그가 말한 것의 중심을 꿰뚫으며 그를 다시 침묵 상태에 빠지게 만들었다.

"나의 과거에 대해서… 말해 줄 수 있겠나?"

룬은 그런 말을 꺼내면서도 그가 대답할 거라곤 생각하지 않았다. 그는 자꾸 룬의 질문을 회피하려 했고 룬은 그 사실을 알고 있었다. 어쩌면 쓸데없는 짓이었다. 묵비권을 지키고 있는 상대를 향한 질문은 아무렇게나 부는 겨울바람만큼이나 허무한 것이었다.

　휘우우—

　다시 한차례 겨울바람이 바싹 마른 먼지를 이끌고 휘몰아쳤다. 룬은 심장 언저리를 누르고 있던 왼손으로 입과 코를 가리며 눈을 가늘게 떴다. 그리고 동시에 오른손은 이터를 뽑아 들기 위해 손잡이로 향했다. 룬은 허무의 전당에서 그리고 예상되는 존재가 바람 속에서 싸움을 걸어왔던 것을 기억하고 있었다.

　하지만 이터는 칼집에서 뽑혀 나오지 않았다.

　"침묵… 하는 건가?"

　룬은 이터를 잡고 있던 오른손을 놓고 주위를 둘러보았다. 주위에는 누구의 인기척도 없었으며 어떤 존재감도 느껴지지 않았다. 이야기할 상대가 사라진 상태에서 혼자 이야기하는 것은 쓸모없는 행위. 룬은 짧게 한숨을 쉬곤 가볍게 발걸음을 옮겨서 다시 마차가 있는 곳을 향해 걷기 시작했다. 하지만 가벼운 발걸음과는 달리 바위보다 무거워진 뭔가가 룬의 마음을 내리누르고 있었다.

　'지금 티아스의 행동이…… 옳은 건지.'

　마차의 문틈 사이로 조금씩 스며들어 오는 빛은 어둠 속에서 희미하게 사라지고 있었다. 인위적으로 만들어진 어둠이었지만 티아스는 오랜만에 온몸을 가만히 감아드는 어둠을 느끼며 눈을 감고 룬이 했던 말을 되새기고 있었다.

　티아스는 지금까지 배워왔던 것처럼 자신의 의지대로 그런 일을 행했다. 헤르세니안은 맹목적인 신앙을 바라는 이기적인 여신이 아니었다. 헤르세니안은 자신의 자손들이, 자신의 아래에 사는 모든 존재가 자신의 의지대로 자유롭게 살아가기를 원했다. 그리고 헤르세니안의 신관인 티아스는 유일하다고 할 수도 있는 그 교리를 받아들이고 행했다.

티아스는 '그'가 살기를 원했고, 그가 살아만 있다면 다시 헤르세니안의 품에 돌아오게 만들 수 있을 거라고 생각했다. 그렇기에 티아스는 룬의 최후의 일격으로부터 그를 보호했으며 그를 살렸다.

'왜 막는 겁니까?'

룬은 무서운 눈으로 그를 살린 티아스를 책망했었다. 그리고 티아스는 자신의 행동에 대해서 미안하다고 사과했다. 자신의 의지대로 행한 행동에 후회 같은 건 남지 않아야 했고, 후회가 남지 않는 행동에 굳이 사과 같은 것은 할 이유가 없었다. 하지만 티아스는 룬에게 사과를 했다. 티아스는 자신의 의지대로 그를 살렸으면서도 꺼림칙한 뭔가를 느끼고 있었다.

'그는 이미 죽어 있다…….'

냉혹하고 잔인한 진실이었다. 잊어버리려고 했었던 그 진실이, 깊이 파묻혀 있었던 그 진실이 끈적거리며 떠오르고 있었다. 그의 머리를 보호하던 헬름이 사라지고 나자 티아스는 그의 얼굴을 볼 수 있었다. 오래전의 얼굴 따위는 남아 있지 않았다. 오래된 미라같이 푸석푸석하고 깽마른 얼굴이 검은 머리칼 사이에서 흔들리고 있었다. 그리고 티아스는 눈을 감아 그 진실을 회피했다.

'그가 다시 예전의 그처럼 되돌아올 수 있다면…….'

그가 예전의 그로 되돌아올 가능성은 전무했다. 하지만 티아스는 그 사실을 애써 부정하려고 했으며 스스로 그 사실을 왜곡하려 했다. 그 결과 많은 사람들이 고통받고 상처입었고 무엇보다 티아스 자신 또한 많은 고통을 겪어야 했다. 기억 깊은 곳에서 떠오른 진실이, 그리고 몸에 새겨진 깊은 영혼의 상처가 주는 고통은 티아스가 견디기 힘든 종류의 것이었다. 누가 뭐라 해도 티아스는 아직 어리고 세상 물정 모르는 아이에 불과했다.

'노마인은 왜 나를 보내준 걸까?'

어렴풋이 느꼈던 거지만 노마인은 자신이 그를, 에딜을 찾고 있다는 걸 알고 있었던 것 같았다. 티아스로서는 자신이 그를 찾으러 간다는 것을 알면서도 성수를 회수해 오라는 명목으로 룬들을 따라가게 한 노마인의 행동이 이해가 가지 않았다.

'차라리 나를 가지 못하게 했다면……'

티아스는 스스로 그런 생각을 했다는 것에 대해서 흠칫 놀랐다. 그리고 급히 고개를 흔들면서 그 생각을 떨쳐 내려고 노력했다. 불신이 약해진 마음의 사이를 파고들어 자리를 잡는 것은 한순간이었다. 자신이 선택했기에 이런 일이 벌어진 것이다. 그건 노마인의 잘못도, 누구의 잘못도 아니었다. 바로 자기 자신의 잘못이었다.

"하아……."

긴 한숨이 터져 나왔다. 티아스는 등을 마차의 벽에 대며 머리를 뒤로 젖혔다. 잠시 눈을 뜨고 멍하게 희미한 어둠에 휩싸여 있는 천장을 바라보던 티아스는 다시 눈을 감았다. 자신이 모르는 세계로 나와서 자신의 의지로 모든 것을 선택하는 것이 이만큼이나 힘든 것인지 미처 몰랐던 티아스였다.

"어쩌지……."

티아스에게 현실을 택할 수 있는 시간은 그리 많이 남아 있지 않았다. 영혼의 부재라는 현실은 티아스의 이성과 육체를 계속 좀먹어 들어가고 있었다.

"어서 오게. 말은 놔도 괜찮겠지?"

레전트는 가볍게 고개를 숙여 보였다. 피넬의 막사에 와보는 것은 두 번째였다. 막사 한가운데는 여전히 결계석이 희미한 빛을 내면서 마력을 방출하며 결계를 생성하고 있었다. 레전트는 결계석 안에 남아 있는 마력의 잔여량을 눈대중으로 대충 체크하고 난 후 작게 고개를 끄덕였다. 다행히 결계의 지속 시간이 짧아질 것 같지는 않았다.

"여러 가지 일로 바쁠 텐데 불러서 미안하네."

레전트는 왜 자신이 이곳에 와 있는지를 생각하며 피넬을 향해 고개를 돌렸다. 전시라는 것을 증명하기라도 하듯 피넬은 간단한 체인 메일을 입고 자리에 앉아 있었다. 원래는 풀 플레이트 메일을 입고 있어야 했지만 풀 플레이트 메일을 평소 때에 입고 있는 것은 체력 낭비에 불과했다. 때문에 피넬은 일단 간단하게 벗고 입을 수 있는 체인 메일을 몸에 걸치고 자리에 앉아 있었다.

"거두절미하고 말하도록 하지. 이벨은 도대체 뭘 노리고 있는 건가?"

레전트가 과거에 배워왔던 왕실 교육은 효과가 없는 것이 아니었다. 레전트는 심장이 멈추는 느낌에도 불구하고 몸을 꿈틀거리거나 얼굴 표정을 바꾸지 않는 묘기를 선보였다. 혹시라도 레전트가 어떤 반응을 보이지 않을까 레전트의 모습을 꼼꼼히 살펴보던 피넬은 레전트에게 아무런 변화도 없자 자세를 고쳐 앉으며 다시 질문을 던졌다.

"저런 괴물들을 데리고 도대체 뭘 하려고 했던 건가?"

"황송하오나……."

레전트는 조금 느릿하게 말을 꺼내면서 재빨리 머리를 굴렸다. 레전트는 피넬이 어디까지 이 일에 대해서 알고 있는지는 알 수가 없었고 그렇기 때문에 말도 조심해서 해야 했다. 만약 자신이 거짓으로 말을 꾸며냈다는 것을 들키면 결코 무사하지는 못할 것이다. 아무리 다른 나라에서 온 지원군 입장이라고 해도 한 나라의 국왕을 속이는 죄는 결코 만만치 않았다. 어쨌거나 레전트는 자신의 말 한마디에 큰 소동이 일어날 수도 있다는 사실을 잘 깨닫고 있었다.

"저는 이곳에 오면서 미리 작성되었던 보고서를 종합하여 몇 가지 예측을 했을 뿐입니다. 그리고 이곳에서 적혀져 보관되고 있는 보고서는 아직 자세히 볼 시간이 없었습니다. 단……."

레전트는 아케보니안에게 눈치를 줘볼까 하다가 포기했다. 만약 아케보니안에게 눈짓으로 이 일에 관해서 묻는다면 지금 자신의 태도를 똑똑히 주시하고 있는 피넬의 의심을 사기에는 충분하게 될 것이 뻔했다. 레전트는 이 일에 관해서는 비밀로 하자고 서로 약속한 상태에서 신뢰를 저버리는 짓을 할 만큼 아케보니안이 바보가 아닐 거라고 믿는 수밖에 없었다. 만약 아케보니안이 약속을 어겼다면 레전트가 그에 대항할 수단은 얼마든지 있었다.

'정말로 궁금할 뿐인 건가?'

레전트는 조심스럽게 피넬의 태도를 살폈지만 그것만으로 피넬의 생각을 읽는다는 것은 결코 쉬운 일이 아니었다. 피넬이 비록 다른 이들의 추천에 의해서 왕의 자리에 오르기는 했지만 결코 머리가 모자라거나 해서 부려먹기 쉬운 인물이었기에 추천된 것은 아니었다. 피넬은 왕이라는 직위에 오를 수 있을 만큼의 능력이 있는 자였다. 그리고 그런 남자의 생각을 읽는다는 것은 보통 힘든 일이 아니었다.

“제가 알고 있는 수준 내에서 궁금하신 것이라면 대답해 드릴 수 있
을 겁니다.”

“그럼 알고 있는 걸 이야기해 보게.”

레전트는 자신이 말할 내용을 급히 추려내기 시작했다. 이럴 때는
어느 정도 미끼를 던져 두는 것이 유용하다는 것은 잘 알고 있었다. 당
연하거나 상대방이 충분히 상상 가능한 진실을 말할 경우 더 큰 진실
을 은폐할 수도 있었다.

‘어차피 중요한 건 이벨이 그런 신 같은 존재가 되려고 한 것. 어차
피 그 작자가 왜 그런 게 되려고 했는지는 나도 모르니까. 그럼……’

“아마도 이벨이 어디선가 고대 마법에 관한 자료를 구한 듯싶습니
다. 대륙 내에서도 거의 소실된 그런 자료를 어디서 구했는지는 알 수
가 없지만 이벨은 분명히 그 마법에 대한 자료를 구했고, 그 힘을 이용
하여 이런 괴물 군단을 만들어낸 것입니다. 아마도 목적은 대륙 정복,
혹은 단순히 미친 것일 수도 있습니다. 마법사란 존재들은 자주 미치
기도 하니까요.”

이것은 진실이었다. 다만 이 진실은 아무런 쓸모도 없는 종류의 것
이었다. 상황에 대해서 약간만 알고 있다면 이 정도의 예측은 누구라
도 할 수 있을 것이다. 그리고 그만큼 납득하기 쉬운 대답이었다.

“그리고 저희는 그 고대 마법에 대한 자료를 파기시키기 위한 목적
도 겸하고 있습니다. 그런 잊혀져 버려야 할 고대의 잔재는 사라지는
게 나으니까요.”

“그것이 자네들의 중요한 일이 되겠군.”

“예.”

“어쨌든 좋네. 그럼 그 결계라는 것과 군사의 배치에 대해서 좀 더

토론해 보도록 하지. 일단 대략적인 것은 미리 이야기해 두는 것이 나중에 회의할 때 진행이 빠르게 될 거라고 생각하네.”

레전트는 마음속으로 안도의 한숨을 쉬었다. 그리고 미소를 지으며 말했다.

“옳으십니다. 그럼 대략적으로 결계석을 배치해야 할 곳을 말씀드리겠습니다.”

‘어려워, 어려워…….’

레전트는 아케보니안에게서 지도를 받으며 문득 마차에서 쉬고 있을 룬과 티아스에 대해서 생각했다. 나름대로 티아스를 납득시키기 위해서 한 말이지만 역시나 신경이 쓰일 수밖에 없었다.

‘역시 말이 좀 심했나? 하기야 그 정도로 딱 잘라서 말하지 않았으면 오히려 티아스가 납득하지 않았을지도 모르지만 나중에 사과해 두는 게 좋겠군.’

6

구름이 잔뜩 끼어 있는 하늘은 밤이 다가옴에도 불구하고 여전히 짙은 회색을 띠고 금방이라도 눈을 쏟아낼 것 같은 모습을 하고 있었다. 밤이 점점 다가오자 그 추위를 이기기 위한 커다란 모닥불이 여기저기서 피어 오르며 병사들에게 빛과 온기를 제공했으며 병자들이 누워 있는 막사 안에도 작은 모닥불이 피워졌다.

겨울은 장기적으로 전쟁을 하기에는 좋지 않은 계절이었다. 병사들은 땅에서 올라오는 냉기를 막기 위해 안간힘을 다했고, 사방에서 들이닥치는 냉기 섞인 바람을 최대한 막으려 노력해야 했다. 크게 다친 병사들은 특별히 모포를 몇 겹이나 겹쳐 그 위에서 누워 있었지만 모포는 땅에서부터 스멀스멀 올라오는 냉기를 약간 막는 역할 정도밖에 하지 못했다. 현실적으로 일반병들 모두를 간이 침대에서 쉬게 한다는 것은 무리였기 때문에 소대장급의 인물이 아니라면 누구든 바닥에서 쉬거나 잠들어야 했다.

전투 중 그다지 심하게 다치지 않았던 병사들은 조를 나누어 경계를 서고 있었다. 그들은 차가운 바닥에서 신음하는 자신들의 동료의 모습을 자신과 비교하며 위안을 삼았다. 적어도 자신들의 손과 발은 아직 움직이고 있었고 벌판에 쓰러져 썩어가고 있지도 않았다.

"어?"

먼 곳을 감시하기 위해서 만들어진 망루 위에서 후방을 살피던 감시병의 눈에 많은 불빛이 하나둘씩 들어오기 시작했다. 어림잡아서 수십 개는 가볍게 넘어 보이는 그 불빛은 일정한 대열을 맞춰서 일정한 속력으로 이쪽을 향해 다가오고 있었다. 감시병은 그것이 훈련받은 군대의 움직이라는 걸 어렵지 않게 알 수 있었다. 문제는 저 행렬이 군대라는 것이 아니었다. 저 군대가 어디의 소속이냐는 것이었다.

감시병은 어떨지도 모르는 상황에 대비해 허리에 차고 있는 뿔피리를 꽉 움켜쥐고 이쪽으로 계속 다가오고 있는 그 행렬이 누구의 편인지 알기 위해 미간을 좁히고 먼 곳을 바라보려 노력했다.

"……."

불빛 사이에서 밤의 어둠에 섞여 잘 보이지 않는 검은 깃발이 흔들리고 있었다. 멀리서도 볼 수 있도록 크게 만들어진 깃발이었지만 거리가 워낙 멀리 떨어져 있는 데다가 어두웠기 때문에 깃발에 새겨져 있는 문장도 거의 보이지 않았다. 그 병사는 망루 바깥으로 몸을 내밀고 더 더욱 미간을 좁히며 깃발에 새겨져 있는 문장을 보기 위해 노력했다.

"저, 저건?"

분명히 익숙하지는 않은 문장이었다. 하지만 익숙하지 않을 뿐이지 그 문장이 무엇을 표현하는지는 확실히 알고 있었다. 대륙 어디에도 헬름이 쇠사슬로 단단히 묶여 있는 특이한 문장을 쓰는 부대는 '그 부대를 제외하면 존재하지 않았다. 그 병사는 그 깃발의 문장을 확인하자마자 급히 망루 아래로 내려가며 주위의 모든 사람들이 다 들을 수 있을 정도로 크게 소리를 질렀다.

"아군이다! 위시 오브 블러드(Wish of Blood)가 도착했다!"

"부대 정지!"

갑옷도 제대로 걸치지 않은 채 허리에는 숏 소드를 차고 있는 남자가 짧게 말하자 그의 뒤에 서 있던 험상궂게 생긴 남자들이 채찍으로 땅을 내려치며 소리를 질렀다.

"이 새끼들아! 멈춰!"

"대장님 말씀이 안 들리나!"

일정 간격을 맞춰서 빠른 속력으로 걸어가던 병사들이 걸음을 멈추기 시작했다. 그들은 하나같이 얼굴 전체를 가리는 철가면에 가까운 헬름을 쓰고 있었고 손은 쇠사슬에 묶여 있는 채였다.

채찍을 들고 있는 남자들은 그런 병사들을 마치 도살장에 끌려가는 소같이 취급하며 연신 채찍을 휘둘러 댔으며 그 병사들은 투덜거리면서도 순순히 그들의 명령을 따랐다.

위시 오브 블러드를 지휘하는 건 일반적인 군인이 아니라 간수들이었다. 하지만 그들은 누구에게도 결코 얕보이지 않았다. 살인죄를 저지르고 사형이 확정된 질 나쁜 죄수들을 다루는 것은 아무리 뛰어난 용병이라도 절대로 하고 싶어하는 일이 아니었다.

네스트 지옥기사단 3번대 위시 오브 블러드의 대장. 버프터 플리어는 개인적으로는 누구라도 가까이 하고 싶어하지 않는 성격을 가지고 있었다. 아이러니컬하게도 그를 잘 아는 이일수록 그와 친하게 지내지 않으려고 노력할 정도였다.

그는 그 질 나쁜 죄수들을 다루는 간수들을 다룰 능력이 있었고 무엇보다 그들보다 훨씬 성격이 나빴다. 그에게 그 성격을 억누를 수 있는 초인적인 책임감이 없었더라면 그 자신도 위시 오브 블러드의 병사들 사이에 섞여 쇠사슬에 묶여 있을지도 몰랐다.

"반항하는 놈들은 반쯤만 죽여서 매달아놔. 여기서 대충 휴식 취하고 식사 준비 끝낸다."

"예, 알겠습니다."

부관은 버프터의 성격을 알고 있었기 때문에 최대한 공손하게 그의 말에 대답한 후 바로 뒤돌아서 크게 소리쳤다.

"부대 휴식! 취사하는 새끼들 빨리빨리 안 움직이나! 30분 이내에 배식 준비 완료한다!"

잡다한 일을 맡고 있는 일꾼들은 땅을 내려치는 채찍이 자신에게 날아오지 않을까 걱정하며 재빨리 몸을 움직였다. 일반병에게 채찍을 휘두르는 것은 말도 안 되는 일이었지만 그들 역시 헬름으로 얼굴을 가리고 수갑을 찬 채 바닥에 쭈그리고 앉아 있는 병사들과 같은 죄수들이었다. 다만 그들은 자진해서 위시 오브 블러드에 지원했다는 것이 달랐다.

원래 위시 오브 블러드가 만들어졌을 때 일반 병사들을 취사병이나 위생병으로 위시 오브 블러드에 합류시키긴 했었지만 후에는 그런 잡다한 일을 하는 병사들은 전부 조금 큰 죄를 짓고 징역을 받은 이들 중에서 선출했다. 그들은 위시 오브 블러드에 소속되는 대신 감방보다 좋은 환경에서 지낼 수 있었고, 위시 오브 블러드에서 일한 대가로 가석방을 약속받을 수도 있었다.

쇠사슬이 달린 수갑이 채워진 채 얼굴 전체를 가리는 헬름을 쓰고 있는 병사들은 강제 징병당한 죄수들이었다. 그들은 이미 사형선고가 내려진 자들이었고, 전장에서는 소모품으로 활용되었다. 그들은 소모품인 이상 맹목적으로 앞으로 나가며 싸워야 했기 때문에 시야가 극히 좁아지는 헬름을 강제로 써야 했다.

그들이 그 헬름을 벗을 수 있는 건 하루에 단 한 번뿐이었다. 물론 전공을 많이 세운다면 죄의 등급이 내려가서 전역하는 것도 불가능하지는 않았지만, 지금까지 위시 오브 블러드의 전투원으로 소속되어 싸웠던 자들 중 단 한 명도 살아생전에 전역한 자는 없었다.

그들은 죽음을 피하기 위해서 매일같이 죽음으로 몸을 내던지며 살아야 하는 자들이었다. 그들의 목숨은 이미 자신들의 것이 아니었다.

"음?"

버프터는 문득 고개를 돌려 막사들이 세워져 있는 곳을 바라보았다. 누군가가 눈을 감고서도 이쪽으로 척척 걸어오고 있었다. 바삐 지나다니는 병사들이 그의 앞길을 간혹 막기는 했지만 그는 그런 병사들의 움직임을 쉽게 피하며 버프터를 향해 똑바로 걸어왔다.

"버프터 대장, 국왕 폐하께서 부르십니다."

버프터는 자신에게 딱딱한 말투로 자신의 목적만을 말하는 청년을 조금 기분 나쁜 듯한 눈빛으로 바라보며 짜증 섞인 말투로 중얼거렸다.

"지금 도착했는데 내가 여기 있는지 잘도 알았군. 지금 당장 가야 되는 거냐?"

"예, 지금 당장입니다."

그 청년, 흑아는 딱딱한 말투로 일관성있는 태도를 보였고, 버프터는 잇소리를 내면서 불만이 가득 담긴 목소리로 가볍게 대답했다.

"알았다."

흑아는 버프터를 향해서 형식적으로 가볍게 고개를 숙여 보이고 막사를 향해 걸어가기 시작했다. 버프터는 그런 흑아에게서 눈을 돌린 후 한차례 땅에 침을 뱉으며 고개를 흔들었다.

"젠장, 밤낮으로 뛰어왔더니 도착하자마자 오라는 건가……. 빌어먹을."

"그럼 회의를 시작하겠소. 아케보니안."

아케보니안은 공손히 자리에서 일어서며 고개를 숙여 보였다. 원래대로라면 이 회의도 레전트가 맡아야 할 테지만 레전트는 지금 이 순간에도 결코 놀고 있지 않았다. 피넬에게 대략적인 상황을 설명한 레전트는 다른 이들을 설득할 만한 짧은 보고서를 작성해 아케보니안에게 넘긴 다음 결계석에 마법진을 전부 새기며 결계석을 배치할 만한 곳을 마법사의 눈으로 탐색하고 있었다.

회의에는 아까보다 한 사람이 더 많았다. 레전트가 빠졌다는 것을 생각해 보면 그 빈자리를 메우고 있는 사람까지 총 두 명. 바로 위시 오브 블러드의 대장인 버프터와 메드 힐러의 대장인 가다르였다.

분명히 메드 힐러도 위시 오브 블러드와 같이 이곳에 도착했지만 후방에 위치한 데다가 감시병이 당황했던 상태라서 용병대와 메드 힐러 부대의 존재는 늦게 알려졌다. 그렇기 때문에 가다르는 회의에 조금 더 늦게 참석해야 했고 위시 오브 블러드가 도착했다는 소식만을 지휘부에 전한 감시병은 상당히 곤란한 상황에 놓였다. 하지만 가다르는 지금이 밤이라는 것을 강조하며 그 병사에게 벌을 내리지 말 것을 아케보니안에게 부탁했다. 아케보니안 역시 병사들의 사기 문제를 생각해 그 문제는 덮어두기로 했다.

메드 힐러는 부대원의 수가 꽤나 적었다. 다른 지옥기사단이 적어도 4개 소대에 가까운 병력인 것에 비교해 본다면 그에 비하여 2개 소대밖에 되지 않는 메드 힐러의 인원수는 분명히 적었다. 하지만 메드 힐러는 직접적으로 싸우기 위한 집단은 아니었기 때문에 수는 그다지 중요하지 않았다. 실상 2개 소대 중에서도 150명은 짐꾼에 가까웠고 약물에 관한 지식이 있는 자들은 50명 정도밖에 없었다. 그리고 그들은 지금 열심히 바깥에서 약제를 조합하고 있는 중이었다.

"일단 모두들 지도를 봐주시겠습니까?"

커다란 탁자에 펴져 있는 지도에는 이 근처의 지형이 꽤나 세세하게 그려져 있었고 성의 위치와 국왕군의 배치 상황도 자세히 그려져 있었다. 아케보니안은 지휘봉으로 성을 가리키며 입을 열었다.

"일단 결계에 관한 것을 설명하도록 하겠습니다. 일단 결계석을 배치해야 할 곳은 총 여섯 군데. 어느 한쪽이라도 파괴되면 결계는 무효화가 되기 때문에 반드시 보호해야 할 목표지요."

아케보니안은 다시 지휘봉을 움직여서 성 주위에 놓여져 있는 푸른색의 돌들을 가리켰다.

"이 푸른 돌들이 결계석이 놓이는 곳이지요. 즉, 병사를 최소한 일곱 부대 이상으로 나눠야 한다는 소리가 되는 것입니다. 그리고 그중 여섯 부대로 나누어진 병사들은 성 주위를 감싸고 있는 결계석을 지키고 나머지 부대가 성안으로 직접 진격해서 적을 공략해야 합니다. 그리고 또 하나 중요한 문제가 있는데… 흑아, 내부 지도를 펴주게.”

혹아는 급히 성안에 있는 건물의 내부 구조를 대략적으로 그려놓은 투시도를 그 지도 위에 겹쳐 올렸다. 아케보니안은 지휘봉으로 투시도에 그려져 있는 다섯 개의 동그라미를 가리켰다.

“보다시피 1층과 지하에 표시되어 있는 곳이 뼈괴물을 만들어내는 시설이 있을 곳으로 예상되는 지점입니다. 그리고 위쪽에 표시되어 있는 세 곳이 이벨이 있을 만한 곳이지요. 별동대 하나로는 짧은 시간 이내에 모든 곳을 다 둘러보기에는 시간이 부족합니다. 그 뼈괴물이 만들어지는 시설을 파괴하고 이벨의 신병을 확보하려면 최소 두 부대 이상의 별동대를 조직해야 된다는 소리지요.”

아케보니안은 말을 끊고 헛기침을 하며 자리에 앉았다. 상황 설명이 끝난 상태에서 이제 필요한 것은 토론이었다. 병력의 편중과 별동대의 인원, 앞으로 얼마 후에 작전이 벌어질까 하는 것 등을 정해야 했다.

“시간이 없소. 지금 우리를 보호해 주고 있는 결계가 풀리려면 겨우 두 시간 정도밖에 남지 않은 상태요. 대장들의 생각은 어떻소?”

버프터는 지금까지 일어난 일이 간략하게 정리되어 있는 보고서를 읽다가 막 입을 연 피넬을 힐끔 바라보곤 다시 보고서로 눈을 돌렸다. 가다르는 그런 버프터의 태도에 눈살을 찌푸리며 손에 들려 있는 서류를 내려놓았다.

“이 보고서에 적혀 있는 것에 따르면 그 육 등분할 병력은 결계를 지키기 위해서군요. 결계의 크기를 줄일 수는 없습니까? 아무래도 이렇게 병력이 분산되면 각개격파당할 확률이 높은데…….”

“나도 레전트님에게 여쭈어보긴 했네만, 이 마법을 사용하기 위해서는 육각 결계가 최소화된 상태라네. 원래대로라면 결계석을 열두 곳에 배치해야 하는데 그걸 절반으로 줄인 상태야. 나도 일단은 마법사라서 결계에 대한 지식이 조금 있으니까 틀린 말은 아닐세. 이 이상 결계석의 배치 숫자를 줄이는 건 무리야."

가다르는 아케보니안의 일장 연설에 고개를 흔들며 다시 생각에 잠겼고 그사이에 제마이드가 자신의 의견을 중얼거리듯 말했다.

"마법사들은 사용 가능한 겁니까?"

"그렇네."

아케보니안의 대답에 제마이드는 턱을 만지작거리며 다시 자신의 의견을 말했다.

"그럼 일단 마법사들을 결계마다 배치하면 각개격파당할 확률을 줄일 수 있겠군요. 적 한복판에 공격 마법을 떨어뜨리는 것도 좋겠지만 그건 솔리드 캐슬로 대체할 수 있으니……. 그리고 주병력을 중앙에 집중해서 적을 일정 거리 이상 진격하지 못하게 하고 중앙에서 빠져나온 떨거지들을 남은 병사들로 상대하는 게 좋을 것 같습니다."

제마이드는 모두의 생각을 듣기 위해서인지 입을 다물고 주위를 둘러보았다. 비록 간단한 발언이기는 했지만 간단한 만큼 그 의견에는 그다지 흠이 될 만한 것이 없었다. 그때 피넬이 제마이드의 의견이 상당히 현실성이 있다고 생각했는지 눈치를 살피고 있는 제마이드를 부추겼다.

"더 자세히 말해 보게."

제마이드는 갑자기 국왕이 입을 열자 흠칫 놀랐다가 공손히 고개를 끄덕여 보인 후 말했다.

"예, 저는 칼잡이라서 병법에는 익숙하지 않지만 말입니다. 일단 킹 오브 머셔너리와 위시 오브 블러드, 그리고 태양기사단을 중앙으로 밀어 넣는 겁니다. 일단 지금 가장 병력이 잘 보존된 부대 중에서 직접 전투를 수행할 수 있는 부대는 그 세 부대니까요. 그리고 그 뒤를 킬링 아머가 한 겹 더 감싸고, 킬링 아머마저도 돌파한 괴물들은 후방의 병사들이 책임지고 깨부순다……. 물론 태양기사단이 신성력을 사용할 수 있어야 생성되는 전략이지만 말입니다.”

회의하던 인물들 중 제마이드의 의견에 별다른 이의를 제기하는 이는 아무도 없었다. 그리고 그와 동시에 모두의 눈은 일제히 울비엘을 향했다. 확실히 신성력을 사용할 수만 있다면 태양기사단은 결코 약한 존재가 아니었다. 하지만 신성력 사용이 불가능한 상황이라면 태양기사단은 중앙을 공격하는 부대에서 제외되어야 했다.

울비엘은 모두의 시선이 자신에게로 몰리자 눈을 들어 아케보니안을 바라보았다. 그리고 가볍게 입을 열었다.

“그 결계 내에서 신성력의 사용은 가능합니까?”

모두의 눈이 아케보니안을 향해서 돌아갔다. 아케보니안은 선선히 고개를 끄덕이며 대답했다.

“가능합니다. 지금까지 신성력이 사용 불가능했던 건 저쪽에서 마력의 흐름을 차단하면서 강제로 바깥쪽 공간과 이쪽 공간을 끊어놔 버린 탓에 신성력이 이곳으로 흘러오지 못한 탓이라고 하더군요. 지금 마법사들이 펼치려고 하는 결계로 그 공간을 끊는 원인이 제거된다면 신성력의 사용이 가능해질 겁니다.”

“그 마법의 영향으로 신성력이 묶일 수도 있지 않습니까?”

말에 고저 차가 없는 기묘한 화법이었다. 고저 차가 없는 말투는 지극히 밋밋하고 무감각하게 느껴졌고, 그 말에 담긴 의미를 파악하기 힘들었다. 하지만 아케보니안은 태양기사단을 반드시 움직여야 한다는 생각을 하고 있었기 때문에 그런 울비엘의 말투에도 별다른 반응을 보이지 않고 다시 말했다.

"적이 가지고 있는 마력만 묶는 것이기 때문에 신성력은 사용이 가능할 겁니다. 보통 마법조차도 사용이 가능하니까요. 만약 신성력 사용이 불가능해진다면 후퇴하셔도 괜찮습니다. 도와주시겠습니까?"

다시 모두의 눈이 울비엘을 향해서 돌아갔다. 울비엘은 잠시 눈을 감고 뭔가를 생각하다가 가만히 눈을 뜨고 여전히 고저 차가 없는 조용한 목소리로 말했다.

"신의 이름으로 이 땅을 더럽히는 추악한 힘의 근원을 제거하는 데 돕겠습니다."

태양기사단의 대표인 울비엘의 승낙이 떨어지자 분위기는 조금 더 희망적으로 변해갔다. 곧바로 병력의 분할에 대한 의견들이 터져 나왔다. 일단 가다르가 모집해 온 용병대의 수가 사백 정도였다. 그리고 병사들 중 당장 싸울 수 있는 일반 병사의 수는 킬링 아머와 킹 오브 머셔너리, 위시 오브 블러드를 제외하면 약 천오백에 가까운 숫자였다. 부대의 특성상 근거리 전투가 불가능한 솔리드 캐슬은 결계 보호 임무에서는 제외해야 했다. 결국 솔리드 캐슬은 정문 방향에서 진격하여 성문과 성벽을 부수고 난 뒤 후퇴하는 역할을 맡기로 했고, 결계는 한 군데당 3소대의 병력이 배치될 수 있다는 결론이 나왔다.

"문제는 별동대로군."

별동대에 관한 이야기가 나오자 순식간에 분위기가 침울하게 바뀌어갔다. 별동대의 특징상 개인 능력이 뛰어난 자들이 필요했지만 지금 이 상황에서 특별히 개인 능력이 뛰어난 사람은 존재할 리가 없었다.

지옥기사단을 제외하면 군인들의 능력은 거의 평균화되어 있는 상태였고 운용할 수 있는 지옥기사단의 대부분은 이미 중앙에 투입되도록 정해져 있었다.

"별동대의 규모는 어느 정도로……?"

키즈린이 말꼬리를 늘어뜨리며 조심스럽게 묻자 아케보니안은 수염을 만지작거리며 그 질문에 답했다.

"별동대는 두 부대가 필요하다고 했지만 한 부대당 적어도 열 명 정도는 있어야 한다고 생각하네. 교전을 목적으로 한 부대는 아니지만 교전이 일어날 경우 싸워서 이기기는 해야 할 테니까."

이런 경우에는 별동대의 인원 수가 많으면 많을수록 좋은 것이 아니었다. 오히려 규모가 크면 적에게 발각되고 일을 망쳐 버릴 확률이 높았다. 지금과 같은 상황이라면 별동대는 소규모의 개개인의 능력이 뛰어나거나 특별히 팀웍이 좋은 부대로 이루어지는 것이 가장 효율적이었다.

"그리고 말하지 않은 것이 있습니다만, 이 정도 규모의 마법적인 시설의 장치를 파괴하기 위해서는 그냥 폭약을 터뜨리거나 하는 정도로는 안 된다고 하더군요. 그렇기 때문에 별동대에는 마법사가 한 명씩 따라붙어야 합니다. 아마 한쪽에는 레전트님이, 그리고 나머지 한쪽에는 레전트님의 아래 직위에 있는 마법사가 가게 될 겁니다. 비록 마법은 사용하지 못한다고는 하지만 전투에 참가하지 못하는 것만 빼면 그다지 짐은 되지 않을 겁니다. 자기 한 몸 정도 보호할 수 없다면 이런 곳에 파견되지는 못했을 테니까 말입니다."

모두들 그다지 탐탁하게 생각하지는 않았지만 별수없는 일이었다. 마법적인 시설을 파괴하는 데에는 마법사만큼 효율적인 직업이 있을 리가 없었고, 그 시설을 파괴하지 않으면 또다시 이런 일이 벌어지게 될지도 몰랐다.

잠시 뭔가 고민하던 제마이드는 버릇대로 허리에 손을 가져갔다가 검이 없는 것을 알아차리곤 손가락으로 탁자를 두드렸다. 국왕의 앞에서는 무기를 소유할 수 없었기 때문에 무기는 막사 안에 들어오기 전 전부 수거해 놓은 상태였다.

"그럼 소드맨하고 킹 오브 머셔너리에서 인원을 조금씩 빼는 게 낫겠군요. 특별히 정예 병력이라고 할 수 있는 건 어쨌거나 지옥기사단, 그중에서도 이런 경우 별동대에 어울리는 건 그 두 부대밖에 없으니까 말입니다. 원래대로라면 쉐도우 오브 라이트닝이 더 어울릴 것 같습니다만 그 친구들은 지금 없으니까요."

"그럼 제마이드, 별동대의 편성은 자네에게 맡기겠네."

"알겠습니다."

모두가 조용해지자 피넬이 자리에서 일어났다. 그는 왕에 걸맞은 위압감이 담긴 얼굴로 좌중을 둘러보며 무겁고 낮지만 힘찬 목소리로 말했다. 그는 자신의 태도가 사기에 얼마나 큰 영향을 주는지 알고 있었다.

"한 시간 이내로 부대 편성을 끝내고 병사들을 쉬게 하도록. 제마이드, 자네는 별동대를 뽑아서 나에게 직접 보고하도록 하고. 알겠나?"

"예, 폐하."

"앞으로 한 시간 후, 마지막 작전 회의를 가지고 전투를 시작하도록 하겠네. 모두들 해산."

"제마이드님."

제마이드는 누군가의 목소리가 들려오자 반사적으로 허리에 손을 가져다 댄 후에야 고개를 들어 자신의 이름을 부른 자가 누군지 탐색했다. 그리고 곧 자신이 너무 과민반응이라고 생각했는지 고개를 저으며 허리에서 손을 뗐다. 일단 이곳은 국왕군 진영의 한복판이었고 밖에는 자신의 부하들이 있었다. 적어도 적의 기습이 있었다면 큰 소란이 일어났을 것이다.

아무리 숙련된 전사라고 하더라도 피가 마를 정도로 긴장되는 대치 상태를 맨정신으로 버텨내는 건 무리가 있었다. 게다가 그런 대치 상태가 하루 이틀인 것도 아니었다. 벌써 일주일이라는 시간이 넘어가고 있었다.

제마이드는 등잔에서 피어 오르는 희미한 불꽃 아래 드러난 꽤나 낯선 얼굴의 주인이 누구인지 잠시 동안 헤매다가 그것이 오늘 국왕군에 지원을 온 마법사의 대장이라는 것을 알아차리고 작게 고개를 숙여 보였다.

"무슨 일이십니까, 위저드 레전트?"

제마이드는 해가 이미 사라진 지 오래인 이 밤늦은 시간에 마법사의 대장이 자신을 찾아온 이유가 무엇일지 생각하며 물었다. 레전트는 조금 멋쩍은 듯 뒤통수를 긁으며 자신이 이곳에 찾아온 이유를 밝혔다.

"별동대를 제마이드님이 짜신다는 소리를 들었습니다. 잘 돼가십니까?"

제마이드는 쓴웃음을 지으며 고개를 흔들었다. 분명히 소드맨이나 킹 오브 머셔너리의 기사들은 보통 병사들에 비하면 일당 오육 정도의 힘을 가지고 있는 우수한 전사들이었다. 하지만 그건 어디까지나 전사로서의 능력을 말하는 것이었다.

애초에 지옥기사단이라는 부대 자체가 특수한 목적을 가지고 나뉘어져 있는 특화 부대였고, 원래대로라면 이런 침투 임무는 쉐도우 오브라이트닝이 맡아야 할 임무였다. 애초에 소드맨이나 킹 오브 머셔너리는 침투 임무 같은 것 하고는 그다지 어울리지 않는 근거리 공격수들이었다.

"특별히 이번 임무 하고는 맞는 녀석이 없어서 고생 중입니다만."

"그럼 별동대로 한 명 추천해도 되겠습니까? 제 호위로 따라다니는 녀석인데……."

제마이드는 레전트의 말에 조금 의아함을 느끼며 말했다.

"레전트님의 호위라면… 기사입니까?"

"아뇨. 용병입니다."

"용병입니까……?"

제마이드로서는 마다할 이유가 없었다. 경험이 풍부하고 능력이 뛰어난 용병이 이런 임무에서는 오히려 보통 기사들보다 더 알맞은 경우가 많았다. 용병이란 존재들 중에서는 그냥 싸움꾼에 불과한 녀석들도 많았지만, 적어도 이런 까다로운 마법사의 눈에 들 정도면 실력은 나쁘지 않을 것 같았다.

"당연히 중요한 일이란 건 압니다. 실력은 절대로 뒤처지지 않는 녀석이니까 한번 보시고 결정해 주시면 안 되겠습니까? 억지로 해달라는 건 아니니까 실력이 안 된다고 생각하신다면 저도 뭐라고 하지 않겠습니다."

"그러지요."

레전트는 제마이드의 허락이 떨어지자 입구를 향해서 조금 큰 목소리로 외쳤다.

"들어와, 룬."

등잔의 불꽃이 바람에 크게 일렁였다. 제마이드는 무장 해제 상태로 태연하게 막사 안에 들어온 용병을 찬찬히 살폈다. 겉보기에는 그다지 특별히 강하다거나 할 것 같지는 않았다. 검은 머리카락이라는 것이 조금 특이하기는 했지만 외모는 평범했고, 몸은 옷으로 빈틈없이 감싸져 있어서 근육이 얼마나 있는지도 볼 수 없었다.

"정말 실력이 되는 겁니까?"

이런 상황에서는 당연히 그런 것을 물을 수밖에 없었기 때문에 레전트는 제마이드의 말에 그저 조금 어색하게 웃을 뿐이었다. 하지만 제마이드는 그다지 웃고 싶은 상황이 아니었기에 얼굴을 조금 일그러뜨렸다.

아무리 훑어봐도 뛰어난 용병 같지는 않았다. 물론 뛰어난 용병이 얼굴에 '뛰어난 용병' 이라고 써붙이고 다니는 건 아니라지만 저 청년의 경우는 좀 심각했다. 실력있는 전사라면 어느 정도는 가지고 있어야 할 투기나 기세등등한 모습도 전혀 없었다. 무덤덤한 표정은 그를 보통 마을 청년으로 만들기에 충분했다. 다만 얼굴 여기저기에 나 있는 작은 흉터들이 겨우 그를 용병으로 보이게 만들고 있었다.

'그런데 이 녀석 어디서 본 적이 있던가?'

어디선가 이런 익숙한 분위기를 느껴본 적이 있다고 생각한 제마이드는 기억을 더듬느라 뭔가를 생각하는 포즈를 취하게 됐다. 레전트로서는 제마이드가 룬을 어떻게 떨쳐 버릴까 생각하는 것으로 오해할 수밖에 없었기 때문에 조심스럽게 말을 던졌다.

"시험이라도 해보시면 안 되겠습니까?"

자신의 앞에 서 있는 이 청년에 대한 기억을 끄집어내지 못한 제마이드는 어딘가 좀 꺼림칙하다는 표정으로 작게 고개를 흔들었다.

"시간이 부족해서 대련 같은 걸 할 틈은 없습니다. 아직 별동대를 한 명도 뽑지 못한 상태라서 빨리 이걸 처리하고 저도 조금은 쉬어두어야 합니다. 일단 저도 별동대로 들어갈 생각이니까요. 하지만 확실히 이대로라면 어쩔 수 없으니……."

룬은 자신을 힐끔힐끔 바라보는 제마이드의 시선이 조금 기분 나쁘기는 했지만 별다른 내색을 하지 않았다. 물론 다른 이들이 보기에는 굉장히 무덤덤한 표정이었다.

"그럼 아쉬운 대로 간단한 실력 테스트라도 해볼까요? 괜찮겠습니까, 레전트님?"

"예? 저야 상관없……."

제마이드의 오른손이 너무나도 자연스럽게 허리로 내려갔다. 하지만 룬은 제마이드의 의도가 무엇인지 곧바로 판단하고 자신에게 무기로 사용할 만한 것이 있는지 재빨리 생각해 냈다. 제마이드의 검이 날카로운 소리를 내며 검집에서 뽑혀 나온 것은 룬이 오른손을 품속으로 넣는 것과 거의 동시에 행해졌다.

제마이드가 뽑아 든 마력검은 비록 마력은 싣고 있지 않았기 때문에 날카로운 칼날은 없었지만 그 자체로도 상당한 위력을 가진 둔기였다. 룬은 제마이드의 검이 자신의 허리께를 노리고 오는 것을 보고 상황을 급히 판단했다. 이런 좁은 막사 안에서는 뛰어서 저런 공격을 피할 수는 없었고, 숙여서 피할 수 있을 만큼 공격의 궤도가 높은 것도 아니었다. 룬은 피할 수 없는 공격이라면 선택할 수 있는 행동의 폭이 급격히 줄어들게 된다는 것을 잘 알고 있었다.

카칵!

룬은 왼팔에 힘을 주어 왼팔의 건틀릿으로 검을 흘려보내며 거의 본능적으로 제마이드의 품속으로 파고들었다. 룬의 건틀릿과 검이 마찰하며 밝은 불꽃과 날카로운 소리를 튀겼다. 레전트는 갑작스럽게 들려온 소름 끼치는 쇠 긁히는 소리에 얼굴을 찡그리며 귀를 막았다.

"⋯⋯?!"

룬의 정신이 뭔가를 알아차리고 몸을 멈추게 만들었다. 의외로 왼팔에 그다지 큰 충격은 없었고 제마이드는 다음 행동을 생각하지 않은 상태로 자신을 똑바로 바라보고 있었다. 룬은 급히 제마이드의 목을 향해서 날아가는 자신의 오른손을 멈춰 세웠다.

"이 정도면 괜찮군."

제마이드는 룬을 정말로 해칠 생각으로 공격한 것은 아니었다. 만약 제마이드가 손에 여유를 두지 않고 그대로 있는 힘껏 검을 휘둘렀다면 룬이 아무리 공격을 막았다고 해도 상당한 충격을 입게 됐을 것이다. 룬은 건틀릿과 검이 마주쳤을 때 의외로 충격이 가볍다는 것을 느꼈기 때문에 제마이드가 자신을 시험하려 했다는 것을 금방 알아차릴 수 있었다.

"실력은 잘 알았으니 이것 좀 치워주지 않겠나?"

제마이드는 자신의 목에 감히 칼을 들이댄 청년의 태도에 대해서 별로 나무라고 싶은 생각은 없었다. 필요하다면 그 일격에 마력을 실어서 룬의 몸을 동강낼 수도 있었고, 룬이 반격했을 때 움찔하며 망설이는 틈을 노릴 수도 있었다. 하지만 제마이드는 오히려 룬의 실력에 상당한 즐거움을 느꼈다. 강자를 상대하는 즐거움 같은 것 때문이 아니었다. 이 정도의 실력이라면 소드맨이나 킹 오브 머셔너리의 기사들에 비해서 결코 뒤지지 않을 정도였다. 이 남자는 이번 일에 충분히 써먹을 수 있는 힘을 가지고 있었다.

룬은 검은빛으로 번뜩이는 나이프를 다시 품속으로 집어넣었다. 몇 주 전쯤 레전트가 룬에게 건네주었던 그 장식품에 가까운 나이프였다. 제마이드는 룬이 다시 뒤로 물러서자 검을 칼집에 집어넣으며 고개를 끄덕였다.

"이 정도라면 괜찮겠군요. 받아들이도록 하지요. 무장 해제한 용병이 저런 무기를 왜 가지고 있는 건지는 묻지 않도록 하겠습니다."

"그럼……."

"작전이 시작되는 건 아마 최종 회의가 있고 나서 한 시간 후쯤일 겁니다. 그러니 그때까지 쉬게 하세요. 아, 레전트님도 별동대에 들어간다고 알고 있습니다만… 레전트님도 좀 쉬어두시는 것이 좋을 것 같군요."

"예, 그럼 나중에 뵙죠."

레전트는 가만히 서 있는 룬을 향해 바깥으로 턱짓을 한 후 자신도 막사 바깥으로 걸어나갔다. 룬은 레전트가 나가자 자신도 바깥으로 가기 위해서 막 발을 옮기려 했다. 그때 제마이드의 말소리가 막 바깥으로 걸어나가려고 하는 룬의 뒷덜미를 움켜잡았다.

"이봐, 너. 이름이 뭐지?"

역시 어딘가에서 본 기억이 있는 솜씨였다. 어디서 봤는지는 도무지 기억나지 않았지만 분명히 봤었다는 기억은 희미하게 존재했다. 룬은 뒤로 돌아 제마이드를 정면으로 바라보며 똑똑한 목소리로 말했다.

"룬 크리셔드라고 합니다."

똑똑히 들려온 룬의 목소리에 제마이드는 다시 과거의 기억을 되살리기 위해서 노력했다. 자신을 룬 크리셔드라고 밝힌 저 남자의 목소리는 들어본 기억이 없었다.

"룬 크리셔드… 룬, 룬이라……."

"무슨 문제라도 있습니까?"

제마이드는 고개를 흔들며 손짓을 했다. 뭔가 생각이 날 것 같기도 했지만 망각의 저편에 가라앉아 있는 오래전의 기억은 쉽게 떠올라 주지 않았다. 결국 제마이드는 룬의 정체를 떠올리는 걸 포기했다. 지금은 그것보다 더욱 중요한 일이 많이 남아 있었다.

"아니, 아무것도 아니다. 그런데 너는 어디에 있을 거지?"

"마법사들의 마차… 그곳에서 있는 중입니다."

"알겠다. 나중에 사람을 보내서 부르도록 하지. 가서 쉬어둬라."

제마이드는 등잔의 불꽃이 한 번 더 펄럭이는 걸 무시하며 다시 자리에 앉았다. 최대한 빨리 기사들 중 별동대를 골라내고 자신도 쉬어 두기 위해서는 시간이 풍족하지 않았다.

"제대로 된 건가?"

"응."

어둠이 여기저기로 스며드는 전장의 한복판에서 두 명의 남자가 걸어가고 있었다. 배식 시간이 끝난 후 병사들은 쉬느라 모두 막사 안에 들어가 있거나 모닥불 곁에서 앉아 있었다. 지쳐 있는 병사들은 자신의 곁을 빠른 걸음으로 걸어가는 두 사람에 대해서 신경을 쓰지 않았지만 룬은 주위를 잘 살피며 조심스럽게 이야기해 나갔다.

"정리하지. 너와 나는 다른 별동대에 속하게 된다. 그리고 만약 내가 속한 별동대의 목적지에 이벨이 있다면 이 스크롤을 찢어서 너를 호출한다. 맞나?"

"맞아. 그리고 하나 더."

"목적지에 도착했을 때 살아남은 기사가 있으면 내 손으로 기절시킨다."

"내가 준 스크롤을 사용하면 어렵지는 않을 거야. 너를 제외한 아홉 명이 전부 살아 있다고 해도 아군인 너한테는 방심하고 있을 테니까."

"괜찮은 건가?"

"뭐가?"

룬은 품속 깊은 곳에 있는 세 개의 스크롤을 옷 위로 만지작거렸다.

"사정은 잘 모르겠지만, 어쨌거나 너는 이 군대를 돕기 위해서 파견된 마법사가 아닌가? 네 부하인 마법사들도 마찬가지지. 그런데……."

"어쩔 수 없다고 해둘까?"

레전트는 조금 허무한 말투로 중얼거렸다. 아무래도 이런 식으로 머리를 굴리는 건 음모를 꾸미는 것 같아서 마음에 들지 않았던 레전트였다. 룬은 자신도 모르는 사이에 그런 레전트의 아픈 곳을 찌르고 말았고 레전트는 그 아픔에 이를 악물고 조용하게 반응했다.

"나는 녀석이 그 고대 마법을 입수한 경로를 알아내는 동시에 완전히 파괴해야 돼. 그리고 저들과 이벨이 어떤 경로로든 접촉하는 걸 막아야 한단 말이야. 별수없다고, 나도."

레전트는 룬을 제마이드에게 데리고 가기 전, 왜 룬이 별동대에 속해야 하는지 그 이유를 말하면서 세 개의 스크롤을 넘겼다. 별동대에 들어가서 어떤 일이 있더라도 끝까지 살아남고 최후에 그와 접촉하게 된다면 스크롤을 찢어서 레전트를 호출하는 것. 그것이 레전트가 룬에게 내려준 임무였다.

물론 다른 이들이 그와 접촉하는 것을 막기 위해서 최후까지 살아남는 이가 있다면 그를 기절시키고 최악의 경우에는 죽여야 하는 임무도 포함됐다. 레전트는 되도록 사람을 죽이지는 말라고 했지만 그게 룬의 마음대로 될 수 있을지는 몰랐다.

"미안하다."

"괜찮아. 나도 지금 내 행동이 마음에 드는 건 아니니까."

레전트는 고개를 들어서 하늘을 바라보았다. 짙은 회색 구름은 온 하늘을 뒤덮고 어떤 빛도 보여주지 않았다. 레전트는 쓴웃음을 지으며 왼손으로 얼굴을 쓸어 내렸다.

'별수없다는 게 더 마음에 안 들지만……'

레전트가 아케보니안에게 알린 것은 이벨이 영혼을 모아서 신이 되려고 한다는 것뿐이었고 아케보니안도 더 이상의 의문은 품지 않는 것처럼 보였다. 하지만 아케보니안이 이 일을 벌인 이벨 사베이언 공작이 어떤 경로로 그런 고대 마법을 입수했을지에 관해서 의문을 품었을 수도 있었다. 게다가 꼭 아케보니안이 의문을 품지 않았다고 하더라도 후에 조사를 하게 되면 그 경로가 밝혀지게 될지도 몰랐다.

그 상황은 반드시 막아야 했다. 그렇기 때문에 레전트는 무슨 일이 있어도 자신의 손으로 이벨을 만나서 죽이고 모든 것을 불태워야 한다는 것을 알고 있었다.

"티아스는 어떻게 하지?"

"글쎄… 그냥 놔두는 수밖에 없지 뭐. 싸움을 시킬 수도 없고 지금 이 상황에서는 다른 일도 없으니까. 미안하지만 티아스는 지금 상황에서는 그냥 짐일 뿐이야. 그리고 짐이란 건……."

레전트는 주위에 아무도 없다는 것을 확인했다. 그리고 조금 슬픈 어투로 말했다.

"얌전히 짐짝 안에 있는 쪽이 더 나으니까. 자기를 위해서든, 남을 위해서든."

Chapter 6 전투

7

달은 뜨지 않았다.

"모두 장비 점검하고 결계석 준비해 둬. 전투 개시 신호와 동시에 날아가서 결계를 배치해야 하니까 좌표도 정확히 봐두고."

"예, 네이온."

마차의 문틈으로 올려다본 하늘은 온통 회색빛으로 덮여 있었다. 언제나 하늘 위에 떠서 땅을 비춰주던 달도, 밤이 시작되면서 해가 뜰 때까지 온 하늘을 흘러다니던 별들도 구름 위로 모습을 감추고 있었다.

"저 여자 어딘가 이상하지 않아?"

"응? 아아, 저 은발 머리 여자? 이름이 티… 뭐였는데."

"쓸데없는 걸 기억하고 있군. 혹시 관심있는 거야?"

"무슨 소리야? 내가 아무리 여자가 궁하다지만 저런 정체도 알 수 없는 미친 여자를……."

"이봐, 듣겠어. 그만해 둬."

"이렇게 소곤대는데 저기까지 들릴 리가 없잖아?"

티아스는 문틈으로 손을 하늘 위로 뻗어서 가만히 흔들어보았다. 작은 흉터가 가득한 손이 작게 흔들리며 시린 겨울바람을 맞았다. 하지만 흔들리는 손은 하늘 높이 짙게 떠 있는 구름들을 걷어내지는 못했다.

'보이지 않아…….'

지금까지 살아오면서 달이 뜨지 않는 밤을 본 적이 없었던 건 아니었다. 하지만 티아스는 지금 이 순간 달빛을 갈구했다. 머리 속에서는 뭔지 모를 것이 미쳐 버릴 것처럼 날뛰었고, 자신이 무슨 생각을 하고 있는지도 알 수 없었다. 겉으로 보기에는 착 가라앉은 듯한 모습을 보여주는 것 같은 티아스였지만 그 안에서는 언제 폭발할지 모르는 여러 생각과 감정들이 한데 뒤엉켜 요동 치고 있었다.

"저녁 안 드실 겁니까?"

모닥불이 만들어낸 빛을 받고 만들어진 그림자가 짙은 어둠을 품고 티아스를 뒤덮었다. 티아스는 하늘을 향해 흔들던 손을 멈추고 자신의 앞에 그림자를 드리우게 만든 인간을 향해 고개를 돌렸다. 이미 목소리로 그가 누구인지는 알 수 있었지만 그의 모습을 확실히 눈에 담아 그가 이 자리에 있다는 것을 확인하고 싶었다.

"룬……."

룬은 마차 앞에 주저앉았다. 룬이 들고 있는 나무 그릇에는 야채와 고기를 넣고 끓인 걸쭉한 수프가 담겨 있었고, 다른 한쪽 손에는 꽤 큼지막한 빵이 들려 있었다. 티아스는 자신에게 내밀어진 그 빵과 그릇을 조용히 바라보기만 할 뿐 더 이상 아무런 행동도 하지 않았다.

"먹어두는 게 좋을 겁니다."

"……."

룬은 티아스가 계속 침묵을 지키고 있자 낮은 목소리로 말했다. 하지만 티아스는 멍한 눈으로 룬을 바라보고 있기만 했다. 룬은 왠지 뭔가가 꽉 차 있으면서도 공허한 듯한 티아스의 눈동자에서 반사적으로 눈을 돌렸다. 그리고 빵과 그릇을 마차의 바닥에 놓아두고 문을 닫았다.

분명 룬은 변하고 있었다. 옛날 같았다면 전투를 앞두고 전력 외의 상대로 판명된 티아스에 대해서 신경 같은 건 쓰지 않았을 것이다. 옛날의 룬은 시간이 남는다면 효율적인 전투를 위한 준비를 하는 데 그 시간을 이용하는 쪽을 택하곤 했다.

하지만 지금은 아니었다. 그리고 무엇보다 중요한 것은 룬 자신이 그런 행동을 하고 있다는 것을 너무나도 자연스럽게 받아들이고 있다는 점이었다. 어째서 그런지는 룬 자신도 알 수가 없었다. 자신이 변해가고 있다는 사실조차 문득문득 잊어버릴 때가 있었다.

"뭘 해야 하는 거지……?"

막 마차 문을 닫고 자리에서 일어나려고 하던 룬의 귓가에 모든 것을 체념한 듯 중얼거리는 듯한 목소리가 스며들었다. 룬은 엉거주춤한 자세로 작게 들려오는 티아스의 목소리에 귀를 기울였다.

"내가 원하는 건… 내가 해야 하는 건……."

분명히 티아스의 목소리였다. 인간의 언어와 룬이 모르는 또 다른 언어가 섞여 문틈 사이로 희미하게 흘러나오고 있었다. 아마도 수인족의 언어일 것이 확실했지만 룬에게 수인족의 말을 알아듣는 능력 같은 것이 있을 리가 없었다. 하지만 티아스는 누군가 들어주길 바라는 듯 계속 익숙하지 않은 인간의 언어를 섞어서 말하고 있었다.

"아무것도. 하고 싶지 않아."

영혼의 부재는 티아스의 정신과 몸을 끊임없이 좀먹어 들어갔고, 티아스는 그런 자신을 붙잡기 위해서 안간힘을 다하고 있었다. 하지만 그것도 거의 한계에 이르고 있었다. 수많은 의문과 걷잡을 수 없는 감정이 좀먹힌 정신의 상처를 끊임없이 자극하며 고통을 쏟아내게 하고 있었다.

룬은 조용히 허리를 숙였다. 그리고 낮지만 안쪽에 들릴 만큼 확실한 목소리로 말했다.

"티아스."

룬은 가만히 마차의 안에서 울고 있는 티아스를 불렀다. 하지만 그에 대한 대답은 돌아오지 않았고 대신 의미 모를 중얼거림만이 끊임없이 들려왔다. 룬은 가만히 마차의 문을 열었다. 그리고 문 바로 앞에 주저앉아 고개를 숙이고 있는 티아스를 내려다보았다.

"괜찮으십니까?"

티아스는 고개를 들었다. 흘러내린 눈물이 오랫동안 씻지 않아 먼지가 내려앉은 얼굴을 어지럽게 흘러내렸다. 룬은 한쪽 무릎을 꿇고 눈물에 젖은 얼굴로 자신을 바라보는 티아스를 향해 오른손을 뻗었다. 그리고 아무 말 없이 자연스럽게 티아스의 얼굴을 훔쳐줬다. 티아스는 룬의 손이 자신의 얼굴에 와 닿았지만 아무런 행동도 하지 않았다. 평소 때의 티아스라면 경악을 하고 뒤로 물러날 일이었을 것이지만, 지금의 티아스는 가만히 훌쩍거리기만 할 뿐 룬의 손에서 도망치지 않았다.

티아스의 얼굴에 흐르던 눈물을 닦은 룬은 오른손을 거두려 했다. 그때 아무것도 하지 않고 훌쩍거리며 자신의 눈물을 닦는 룬을 내버려두던 티아스가 손을 뻗었다. 막 뒤로 물러서던 룬의 오른손이 멈춰 세워졌다. 티아스는 양손으로 룬의 오른손을 감싸며 자신의 이마에 그 손을 가져다 댔다. 룬은 갑작스러운 티아스의 반응에 순간적으로 거부감이 피어 오르는 것을 억눌러 참으며 티아스의 머리 위를 내려다보았다.

"…소중한 이가 있었어요."

"……."

목소리는 차분했다. 룬은 티아스가 제정신을 차린 걸 깨닫고 긴장했던 몸에 힘을 푼 채 티아스의 말에 귀를 기울였다.

"나를 좋아해 줬는데. 모두를 좋아했는데. 그런데 이제 없어요. 다른 것처럼 변해 버리고 나를 모른 척해요. 그리고 나는… 그를 죽여야 해요. 하지만 나. 죽이기 싫어요. 죽여야 하는데. 그래서 나는……."

룬은 처음으로 자신의 개인적인 일에 관한 이야기를 꺼낸 티아스를 묵묵히 바라보았다. 그리고 인간이라면 거의 무조건적으로 피하는 티아스가 자신의 손을 잡고 울먹이고 있다는 것에 대해 조금 놀라워했다.

룬은 누군가의 앞에서 운다는 것이 얼마나 자존심을 내버리는 일인지 어느 정도는 알고 있었다. 자신이 누군가의 앞에서 눈물을 흘려본 적이 없었기 때문에 왜 그런지는 잘 알 수 없었지만, 룬에게는 그동안 다른 이들을 통해 겪어온 경험이 그랬다.

'뭐라고 해야 하지?'

지금 이 순간에 티아스에게 해야 하는 것은 '격려' 혹은 '위로' 라는 것이었다. 룬은 그 사실을 알고 있기는 했지만 누군가를 격려하거나 위로해 본 경험이 전무했기 때문에 지금 자신이 정확히 어떤 행동을 해야 하는지 스스로 상당한 고민을 해야 했다.

결국 룬은 어설픈 위로를 던지는 대신 아무 말도 하지 않고 왼손을 들어 티아스의 머리를 쓰다듬었다. 우는 아이를 달래는 경우는 몇 번 정도 본 경험이 있었다. 룬의 왼손이 가느다란 티아스의 은빛 머리카락 사이를 가만히 지나 다녔다. 티아스는 따뜻한 느낌의 뭔가가 자신의 머리에 와 닿자 몸을 잠시 움츠렸다가 다시 어깨를 들썩이며 훌쩍거렸다.

"이봐! 거기 용병!"

잠시 동안 티아스의 머리를 쓰다듬던 룬은 자신을 부르는 듯한 목소리에 고개를 돌렸다. 모닥불에 앉아 있던 한 마법사가 자신을 바라보며 손짓하고 있었고, 그 곁에는 한 명의 병사가 서 있었다. 척 보기에도 날렵해 보이는 그 병사는 자신의 임무가 연락병이라는 것을 말하듯 가쁜 숨을 내쉬고 있었다.

"제마이드 대장이 자기 막사 앞으로 오라는군. 준비하고 빨리 가봐."

룬은 아직도 자신의 손을 잡고 있는 티아스를 힐끔 바라보곤 가볍게 고개를 끄덕였다. 룬을 불렀던 그 마법사는 다시 자신의 장비를 챙기는 것에 열중하기 시작했고, 룬을 부르기 위해서 이곳에 왔던 연락병은 뒤도 돌아보지 않고 다른 곳에 소식을 전하기 위해서 뛰어가 버렸다.

룬은 손에 힘을 주어 자신을 붙잡고 있는 티아스의 머리에서 손을 떼고 자리에서 일어났다. 티아스는 의외로 쉽게 룬의 손을 놓고 고개를 들었다. 그리고 자신에게서 등을 돌리고 몸을 추스르는 룬을 멍하니 올려다보았다. 어차피 준비는 예전에 끝나 있었지만 룬은 혹시라도 빼먹은 것이 없는지 자신의 온몸을 꼼꼼히 살폈다.

"티아스."

빼먹은 것이 없다는 것을 확인한 룬은 왼손으로 이터의 검집을 꽉 움켜잡으며 입을 열었다.

"인간이라도, 아니, 인간이 아니라고 해도."

룬은 티아스가 자신의 말을 듣고 있을 거라고 생각했다. 그리고 티아스가 자신의 말을 이해해 주기를 바랐다.

"쉬어야 할 때가 있는 겁니다. 그러니까 지금은……."

그 말은 너무나도 자연스럽게 룬의 입에서 흘러나왔다. 룬은 자신도 이렇게 부서지던 때가 있었던 걸 기억해 냈다. 티아스와 같이 격렬하게는 아니었지만, 수백 년 동안 비바람을 맞아 조금씩 금이 가고 부서져 가는 바위처럼 자신도 그렇게 조금씩 부스러져 가던 때가 있었다.

"몸도 좋지 않으니 충분히 쉬어두시는 게 좋을 겁니다."

분명히 이런 아픔을 극복해야 하는 건 자기 자신이지만 이럴 때 누군가가 자신에게 손을 내미는 것이 얼마나 큰 의지가 되는지 알고 있었다. 티아스는 자신에게 내밀어진 룬의 손을 움켜잡았다. 자신이 그토록 싫어하는 종족의 손이기는 했지만 그것은 티아스가 그만큼 절박했었다는 것을 의미했다. 그렇기 때문에 룬은 자신이 티아스에게 손을 내민 것이 잘못된 것이 아니라고 생각했다.

룬은 자신의 어깨 너머를 힐끔 바라보았다. 티아스는 다시 뭔가를 고민하는 듯 바닥에 시선을 고정시키고 아무 말 없이 주저앉아 있었다. 룬은 그런 티아스의 모습을 바라보다가 문득 무미건조한 목소리로 중얼거리듯 말했다.

"다녀오죠."

Chapter 6 전투

8

끼릭— 끼릭—

일부러 바퀴 부분에 천을 대고 구동 부위에는 기름을 쳐서 소음을 최소한으로 줄인 대포를 여러 명의 병사들이 끌고 밀며 이동시키고 있었다. 가끔 굴러가던 대포의 바퀴 부분에 돌부리가 걸려 덜컹거리는 소리가 나면 모두들 일제히 움직임을 멈추고 주위를 둘러보며 동태를 살피기도 했다. 벌판이라서 적의 눈에 뜨일 확률이 높았지만 별수가 없었다.

솔리드 캐슬의 전방과 좌우, 그리고 후방에는 각각 소드맨, 킹 오브 머셔너리, 태양기사단, 그리고 일반 병사들이 위치하고 있었다. 킬링 아머는 이렇게 조용한 전투를 하는 데에는 익숙하지 않았기 때문에 태양기사단의 후방에서 조금씩 이동하고 있었다.

자세를 최대한으로 숙인 채 백여 미터를 이동하는 것은 상당히 큰일이었다. 키즈린은 허리를 엄습해 오는 통증에 얼굴을 작게 찡그리면서도 끊임없이 주위를 살폈다. 오직 차가운 겨울바람이 풀 사이를 헤치고 나가는 을씨년스러운 소리만이 사방을 가득 메우고 있었다. 한참 동안 그 자세대로 걸어가고 있으려니 전방에서 걸어가던 소드맨들이 점차 걸음을 멈추기 시작했다. 키즈린은 조용히 손을 흔들어 자신의 뒤에 따라오는 후속 부대에게 멈춰 서라는 신호를 보냈다. 천 명에 가까운 병사들이 거의 동시에 소리도 내지 않고 멈춰 서자 키즈린은 고개를 끄덕이고 주위에 있는 대포들에게 신호를 보냈다. 대포들이 앞으로 나서기 시작하자 솔리드 캐슬의 전방을 보호하고 있던 소드맨들이 조용히 뒤로 물러서기 시작했다. 그들은 전투도 시작하기 전에 아군의 포격에 몰살당하고 싶은 생각이 없었다.

"그럼 솔리드 캐슬은 전투 개시 이전에 결계 바깥으로 이동해서 성문과 정면 성벽을 포격 병사들이 들어갈 통로를 확보하는 게 목적이 되는 건가요?"

키즈린이 손을 가볍게 들고 말하자 아케보니안은 고개를 끄덕였다. 아케보니안은 마법사이기는 했지만 수많은 시간 동안 네스트의 궁중 마법사로 생활하면서 오히려 군사고문으로서의 능력을 키워온 남자였다. 그는 순수한 마법사로서는 일류가 아니었지만 마법을 이용하는 전투와 그 이외의 전투에서도 많은 전략을 세우는 전략가로서의 능력이 뛰어났다.

"그렇다네. 어차피 난전이 되면 솔리드 캐슬이 할 수 있는 일이 없어질 테니까. 그전에 최대한 탄을 쏟아 부어 성문을 뚫어주게."

"예. 그런데……."

"음? 더 남은 질문이 있나?"

아케보니안의 의아한 얼굴에 키즈린은 약간 어색하게 웃으며 말했다.

"포격을 끝내고 나서 그 자리에서 대기할까요? 아니면 후퇴할까요?"

솔리드 캐슬에 내려진 명령은 그것이었다. 수많은 병사들이 일제히 성안으로 들어가기 위한 침투로를 확보하기 위해서는 성문과 성벽을 때려 부숴야 했고 빠른 시간 이내에 그런 일을 할 수 있는 능력을 가진 부대는 솔리드 캐슬 이외에는 없었다.

"준비됐습니다."

총 사십 문에 이르는 대포들이 성의 정면을 겨냥하고 배치되자 키즈린은 고개를 끄덕이고 숨을 들이마셨다. 곧 앙칼진 목소리가 정적을 깨고 주위를 쩌렁쩌렁하게 울리며 퍼져 나갔다.

"적이 뛰쳐나올 때까지 전 포수 자유 발사!"

키즈린의 목소리를 신호로 하기라도 한 듯 주위에서 횃불이 하나둘씩 생겨나더니 곧 거대한 함성이 주위를 울렸다. 수백에 이르는 병사들이 한꺼번에 허리를 펴고 함성을 지르자 벌판을 온통 휘감고 있던 정적들이 부숴져 나갔다.

"와아아아아—!"

쾅! 쾅!

지축이 울리는 소리와 함께 사십 문에 달하는 대포가 불을 뿜기 시작했다. 철제 포탄은 강력한 폭발력에 의해서 약 오백여 미터에 달하는 거리를 순식간에 뛰어넘어 성문과 성벽을 향해 날았다. 그리고 그 자리를 오랫동안 지키고 있었을 존재들을 철저히 부숴 나갔다.

강철 포탄 한 발이 성벽에 틀어박히며 균열을 만들자 그 뒤에 날아
온 포탄이 그 균열을 있는 힘껏 강타했다. 이 성이 만들어졌을 때부터
적에게서부터 아군을 지키던 성벽은 스스로의 무게를 견디지 못하고
무너져 내리기 시작했으며 두꺼운 나무로 만들어진 성문은 포탄 몇 발
에 박살이 나서 흩어졌다. 돌 조각과 나뭇조각이 비 오듯 쏟아져 내리
기 시작했고 성벽은 짧은 시간에 점차 원래의 형태를 잃어갔다.

"대장님!"

지원을 나온 마법사들이 시야를 확보하기 위해서 빛의 구를 만들어
성 가까이 날려 보내자 뭔가가 공중으로 날아오르는 것이 눈에 띄었다.
열댓 개에 달하는 빛의 구가 공중에서 사방을 밝히며 하늘로 날아오르
는 해골귀들을 비추자 키즈린 역시 그것을 보고 입술을 깨물며 긴장했
다. 하지만 키즈린은 '짝' 소리가 날 정도로 자신의 얼굴을 두들기며
소리쳤다. 아직 적이 이곳에 도달하기까지는 어느 정도 시간이 남아
있었고 그때까지는 자신들의 임무를 다해야 했다.

"당황하지 마세요! 아직 거리가 있습니다! 후퇴 명령이 있을 때까지
포격을 멈추지 마세요!"

"예!"

키즈린은 얼얼해지는 뺨의 통증을 무시하고 공중을 날아서 이쪽을
향해 날아오는 해골귀들을 똑똑히 응시했다. 난다는 이동 수단 때문에
골각수들보다 이동 능력은 훨씬 뛰어난 해골귀들이었다. 게다가 포탄
으로 공중에 날아다니는 상대를 맞춘다는 것은 어불성설이었기 때문에
그들을 막는다는 것도 사실상 불가능했다. 그렇기 때문에 솔리드 캐슬
은 적이 위험 범위 안에 들어오면 포격을 멈추고 후퇴해야 했다. 키즈
린은 피가 마르는 기분으로 그 타이밍을 잡기 위해서 이쪽으로 날아오

는 해골귀들에게 시선을 고정시켰다.

'이제 조금, 조금만 더……'

그리고 어느 순간, 키즈린은 될 수 있는 대로 숨을 크게 들이마신 후 소리를 내질렀다.

"후퇴! 모두 비전투 거리까지 물러나요!"

"후퇴! 솔리드 캐슬 후퇴한다! 어물쩡거리지 마!"

키즈린의 목소리가 함성에 묻히기 전에 그녀의 부관은 그의 말을 받아 목이 찢어지게 소리를 내질렀다. 그 명령은 곧 사방으로 전해졌고 솔리드 캐슬의 포병들은 대포를 끌고 있는 힘껏 후방을 향해 뛰기 시작했다. 화약의 폭발력을 견디기 위해서 단단하고 무겁게 제작된 대포의 무게는 결코 만만치 않았지만 그들은 목숨이 달려 있는 상황에서 여력을 남기기 위해서 슬금슬금 걸어가는 어리석은 짓은 하지 않았다.

대포의 아래에 고정된 바퀴가 부서질 듯이 덜컹거리며 솔리드 캐슬이 후퇴하기 시작하자, 일반병들과 킹 오브 머서너리, 소드맨들이 그 틈새를 파고들며 전방으로 진격했다. 소드맨들은 급히 전방으로 나서며 마력검에 마력을 불어넣었다. 곧 마력검에서는 얇은 마력의 줄기가 공중을 향해 날아올라 후방으로 날아가려 하는 해골귀들을 격추시켰지만 몇몇 해골귀들은 그런 소드맨들의 노력에도 불구하고 후방으로 날아가는 데 성공하고 말았다.

하지만 소드맨들은 더 이상 뒤로 날아가 버린 해골귀들에 대해서는 신경 쓰지는 않았고 검을 틀어쥔 채 정면을 응시했다. 중요한 건 자신들은 최선을 다했다는 것이고 후방에 있는 병력들도 자신들의 몸 하나 정도는 지킬 능력이 없다면 이런 전장 한가운데서 살아남을 수 없었다. 전장에 나왔다면 이미 비전투 인원과 전투 인원의 차이는 없어진다.

전장에서는 어떻게든 살아남는 자와 죽는 자가 존재할 뿐이었다.

　게다가 후방을 신경 쓸 틈은 없었다. 수많은 골각수들이 부서진 성문과 성벽 틈새로 바깥을 향해서 몰려나오고 있었다. 이곳에 있는 자들은 이곳의 싸움에 집중해야 했다.

　"전군 돌격! 물러서지 말고 적을 쳐부숴라!"

　"우와와와와!"

　사사삭—

　수백에 이르는 병사들이 다리께에 엉겨 붙는 물기를 머금은 마른풀 잎들을 무시하며 전속력으로 내달리고 있었다. 레더아머를 입고 메이스나 플레일, 롱 소드 같은 것을 들고 전속력으로 달리는 일은 결코 쉬운 일이 아니었다. 하지만 그들은 이 전투의 목적을 달성하기 위해서는 자신들의 발을 멈출 수 없다는 사실을 잘 알고 있었다.

　성문 정면 쪽에서는 함성이 터져 나오며 적의 시선을 그쪽으로 집중시키려고 안간힘을 쓰고 있었다. 그리고 자신들은 그들이 시선을 끄는 동안에 최대한 많은 거리를 이동해야 했다. 그리고 그 거리는 결코 짧지 않았다. 무장 상태에서 전속력으로 몇 분에 이르는 거리였다. 게다가 그 뒤에 전투의 목적도 있다는 것을 생각했을 때 어느 정도의 여력도 남겨야 했다.

　그때 선두를 지키며 뛰어가던 소대장의 눈에 어둠 속에서 어슴푸레하게 빛나는 뭔가가 들어왔다. 부대의 진행 방향에서 조금 어긋난 곳이었다. 소대장은 그것이 자신들의 목적지라는 것을 깨닫고 목소리를 낮춰서 뒤에 있는 병사들에게 명령을 내렸다.

　"1소대, 속력을 줄이고 저 빛을 향해서 이동한다."

그 명령은 곡해되거나 과장되지 않고 정확하게 소대의 모든 병사들에게 전해졌다. 1소대에 해당하는 병사들은 급히 속력을 조금 죽이고 그 빛을 향해서 뛰기 시작했다. 점차 그 빛이 가까워질수록 병사들은 긴장되는 마음에 덜컥거리지 않게 고정된 자신들의 무기를 움켜쥐었다.

"결계석을 배치하는 곳은 부대 안쪽에 두 군데, 나머지 네 군데는 지금 이곳에 작용하는 결계 바깥쪽 성 근처입니다. 적의 눈을 피하면서 미리 배치하는 게 불가능하다는 건 아시겠죠?"

레전트가 어깨를 으쓱하며 말하자 모두들 고개를 끄덕이며 그 말에 동감했다. 아무리 적이 자신감에 넘친다고 하더라도 마법을 알고 있다면 뻔히 결계석을 배치하는 걸 보고 있지만은 않을 것이다. 아케보니안은 헛기침을 해서 좌중의 눈을 자신에게로 돌리게 한 후 계획을 설명하기 시작했다.

"레전트님의 말씀대로입니다. 그렇기 때문에 전투가 시작된 직후 일단 마법사들이 순간 이동 주문으로 결계석을 배치할 곳으로 날아갈 겁니다. 가능하다면 소대 전체를 이동시키는 것이 좋겠지만 그건 인간으로서는 불가능한 일이니까요. 대신 병사들에게 몸놀림을 빠르게 해주는 가속 주문을 거는 건 가능합니다."

원래 한 사람이 수백에 이른 병사에게 가속 주문을 거는 것은 거의 자살 행위에 가까웠지만 이번에는 방법이 있었다. 남아 있는 결계석을 이용하여 마력을 끌어낸다면 결계석이 배치되어 있는 곳까지 뛰어야 할 병사들에게 가속 주문을 거는 것은 가능했다. 물론 이런 식으로 순간 이동 주문도 사용할 수 있었지만 마법을 사용하는 것은 신이 아니라 마법사였다. 서너 명 정도라면 몰라도 수백에 이르는 병사들이 이동할 좌표를 정확히 계산해 낸다는 것은 거의 불가능에 가까웠다.

"전투 개시 이후에 병사들은 정해진 곳을 향해 일직선으로 달리는 겁니다. 중간쯤 가면 마법사들이 옅은 푸른빛을 공중에 띄워 방향을 지시할 겁니다. 그리고 이때 병사들의 행동이 중요시되는 건 결계가 발동된다면 적도 그것을 느끼고 결계석이 어디 있는지 찾아낼 수 있다는 겁니다. 그렇기 때문에 마법사들이 도착하자마자 결계를 발동시킬 수는 없습니다. 병사들이 결계석에 도착한 이후에야 결계가 발동되게 된다는 것이지요."

"그렇다는 것은… 그쪽을 맡는 병사들의 속력에 따라서 중앙에서 적과 부딪칠 병사들의 피해가 결정된다고 해도 과언이 아니군요."

아케보니안은 누군가의 질문에 말없이 고개를 끄덕였다.

"부대 정지! 진형 정리하고 전투 태세를 취한다! 아직 횃불은 밝히지 말고 조용히 행동해!"

마법으로 땅을 파내고 있던 마법사는 자신의 주위로 병사들이 배치되기 시작했지만 그에 신경 쓰지 않고 자신의 일을 계속했다. 만에 하나라도 적이 이곳까지 도달해서 여기를 지키고 있는 병사들이 전멸했을 때를 대비한 예방책이었다. 결계석이 땅 아래에 파묻혀 있다면 적이 그것을 파내는 데 시간을 소모하게 만들 수 있었다.

마법사가 몇 번이나 땅을 파내는 주문을 사용하자 금세 수 미터에 달하는 깊은 구멍이 파내졌다. 마법사는 부유 주문이 걸린 결계석을 조심스럽게 그 구멍 아래로 집어넣었다. 잠시 후 결계석이 제대로 자리 잡은 것을 확인한 마법사는 급히 흙을 다시 구멍에 덮는 작업을 계

속했다. 소대장은 그런 마법사의 모습을 보고 몇몇 병사들을 시켜서
마법사를 돕게 했다.

"아직입니까?"

마법사는 옆에서 들려오는 애타는 듯한 소대장의 목소리에 이마에
흐르는 땀을 닦았다. 그리고 눈을 감은 채 뭔가를 중얼거리더니 곧 고
개를 흔들었다.

"아직 세 번째와 네 번째 결계 쪽으로 병사들이 도착하지 않았습니
다."

소대장은 마법사의 말을 의심하지 않았다. 그리고 마법사를 원망하
는 대신 아직도 들판을 뛰고 있을 임시 3, 4소대를 향해서 속으로 욕을
퍼부었다. 그들이 목적지에 도착하지 않는다면 결계가 발동될 수는 없
었고, 정면에서 싸우는 자신들의 동료들의 피해가 더욱 늘어나게 될 수
밖에 없었다.

'빌어먹을 놈들… 빨리 좀 가란 말이다.'

Chapter 6 전투

9

『드디어 왔는가? 인간들…….』

커다란 폭음이 주위에 있는 대기와 대지를 매개체로 사방으로 퍼지고 있었다. 고치 안에 있는 이벨은 바깥 상황에 대해서 거의 알 수 없었지만 그 진동이 인간들이 성을 공격하기 시작했다는 의미라는 것 정도는 금방 눈치 챌 수 있었다. 고치 안에서의 이벨의 정신은 언제나 뚜렷했고 잠들지 않았던 것이다.

『역시 내 방법이 인간들에게는 너무나 가혹했던 건가… 그런 건가?』

지금 이 상태에서는 아무런 힘도 쓸 수 없었다. 그렇기 때문에 지금 이벨이 할 수 있는 일은 시드리칸과 시체들의 몸에 기생하는 카오스엔젤들에게 기대는 것뿐이었다.

원래대로라면 낮의 전투에 인간들의 군대에게 어느 정도 피해를 더 입혔어야 했다. 하지만 예상외의 변수가 끼어들었고 시드리칸은 이벨의 명령에 따라 남아 있는 군사를 이끌고 성안으로 후퇴했다. 아직 완전체가 되지 않은 이벨에게서 힘을 빌려 쓰는 시드리칸의 힘으로는 그 결계를 무효화하는 것은 무리였다. 그리고 지금 이 상태로는 아무런 힘도 발휘하지 못하는 이벨로서도 그 결계를 파괴할 뾰쪽한 방법을 찾지 못했다. 결국 시드리칸은 그 결계가 자동적으로 무효화되기 이전에 골각수와 해골귀를 최대한 많이 만들어두기 위해서 지하에 틀어박혀 있었다.

『나를 따르는 자는 하나뿐…….』

자신의 의지로 이벨을 따르는 자는 오직 시드리칸 하나뿐이었다. 하지만 이벨은 그 사실마저 부정하고 싶었다. 자신은 시드리칸을 이용했을 뿐일지도 모른다. 벌판에 쓰러져 죽어가던 자신의 목숨을 구해준 것을 갚기 위해서 이벨 자신에게 충성을 다해온 충신을 자신은 그저 이용하고 있을 뿐일지도 몰랐다.

『이 고독감은… 홀로 큰 힘을 가진 자의 운명인 것인가?』

미쳐 버릴 수도 없었다. 그가 힘을 얻은 이후부터 그의 정신은 너무나도 맑게 변해갔다. 광기라는 붉은 빛깔에 철저하게 물들었던 그의 정신은 큰 힘에 의해서 순백으로 탈색되어 갔다. 그리고 남는 것은 극도의 고독감뿐.

이벨은 모든 것을 삼자의 시점에서 이해할 수 있게 되었다. 그렇기 때문에 그는 이벨 사베이언이라는 미친 영주였던 자신이 이 힘을 얻기 위해서 저질렀던 짓들도 삼자의 시점에서 보고 생각할 수 있었다. 그건 단지 무서운 학살이었을 뿐이었다.

『어리석었어. 다른 길을 찾을 수도 있지 않았나. 어째서 나는 그렇게도 쉽게 그의 말에 귀를 기울였나.』

　이벨은 한동안 슬픔에 미쳐 있던 자신을 찾아왔던 누군가를 기억해 냈다. 얼굴도 기억나지 않았고 이름도 기억나지 않았다. 이벨은 그의 얼굴을 기억하지 못하는 자신의 기억력을 잠시 의심한 적도 있었지만 곧 그런 의심은 떨쳐 버렸다. 어차피 자신은 슬픔에 미쳐 있었던 상태였다. 이벨은 그런 상태에서 기억력이 제대로 작용했을 리가 없었을 거라고 결론을 내렸다.

　수도사나 입을 법한 선명하게 짙은 갈색 로브를 입었던 그는 이벨에게 삶의 실마리를 던졌다. 그는 신이 되어서 모든 존재가 영생할 수 있는 세계를 만드는 방법을 말했으며 이벨 자신의 가슴속 깊이 있는 죽음에 대한 깊은 증오심을 자극했다. 그는 교활하게 잠잠해졌던 이벨의 광기에 불을 붙여 놓았다.

　『그는 누구였을까? 어떻게 그런 지식을 가지고 있으면서 나에게 그런 것을 가르쳐 준 것이지?』

　이용당했을지도 모른다는 생각이 들었다. 그는 어쩌면 이벨 사베이언이라는 인간의 직위를, 영주라는 직위를 이용하여 이런 일이 일어나게 만들고 싶었던 건지도 몰랐다. 하지만 그의 목적은 여전히 알 수가 없었다. 이런 일이 일어나게 해서, 이벨을 신으로 만들어서 무엇을 하려고 하는지 그 이유를 도저히 알 수가 없었다.

　하지만 그런 건 어떻게 되든 좋았다. 중요한 건 이제 멈출 수 없다는 것이었다. 만약 이벨이 지금에 와서 자신이 힘을 얻는 것을 포기하고 이루려고 했던 것을 이루지 못한다면 지금까지 희생된 수많은 자들의 피와 영혼들은 그저 덧없었던 무의미한 것으로 변해 버린다.

　그렇기에 이벨은 오래전부터 다짐했다. 그가 자신을 이용하려 했다면 자신은 그의 예상을 더 더욱 뛰어넘겠다고. 그가 자신에게서 뭘 바란 건지는 알 수 없었지만 그가 함부로 할 수 없는 존재가 되어버린다면 그는 자신을 이용할 수 없게 될 것이다.

『나는 반드시 신이 된다. 그래서 이 땅에서 전쟁과 죽음, 슬픔을 몰아내 버리고 말 것이다!』

광기는 아니었다. 그는 순수하게, 진심으로 그것을 원하고 있었다.

『잔인한 심판의 신이여! 나는 너를 용서하지 않을 것이리라!』

징벌과 심판의 수호자 켄서트는 아스트의 분노에서 태어난 신이었다. 그는 신에게 거역한 인간에게 징벌과 심판을 내리기 위해서 스스로를 잔인한 자라 칭하고 모든 자들에게 벌을 내렸다. 심판을 받은 자들은 아스트의 분노와 같은 뜨거운 열기를 온몸에서 내뿜으며 몸속에서부터 타들어가 죽어갔다. 바로 전염병이라는 심판에 의해서.

그리고 헤르세니안의 슬픔에서 태어난 죽음과 안식의 신인 데카드가 그런 고통에 몸부림치는 자들에게 최후의 자비를 베풀었다. 죽음이라는 이름의 최후의 단죄는 고통에 몸부림치는 인간에게서 생명을 빼앗아갔다. 그렇기에 이벨은 죽음의 신인 데카드에게도 증오를 품었다. 데카드는 인간이 스스로의 힘으로 신의 죄를 이겨내는 기회를 주지 않고 자비라는 값싼 이름으로 인간에게서 삶을 앗아갔다. 그렇게 그 잔학한 신은 인간의 존재를 인정하지 않으려 했다.

『잔인하고 추악한 이기적인 신들…… 나는 너희들을 소멸시키고 이 세상에 새로운 세계를 건설할 것이다. 모두가 영생하고 행복하게 살 수 있는 그런… 윽?!』

이벨은 갑작스럽게 온몸을 짓누르는 듯한 묘한 힘에 자신도 모르게 인간일 때의 버릇을 내고 말았다. 외마디 비명이 짧게 방에 울려 퍼졌고 고치가 놀란 것처럼 크게 흔들거렸다. 뭔가가 고치 안에서 만들어지고 있는 이벨의 육체를 내리누르고 있었다. 영혼을 원료로 만들어지는 이벨의 육체가 물리적인 법칙에 의해서 구속될 리가 없었다. 그렇기 때문에 이벨은 자신의 육체를 눌러 구속하려는 힘이 마법적이라는 것을 깨달을 수 있었다.

『이, 이건?!』

아마도 인간들의 마법임에 분명한 그 힘. 게다가 그 힘은 그저 이벨의 육체를 짓누르기만 하지 않았다. 그 힘은 이벨의 고치 사이에 스며들어 와 만들어지고 있는 육체에 달라붙어 늘어졌다. 아직 완성되지 않은 이벨의 육체는 점점 그 힘에 의해서 침식당하기 시작했고 이벨은 자신이 할 수 있는 방법을 생각해 냈다. 조금이라도 시간을 더 끌었다가는 아직 완성되지 않은 육체가 부서져 버릴 것 같은 위험이 느껴졌다.

『인간 놈들, 도대체 어떻게 이런…….』

이벨은 곧 온몸으로 자신의 육체를 만들고 있던 힘을 뿜어내기 시작했다. 잘 정련된 마력에 가까운 이벨의 힘이 사방으로 뿜어지자 육체를 침식해 들어가려고 하던 마력들이 기세를 잃고 밀려나기 시작했다. 하지만 그것뿐이었다. 이벨이 뿜어내는 힘의 기세를 조금만 줄이면 마력들은 여지없이 이벨의 육체를 파고들었다.

『이러고 있으면 육체를 완성하지 못해…….』

열두 개의 결계석에서 뿜어져 나오는 마력의 양은 결코 적은 양이 아니었다. 중급 마법사 한 명이 자신의 생명을 버리면서 마력을 짜내야 결계석 하나에 달하는 마력을 낼 수 있었다. 그런 힘이 하나도 아닌 열두 개였다. 물론 수백 수천에 달하는 영혼의 힘을 갈무리하고 있는 이벨의 힘을 막기에는 역부족일지 몰랐지만, 아직 육체가 완성되지 않은 상태의 이벨이라면 어느 정도까지 억제하기에는 충분했다.

이벨도 이런 엄청난 마력을 보통 인간이 뿜어낸다고 생각하지는 않았다. 아마도 인간들은 어떤 도구를 이용했을 것이고 그것을 이용하여 자신을 억누르고 있을 것이다. 그리고 그에 대한 대책은 어렵지 않게 내려졌다. 이벨은 급히 지하에서 골각수를 만들고 있을 시드리칸과 자신의 힘을 받아 움직이고 있는 '병사' 들을 향해서 자신의 의지를 보내기 시작했다.

'……!'

시드리칸은 자신의 온몸을 덮쳐 누르는 허무감에 순간 몸을 휘청거렸다. 시드리칸은 벽을 움켜잡고 휘청거리는 몸을 바로잡으려 노력했지만 그 노력은 헛수고로 돌아가고 말았다.

쿵―

보통 사람은 입는 것조차 불가능한 무게의 풀 플레이트 메일이 쓰러지자 바닥이 크게 울리며 부서진 바닥에서 돌 조각이 튀어 올랐다. 시드리칸은 자신의 의식이 불분명해지며 온몸이 무거워지는 것을 느꼈다. 눈앞이 점점 흐려져 왔고 몸은 어둠에 눌려서 움직이지 않을 정도로 무력해지고 있었다.

'이, 이게 무슨……?'

그때 이후로 처음 있는 일이었다. 자신이 완전히 죽었다고 생각했을 때 이후로 이런 기분이 든 것은 처음이었다. 하지만 시드리칸은 과거에 자신이 이런 일과 비슷한 일을 당했던 것을 생각해 냈다.

'그때와… 그때와 같게 되는 건가? 안 돼. 그럴 수는 없어. 그럴 수는…….'

헤르세니안의 마지막 시험에서 실패하고 난 뒤 죽어가는 듯했던 그

느낌. 원래 몸에 있었던 힘이 빠져나가고 대신 끝없는 고통과 허무감
이 혈관을 따라 온몸 구석구석으로 퍼져 흐르며 느꼈던 그 절망감. 시
드리칸은 몸을 움직이며 어떻게든 자리에서 일어나려고 했지만 평소
때는 시드리칸을 보호하던 암흑이 짐이 되어 온몸을 짓눌렀다.

『시드리칸!』

정신도 육체도 한계에 이르러 미치기 일보 직전에 다다랐을 때, 시
드리칸은 다시 온몸이 가벼워지는 것을 느끼고 몸을 일으켰다. 암흑은
언제 그랬냐는 듯 깃털과 같이 가벼웠고, 정신 또한 평소 때와 다름없
이 뚜렷했다. 방금 전에 있었던 그 고통이 마치 꿈처럼 느껴질 정도였
다. 하지만 시드리칸은 꿈과 현실을 구분하지 못할 정도로 바보는 아
니었기 때문에 고개를 들어 자신의 주인을 향해 질문을 던졌다.

"무슨 일입니까?"

『인간들이 술수를 부리고 있네. 이런 큰 힘을 끌어다 쓸 정도라면
인간들도 이번에 끝을 보겠다는 심산이겠지. 병사들에게는 명령을 내
렸네. 자네는 올라와서 나를 지키게.』

시드리칸은 상황이 잘 파악되지 않았지만 곧 다른 의문을 품고 고개
를 갸우뚱거렸다. 만약 인간들이 끝을 볼 작정으로 덤비고 있다면 자
신이 앞에 나서서 상대해야 했다. 이벨의 수하 중에서 가장 강한 자들
은 카오스 엔젤들을 제외하면 바로 자신밖에 없었다. 하지만 이벨은
그런 시드리칸의 의문을 풀어주기라도 하려는 듯 다시 외쳤다.

『그들은 자신의 몸 안에 힘을 가지고 있네, 내 힘을 사용하는 이상
어느 정도 밀리기는 하겠지만 자네는 아니야. 자네는 나와 연결되어
있네. 만약 이 상황에서 자네가 나에게서 멀어지면 자네는 죽게 되네.
어서 올라와서 나를 지키게. 그것이 내가 자네에게 내리는 명령이야!』

시드리칸은 더 이상 이벨의 의지에 거스르지 않았다. 이벨의 명령은 단호했고, 자신은 그 명령에 따라야 했다. 시드리칸은 곧바로 날개를 펼치곤 이벨이 있는 맨 꼭대기 층의 탑을 향해 순간 이동을 시도했다. 만약이라 하더라도 인간이 자신의 주인에게 손을 대는 것은 참을 수 없었다.

"신의 심판을!"
"더러운 마물들을 파괴하라! 우리들의 아버지의 이름으로!"
후방에서 대기하고 있던 태양기사단이 함성을 내지르며 돌격하기 시작했다. 신성력을 차단하던 그 이상한 기운은 결계로 인해서 원천적으로 봉쇄되어 있었다. 진형 중에서 최후방에 위치하고 있던 태양기사단들은 진형을 무시한 채 미친 야수처럼 앞으로 내달리며 아스트의 이름을 외쳤다. 그들은 지금까지 적들이 자신들과 아스트의 결속을 끊어놓았던 것에 대해서 미친 듯이 분노하고 있었다.
"우리의 아버지에게 대항하는 자들에게 심판을!"
"거짓된 존재들이여, 사라져라! 우리들의 아버지는 너희를 인정하지 않으신다!"
전방에서 움직임이 둔해진 골각수들과 싸우던 기사들과 병사들은 급히 밀착 진형을 이루어서 후방에서 누군가가 튀어나올 수 있을 만한 공간을 만들었다. 전방을 향해서 내달리던 태양기사단들은 그 틈을 용케 찾아내서 바람처럼 앞으로 튀어 나갔다. 어느새 태양기사단 전원이 최전방으로 나서게 되었고 일진에 서 있던 병사들은 후방으로 밀리며 앞을 경계했다. 한 명의 태양기사단원이 이글이글 불타오르는 눈으로 골각수들을 바라보며 검을 치켜들었다.

　"우리들의 위대한 아버지의 이름으로!"

　"개전 직후, 결계가 발동되기 전까지는 적의 공격을 막다가 결계가 발동된 이후에는 소드맨은 좌측, 머셔너리는 우회해서 적을 포위하며 밀어붙이는 겁니다."

　"그럼 전방은 일반병으로 막는 겁니까? 아무래도 그건 무리라고 생각됩니다만……."

　"아니라네. 전방은……."

　아케보니안은 누군가의 질문에 아무 말도 없이 조용히 앉아 있는 울비엘을 바라보았다. 조용히 설명을 듣고 있던 울비엘은 아케보니안의 눈길이 무엇을 의미하는지 느끼곤 가볍게 고개를 끄덕였다.

　울비엘이 이런 회의에 참석하게 된 것은 그가 신앙심이 깊기 때문이 아니었다. 오히려 그는 태양기사단 중에서 속세의 이치에 가장 밝았고 그에 반비례하여 신성력은 약한 편에 속했다. 그렇기 때문에 그는 태양기사단 내에서도 그다지 좋지 않은 취급을 받곤 했다. 하지만 그가 태양기사단에 없어서는 안 될 존재라는 것은 태양기사단 안의 그 누구도 부정하지 않았다.

　정신은 신의 이상을 따르고 있었지만 육체는 이 세상에 존재하고 있었다. 먹을 것을 먹지 않고 입을 것을 입지 않으면 죽음에 이르는 것은 육체를 가지고 있는 자로서의 숙명이었다. 울비엘은 그런 속세의 이치에 따라서 행동하는 법을 잘 알고 있었다. 신성력이 돌아온 상태라면 전 대륙에서 태양기사단 이상의 전력을 가진 병력은 없었다. 울비엘은 대외명분과 태양기사단에 돌아올 이득을 재빨리 저울질했고 충분히 자신들에게 승산이 있을 것이라는 결론을 내렸다.

“신의 이름으로⋯ 돕겠습니다.”

“우오오오오오!”

밤하늘이 찢어질 것 같은 함성이 대지를 가볍게 울렸다. 지금까지
겨우 방패막이 정도의 역할밖에 하지 못했던 태양기사단을 보아왔던
병사들은 그런 그들의 모습에 자신들도 모르게 혀를 내두르며 뒤로 물
러섰다. 그들은 말 그대로 미쳐 날뛰고 있었다.

개전 처음으로 시작되는 태양기사단의 진정한 전투였다. 그들은 항
상 경건하고 신에게 봉사하는 모습을 보였지만 신의 의지대로 전투를
할 때는 누구보다도 열정적이었다. 미친 듯이 전투를 하는 것으로는
둘째가라면 서러운 킬링 아머조차 그런 그들의 모습에는 두려움을 느
낄 정도였다.

그들은 거친 파도처럼 골각수를 향해 돌진해 나갔다. 그들은 진형도
제대로 이루지 않고 틈이 생기면 그 사이로 스며들어 자신의, 아니, 신
의 적이라고 판별되는 모든 존재를 공격했다. 그때까지도 일진에 있던
병사들이나 기사들은 기겁을 하면서 조심스럽게 뒤로 물러서며 욕지거
리를 내뱉었다. 그들은 뒤통수에 아군의 칼을 맞고 죽고 싶은 생각은
전혀 없었다.

본능적으로 휘두른 검이 골각수의 가슴을 꿰뚫자 굉음이 일어나며
왼쪽 가슴과 어깨 부분이 완전히 사라진 골각수가 그 자리에 주저앉았
다. 골각수의 가슴을 꿰뚫은 태양기사단원은 다시 이글거리는 불꽃이
피어오르는 검을 쳐들어 입을 벌리고 뭔가를 말하려고 하는 듯한 골각
수의 머리를 있는 힘껏 내려쳤다.

쾅!

　마치 폭약이 폭발하는 듯한 폭음이 짧게 울렸지만, 곧 그 폭음은 주위에서 들려오는 함성 소리에 파묻혀 금세 사라져 버렸다. 그 근처에 있던 태양기사단들은 바닥에 쓰러져서 꿈틀거리는 골각수를 향해 난도질을 해댔다. 붉은 화염이 움찔거리는 골각수를 향해서 내려쳐질 때마다 골각수의 몸 한 부분 한 부분이 완전히 분해되어 사라져 갔다.

　“괴물들⋯⋯.”

　조금 뒤에서 그 장면을 지켜보던 병사 한 명이 무심코 침을 뱉으며 중얼거렸다. 그들은 마치 태초의 짐승과 같은 모습으로 싸우고 있었다. 순수하게 그들의 신을 위해서 분노하며 신을 위해서 싸우는 짐승들. 그들의 모습 어디에도 예전과 같은, 다 죽어가는 병든 닭과 같은 모습은 찾아볼 수 없었다.

　“와아아아아아!”

　병사들은 목청이 터지도록 소리를 내지르며 무기를 휘둘러 댔다. 그 함성은 비명 소리와도 비슷하게 들릴 정도로 격렬했고 처참했다. 광기 어린 태양기사단의 전투는 병사들의 머리 속에서 이성과 감각을 희미하게 지워내었고 더 이상 물러설 곳이 없다는 현실 또한 매정하게 그들을 채찍질했다. 그들은 자신들의 동료가 피를 흩뿌리며 쓰러지고 내장을 흩날리며 땅바닥을 뒹굴어도 끝없이 앞으로 진군했다.

　“적을 밀어붙여라! 물러서지 마라!”

　적의 움직임이 둔해져 있었기 때문에 지금 당장은 밀어붙이는 것 같기는 했지만 적은 여전히 막강했다. 보통 병사 서넛이 붙어야 골각수 한 마리를 상대할 수 있을 정도였다. 단지 태양기사단의 광기 어린 선전과 결계의 존재가 골각수를 예전에 비하면 약하게 보이도록 만들고 있을 뿐이었다. 사실 결계는 이벨이나 시드리칸이 더 이상 손을 못 쓰게 만들고 골각수나 해골귀의 생산을 막는 역할을 하고 있을 뿐이었다. 그리고 지휘관들은 그런 사실을 아군 병사들이 알아차리는 것을 바라지 않았다. 그들은 끊임없이 목이 터져라 소리쳐서 계속 병사들을 채찍질해 다른 생각 할 틈이 없도록 만들었다.

"적들은 약해졌다! 지금이라면 할 수 있다! 동료들의 원한을 갚는 거다!"

같은 시간. 아무도 없는 벌판은 전투가 진행되고 있는 성문 앞과는 반대로 쥐 죽은 듯이 조용했다. 달조차 뜨지 않고 바람조차 거의 멎어버린 벌판은 전쟁에 희생된 병사의 망령이 튀어나올 것 같은 스산한 분위기를 풍기고 있었다. 이따금씩 멀리에서 병사들의 함성 소리와 비명 소리가 공기를 타고 울려오기도 했지만 곧 그 소리는 침묵 속에 묻혔고 고요함이 대신 그 자리를 메웠다.

바삭—

바람이 희미하게 대지를 스치고 지나가자 마른풀이 바스락거리는 소리를 내며 작게 흔들렸다. 그리고 그 흔들림이 멈출 즈음 그 풀은 갑작스럽게 큰 소리를 내며 형체도 없이 바스러졌다.

아무것도 없었지만 뭔가가 밟고 지나간 듯한 자국이 풀숲의 한가운데에 새겨졌다. 그리고 마른풀들이 뭔가에 짓밟히는 자국이 생기는 것은 한 번만으로 끝나지 않았다. 수십 개의 발자국이 소리없이 벌판에 새겨지기 시작했다.

오랫동안 메말라 땅이 드러나 있는 대지는 발자국이 거의 남지 않을 정도로 단단했다. 자연히 발자국들은 언뜻언뜻 나타났다가도 금세 사라졌다가 그곳에서 멀리 떨어진 곳에 새겨졌다. 아무것도 없는 벌판에는 유령이 밟고 지나간 듯 엷은 발자국이 남았고 그 발자국들이 마지막으로 생겨난 곳은 성벽의 바로 앞이었다.

소곤소곤─

뭔가가 작은 목소리로 중얼거리는 소리가 고요함에 가볍게 금을 가게 만들었다. 그리고 곧 그 발자국들의 주위로 엷은 보랏빛의 원이 생겨났다. 보랏빛에 담긴 마력의 파장이 흐를 때마다 뭔가가 투명한 유리로 만든 세공품처럼 모습을 드러냈다가 사라져 갔다.

곧 그 보랏빛은 중력을 거부하듯 하늘로 치솟아오르기 시작했다. 그리고 잠시 모습을 드러냈던 그 뭔지 모를 것들도 보랏빛에 휩쓸려 공중으로 떠오르기 시작했다.

"성안으로 몰래 침입하기 위한 루트는 두 가지가 있습니다만 한쪽은 사용이 불가능합니다. 모두들 내부도를 봐주십시오."

이제 회의는 거의 막바지를 향하고 있었다. 아케보니안은 지금 별동대가 성으로 침입하기 위한 방법과 경로를 설명하기 시작한 중이었다. 모두가 탁자 위에 펼쳐진 건물의 내부도에 주의를 기울이자 아케보니안은 헛기침을 한 다음 기다란 막대로 빨간색으로 표시되어 있는 문들을 가리켰다.

"이것들이 이 성에 설치되어 있는 비밀 통로입니다. 현재 하나는 완전히 막혀 있고 두 개가 남아 있지요. 한쪽은 영주가 성밖으로 탈출하기 위해서 성의 건설 때부터 만들어진 통로입니다. 그리고 이 지하 감옥에 연결되어 있는 비밀 통로는 영주 자신도 모르게 제작되어진 비밀 통로지요. 제1별동대는 이 지하 감옥 쪽으로 침입하게 됩니다."

건물이나 성의 구조와 방의 용도나 벽의 재질 등이 세세히 적혀진

지도와 자료는 커르니안에서 의식 불명에 빠져 있을 크라우드가 모아온 귀중한 것들이었다. 지옥기사단의 대장으로서 회의에 참여한 자들 중 그 사실을 알고 있는 몇몇은 잠시 동안 크라우드가 빨리 회복되기를 기원했다.

"제1별동대는 지하 감옥을 수색한 다음 저택 지하로 연결되어 있는 비밀 통로를 지나 저택 지하에 있는 이벨의 연구실을 조사하고, 마지막으로 여력이 남는다면 저택의 위층에 있을 이벨의 신병을 확보하는 것이 목적입니다."

저택의 지하에 이벨이 마법 실험을 위해 만들어둔 꽤 넓은 공간이 있다는 것도 크라우드가 조사한 것이었다. 좁은 공간에서 골각수와 같은 것을 만든다는 것은 무리가 있었다. 즉, 어느 정도의 공간이 갖추어지면서도 이동이 수월한 곳이 골각수가 만들어질 거라 예상되는 후보지였다. 그리고 저택 안에서 그런 조건이 갖추어지는 곳은 두 곳뿐이었다.

"그리고 만약 예상 지점에 목표가 없다면 주위의 다른 곳도 탐색해서 반드시 목표를 찾아내어 파괴하게. 일단 지하에서 그런 시설을 찾지 못한다면 바로 이벨의 신병을 확보하게. 알겠나?"

"예."

제1별동대의 대장을 맡은 제마이드는 고개를 작게 끄덕여서 자신이 그 임무의 목적을 제대로 이해했음을 표시했다.

"그럼 제2별동대의 이동 경로에 대해서 설명하지요. 흑아."

흑아는 재빨리 테이블에 겹쳐져 있는 지도들 중 중간쯤에 있는 종이를 빼내서 맨 위로 올렸다. 그 지도는 성의 바깥 지역의 지도가 공중에서 본 것처럼 그려져 있었다.

"제2별동대는 성벽에 접근해서 성벽을 뛰어넘어 저택 안으로 침입

합니다. 일단 별동대 전원에게 투명화 주문을 걸게 됩니다. 적에게 특별한 능력 같은 것이 없다는 것은 지금까지의 전투로 밝혀졌으니까 투명화된 것을 보지는 못할 겁니다."

"아케보니안님."

제마이드가 가볍게 손을 들자 아케보니안은 고개를 끄덕였다. 제마이드는 어떤 일에 대한 문제점이나 의문점을 날카롭게 꼬집어내는 예리함이 있는 사내였고, 이번 일의 중요성을 생각해 볼 때 별동대의 준비에 어떠한 문제점도 있어서는 안 됐다.

"투명화된다면 아군도 보이지 않게 되는 겁니까? 그러니까 투명해진 아군끼리 보지 못한다면 잠입시에도 문제가 발생될 여지가 있다고 생각됩니다만."

"물론 그에 따른 해결책도 있네. 투명화된 물체를 보게 해주는 마법을 동시에 거는 것이지. 어차피 별동대가 아군 병사와 싸울 필요는 없으니까 별동대 열 명에게만 걸어주면 되지 않겠나?"

"그럼 그 투명화의 유지 시간은 어느 정도입니까?"

"약 반 시간 정도. 그리고 만약 어떤 물체와 강하게 접촉한다면 투명화가 풀리게 되네."

제마이드는 더 이상의 질문은 없는 듯 고개를 끄덕인 후 침묵했고 아케보니안은 다른 이들은 질문이 없는지 묻는 듯 주위를 둘러보았다. 그리고 곧 다시 설명을 이어가기 시작했다.

"폭발로 뚫으면 그 소리를 듣고 적이 몰려올 것이고 그것 때문이 아니라고 해도 성벽이 너무 두껍습니다. 결국은 성벽을 뛰어넘어야 하는 것이지요. 원래대로라면 갈고리를 던져서 성벽을 타고 올라가야겠지만 마법사가 있으니까 조금 더 빠르고 편하게 성벽을 넘는 것이 가능합니다. 중력 반전 주문을 시전해서 별동대를 성벽 위까지 띄우고 성벽 위로 올라선 다음 깃털 낙하 주문으로 반대 편으로 뛰어내려 착지하는 겁니다. 저택의 벽은 암석 융해 주문으로 조용히 구멍을 뚫을 수 있을 정도는 됩니다. 벽을 녹이고 안으로 진입 후 식당으로 향해서 목표물을 파괴한 후 1층을 조사한 다음 특별한 것이 없다면 이벨의 신병을 확보하는 것이 제2별동대의 임무입니다. 질문있나?"

아케보니안의 마지막 발언은 킹 오브 머셔너리의 부대장인 하운드스 니겔을 향한 질문이었다. 제2별동대의 임시 대장 자리를 맡게 된 하운드스는 가만히 고개를 저었다. 꽉 다물어진 턱과 강인해 보이는 얼굴은 누가 보더라도 그가 뛰어난 전사라는 것을 단적으로 보여주고 있었다.

원래대로라면 제2별동대에 속하게 될 열한 명 중 레전트의 지휘가 가장 높았지만 레전트는 자신이 누군가를 지휘함에 있어서 매우 서투르다는 사실을 잘 알고 있었기 때문에 자진해서 대장 자리를 다른 이에게 넘겼다.

하운드스도 레전트의 의견에 꽤 긍정적인 표현을 보였다. 사실 그도 레전트의 대장으로서의 능력에 대해서 꽤 심각하게 고려하고 있던 중이었다. 물론 자신이 대장으로서의 능력이 출중하다고 볼 수는 없었지만, 기본적으로 병사들은 자신들과 동떨어진 자들에 대해서 반감을 가지기 마련이었고, 레전트는 그들의 입장에서 타인이었다. 그런 타인을 대장으로 내세웠을 때 그들이 얼마만큼이나 동조해 줄지는 알 수 없는 일이었다.

회의가 일단락된 것을 알아차린 피넬은 가만히 자리에서 일어나 허리춤에 채워져 있는 검집을 왼손으로 움켜잡았다. 그리고 낮고 강한 목소리로 말했다.

"모두들 이제 일어설 때요."

보랏빛에 휩싸여 공중으로 치솟아오르던 기사들은 성벽의 꼭대기가 가까워지자 몸을 긴장시키며 웅크렸다. 아래쪽에서 위를 바라보고 있던 레전트는 위를 향하고 있던 손바닥을 아래로 내리며 주먹을 움켜쥐었다. 일시적으로 그 지역에 걸려 있던 역중력은 무중력 상태로 변화했고 기사들은 성벽의 끄트머리를 움켜잡으며 소리없이 성벽 위로 올라섰다.

모두가 다 성벽 위로 올라간 것을 확인한 레전트는 중력 반전 주문을 해제시키고 자신에게 부유 주문을 걸었다. 기사들에게 부유 주문을 사용해도 괜찮았지만 부유 주문을 여러 명에게 쓰는 것보다는 중력 반전 주문을 컨트롤하는 것이 더 손쉬웠다. 게다가 그 주문에 걸린 자신이 떠오를 높이를 조절해야 했기 때문에 마법에 대해서는 거의 알지 못하는 기사들에게 부유 주문을 사용할 수는 없었다.

성벽 위까지 올라온 레전트는 눈을 꿈틀거리며 얼굴을 구겼다. 저택의 꼭대기에서 수십 수백에 이르는 해골귀들의 날아오르는 모습이 눈동자 속으로 확연히 파고들었다. 수백에 이르는 해골귀들이 하늘로 날아오르는 장면은 확실히 장관이었다. 하지만 그 백색의 날갯짓에 비춰져 보이는 건 끝없이 시린 죽음의 느낌뿐이었다.

'걸리면 확실히 죽겠군……'

레전트는 조심스럽게 주위를 둘러봐 기사들이 어디 있는지를 살폈다. 기사들은 반대 편 성벽에서 엎드려 낮은 자세를 유지하고 주위를 살피고 있었다. 상대방이 이쪽을 볼 수는 없다지만 그래도 어쩔지 모르는 상황에 대비해야 했기 때문이다. 레전트는 그쪽을 향해 조심스럽게 걸었다. 기사들은 레전트가 도착하자 전투 전에 미리 지급받은 스크롤을 꺼냈다. 자기 자신에게 깃털 낙하 주문을 걸게 해주는 스크롤이었다.

사실 깃털 낙하는 그다지 고난이도의 주문이 아니었다. 하지만 레전트 한 명이 열 명이나 되는 인간에게 일일이 마법을 거는 것은 상당히 힘들기도 하고 시간도 오래 걸리는 일이었다. 그렇기 때문에 마법사들은 결계석의 마력을 이용하여 스크롤들을 만들어서 기사들에게 지급했다. 그래야지만 별동대에 속하는 마법사가 여유분의 마력을 남길 수 있었고, 비상시에 살아남을 확률을 더 높일 수 있었다.

뭔가가 찢겨지는 소리가 날 때마다 투명화 주문이 영향을 받아 기사들의 모습이 잠깐 동안 어둠 속에서 드러났다가 다시 투명해졌다. 하지만 그들은 어쩔지 모르는 상황을 대비하여 전부 어두운 옷을 입고 얼굴에는 검은 숯을 칠하고 있었기 때문에 쉽사리 눈에 띄지 않았다.

밤에 행동할 때는 결코 빛을 반사하거나 하는 재질의 뭔가를 가지고 있거나 맨살갗을 드러내는 건 금물이라는 것은 모두가 오랫동안 싸워오면서 배워온 일이었다. 그런 경험은 생존에 직결됐기 때문에 그들은 그런 경험을 최대한 배우려고 애썼고 잊어버리지 않으려 노력했다.

성벽에 몸을 바짝 붙이고 있던 기사들은 마법의 효과가 발동되자 몸이 가벼워진 것을 느끼고 서로에게 손짓을 하며 성벽의 아래를 향해서 뛰어내리기 시작했다. 머리 위로는 해골귀들이 어디론가 날아가고 있었기에 조금 불안하기는 했지만 그렇다고 가만히 어물쩡거리고 있을 수도 없는 노릇이었다.

레전트는 자신에게 부유 주문을 걸어 성벽 아래로 뛰어내리면서 위를 바라보았다. 해골귀들의 움직임으로 봐서는 필시 적도 뭔가 눈치를 챈 것이 분명했다. 해골귀들은 전투가 벌어지고 있는 성의 정면으로 향하는 대신 성의 주위를 향해 날아가고 있었다. 그것은 분명히 뭔가를 탐색하는 듯한 움직임이었다.

'역시 눈치 챘나? 하기야 눈치 못 채는 게 바보지만.'

탁. 탁.

성벽에서 떨어져 내린 기사들의 몸이 땅에 닿을 때마다 작은 소리가 울렸다. 기사들은 땅에 착지하자마자 급히 주위를 살펴 아무도 없는 것을 확인한 다음 레전트가 손가락으로 가리키는 곳을 향해 내달렸다. 저택 1층의 벽 중에서는 가장 얇고 부서진다고 해도 건물 전체의 균형에 영향을 주지 않을 만한 곳이었다.

아직 기사들에게는 투명화 주문이 걸려 있는 상태였고 주위에는 아무도 없었기 때문에 그들의 움직임을 막는 자들은 아무도 없었다. 아직까지는 모든 것이 순조로웠다.

'이 냄새는……'

이전에도 크라우드와 함께 비밀 통로를 통해서 지하 감옥으로 들어간 적이 있었던 룬은 전에 없었던 코를 자극하는 악취에 눈을 작게 찌푸렸다.

처음 비밀 통로에 진입하기 전에 네이온은 마법사의 눈으로 통로 내에 다른 위험 요인은 없는가 살핀 후 아무런 위험 요인이 없다고 단정지었지만, 마법사의 눈은 공기 중의 악취까지 잡아내는 능력은 없었다. 결국 소드맨 전원은 머리를 멍하게 만들 정도로 강한 악취에 완전히 노출된 채 비밀 통로의 바닥을 기어야 했다.

하지만 모두는 그 악취에 긴장을 늦추지 않을 수 있었다. '그' 냄새가 이 정도의 심한 악취로 변할 정도라면 이 앞에서 벌어진 일은 결코 일반적이지는 않다는 것을 의미했다. 코를 멍하게 만들 정도로 진한 악취이긴 했지만 '그' 냄새는 그들에게 있어서 어느 정도 익숙한 냄새였다. 그리고 룬도 그런 냄새를 몇 번 정도는 맡아본 기억이 있었다.

맨 앞에서 기어가고 있던 룬은 뭔가가 앞을 막자 움직임을 멈췄다. 곧 룬의 뒤에 따라오던 소드맨들과 네이온도 앞쪽에 기어가던 사람이 멈추자 차례차례 멈춰 서 상황을 지켜보기 시작했다.

소드맨들은 물론이고 제마이드도 룬을 완전히 신뢰하는 것은 아니었다. 그리고 제마이드는 그런 믿을 수 없는 자를 자신들의 등이 보이는 후방에 둘 정도로 얼빠진 지휘관은 아니었다. 룬도 그 사실을 금방 알 수 있었기 때문에 제마이드가 자신에게 앞장서라고 명령했을 때도 반항하지 않았다. 전쟁터에서 지휘관에게 불복종하는 것은 즉결 처형도 가능할 정도로 큰 군법 위반이었다.

룬은 예전의 일과 전투 전에 들었던 정보를 떠올려 자신의 앞을 막고 있는 돌에 달려 있는 쇠고리를 움켜잡고 힘을 주어 천천히 앞으로 밀었다.

'막히지는 않았나……'

누군가 자신의 시야에서 벗어난 곳에서 침입해 왔다면 자신이 보지 못했던 시야를 밝히는 것이 일반적인 인간의 행동이었다. 하지만 이 통로는 아직도 멀쩡히 사용될 수 있게 방치되어 있었다. 룬은 그 사실이 무엇을 의미하는 것인지 잘 알고 있었다.

'신경 쓸 정도가 아니거나, 혹은 함정이라거나.'

밝혀지지 않았을 가능성은 매우 적었다. 적은 단신으로 나라에 싸움을 걸 정도의 힘이 있는 마법사였다. 그런 마법사가 이렇게 숨겨져 있는 작은 통로를 찾지 못할 것을 바라는 것 자체가 넌센스였다.

'여기서 죽을 수도 있다……'

감정의 조각이 조금씩 모이기 시작하고 첫 번째로 참가하는 전쟁이었다. 룬은 문득 자신이 쓸데없는 생각이 많이 늘었다는 사실을 생각했다. 하지만 잘 길들여진 룬의 몸은 룬의 정신과는 별개로 충실히 자신이 받은 명령을 수행했다.

스르르룽—

작은 마찰음과 함께 통로를 막고 있던 돌이 빠지며 그와 동시에 머리가 멍해질 정도로 강한 악취가 통로 안으로 스며들어 숨을 쉬는 것마저 고통스럽게 했다. 룬은 분명 이 악취의 원인이 지하에 있을 거라고 생각하며 조심스럽게 그 돌을 통로의 옆에 놔두고 조용히 안의 상황을 살폈다.

감옥 안은 예전과 다를 바 없이 어두웠고 아무것도 없었다. 함정이라면 여기서 공격이 들어와야 했다. 이 상태에서 공격해 온다면 이쪽은 별다른 반항도 하지 못하고 몰살당해 버릴 것이 분명했다. 통로는 몸을 일으켜 뛰어서 도망갈 만큼 넓지 않았다.

'신경 쓸 정도가 아니라는 건가?'

룬은 새삼스럽게 이쪽이 적으로 두고 있는 인물에 관해서 궁금해졌다. 하지만 지금은 그런 것에 신경 쓰느라 가만히 있어야 할 상황은 아니었다. 바깥에 별다른 것이 없는 것을 확인한 룬은 살며시 통로의 바깥으로 나와서 얇은 천에 싸둔 창을 꺼내 들었다. 예전에 이 마을에서 구입했었던 바로 그 창이었다.

'예전과 같은 상황이군, 이건……'

룬은 주위를 살피면서 자신의 모습이 예전과 거의 흡사하다는 것을 생각했다. 여전히 적은 상대하기 힘들었고 조용히 움직여야 했다. 그리고 목숨이 위태로웠다.

어쩌면 지금이 그때보다 몇 배나 더 위험할지도 모른다. 하지만 그때와 지금의 룬은 확실히 달랐다. 룬은 죽음을 생각하지 않았다. 그때는 임무 실패에 따른 죽음에 대한 가정을 세워두고 행동했었지만 지금은 아니었다. 룬은 반드시 임무를 완수하고 살아남겠다는 생각을 하고 있었다.

"……!"

룬은 급히 창을 틀어쥐고 전투 태세를 취했다. 통로 안쪽에서의 한정된 시야로는 거의 보이지 않았지만 방 한쪽 구석에 뭔가가 있었다. 룬은 감각의 날을 예리하게 세우며 어둠 속에서 희미하게 보이는 그것을 향해 시선을 고정시켰다. 하지만 그것은 전혀 움직이지 않고 있었다. 살아 있는 것이라면 적어도 숨을 쉴 때 약간의 움직임이라도 있기 마련이었지만 어둠 속에서 보이는 그것은 그런 최소한의 움직임도 없었다.

툭. 툭.

룬은 창끝으로 통로의 안쪽을 두드려 뒤에서 기다리고 있는 다른 기사단들에게 별다른 위험 요소가 없다고 신호한 뒤 천천히 그것을 향해서 다가갔다. 악취에 코가 마비될 지경이었지만 그래도 룬은 이 방에서 나고 있는 악취의 근원이 그것이라는 것 정도는 금방 알아차릴 수 있었다.

허공을 향해 뻗어 있는 손. 진물이 흘러내리고 반쯤 썩어 있는 그 손은 고통스럽게 일그러져 누군가 구해주기를 갈구하는 몸짓으로 굳어 있었다. 그 팔의 주인이 남자인지 여자인지, 하다못해 소년의 것인지 소녀의 것인지도 알 수가 없었지만 룬은 그 팔의 주인이 어떤 생각을 가지고 있었는지는 알 수 있을 것 같은 기분이 들었다.

통로에서 빠져나온 제마이드는 조심스럽게 주위를 둘러봤다. 그리고 평소에 하던 것처럼 자신의 마력검을 꺼내 들어 조심스럽게 약간의 마력을 주입했다. 그러자 마력검에서 희미한 빛이 흘러나와 수일, 어쩌면 몇 달 정도 어둠 속에 묻혀 있었을지도 모르는 장면을 비추었다.

"쓰읍."

제마이드는 입이 쓴 듯 아랫입술을 깨물며 눈살을 크게 찌푸렸다. 그 팔의 주위에는 형체를 알 수 없을 정도로 찢겨지고 부서진 인간의 육체가 아무렇게나 쌓여서 썩어가고 있었다. 마치 쓰다 남은 땔감용 나무토막이 창고 한쪽 구석에 쌓여 있는 것 같은 광경은 말 그대로 끔찍했다. 지옥의 밑바닥에서나 볼 수 있을 법한 그런 모습은 통로에서 차례차례 빠져나오는 병사들의 몸을 굳게 만들었다.

"우읍!"

마지막으로 통로에서 빠져나온 네이온은 눈앞에 펼쳐진 장면에 참지 못하고 헛구역질을 하기 시작했다. 몇 번이나 전쟁터를 경험했고 죽은 사람의 시체를 보아온 네이온이었지만 이렇게나 끔찍한 장면은 처음이었다.

어느 것 하나도 멀쩡한 시체는 없었다. 오른쪽 어깨부터 왼쪽 허리까지 사선으로 절단된 몸을 가지고 있는 남자의 시체가 희게 변색된 눈동자로 멍하게 천장을 노려보고 있었고, 누군가의 것인지 알 수 없는 몸통은 반쯤 쪼개져 흰 갈비뼈를 바깥으로 내밀고 있었다. 최대한 멀쩡한 시체가 그 정도였다. 반쯤 쪼개진 두개골이 회색빛의 뇌를 드러낸 채로 굴러다니고 있는 것은 예사였다.

“마을 사람들의 시체인가?”

제마이드는 낮게 중얼거리며 한숨을 쉬었다. 분명히 참혹하고 끔찍한 장면이었지만 이대로 있을 수는 없는 노릇이었다. 제마이드의 중얼거림은 이 방 안에 가득 차 있는 시체처럼 굳어버린 기사들의 정신을 움직이게 만들었다.

“아마도 그런 것 같습니다.”

“묘하네. 이렇게나 썩어있는데 어떻게 구더기가 없을 수 있지?”

“그것보다 멀쩡한 시체가 하나도 없잖아? 역시 그 뼈괴물을 만드는 데는 어떤 재료가 필요했던 걸까? 사람의 뼈라던가……..”

“글쎄.”

룬은 좀 더 세심히 그 시체 더미를 살폈다. 그런 룬의 모습을 본 기사들은 하나같이 얼굴을 찌푸리며 고개를 내저었다. 룬은 악취가 뿜어지는 시체 더미를 창끝으로 뒤집으며 시체들의 상태를 살폈다.

‘죽은 후에 토막 내진 건가?’

살아 있는 상태에서 난 상처와 죽은 후 시간이 어느 정도 지나 난 상처는 확실히 달랐다. 비록 오랜 시간 동안 썩혀져 잘 알 수는 없었지만 어느 정도는 알아볼 수 있었다. 그리고 룬은 그 사실에 대해서 평소 때라면 내지 않았을 엉뚱한 결론을 냈다.

‘고통받으면서 살해당하지는 않았다는 건가?’

—쓸데없는 고민은 그 정도로 해두는 게 좋을 것 같은데.

‘닥쳐!’

룬은 갑작스럽게 들려온 목소리에 발끈하며 창을 꽉 움켜쥐었다.

텅.

그때 제마이드가 부츠로 땅을 가볍게 차며 모두가 입을 다물게 만들었다. 룬도 몸을 움찔거리며 제마이드를 향해서 고개를 돌렸다. 제마이드는 살짝 찌푸려진 얼굴로 주위를 둘러본 다음 조용히 입을 열었다.

"쓸데없이 잡담하지 마. 앞으로 명령없이 입 열면 혓바닥 잘라 버린다."

기사들은 아무 말 없이 제마이드를 주시했다. 제마이드는 그런 기사들의 반응이 마음에 들었는지 별다른 말을 하지 않고 곧바로 작전에 대해 말했다.

"여기를 제외하면 지하 감옥에는 총 네 개의 구역이 있다. 작전 전에 지도는 봐뒀으니까 알고들 있겠지. 가는 길에 재빨리 다른 구역을 탐색하고 연구실로 간다. 진형은 아까대로 유지하고 주위 경계 늦추지 마. 알겠나?"

모두는 아무 말 없이 고개를 끄덕였다. 제마이드는 룬의 어깨를 두드린 다음 문을 가리켰다. 룬은 고개를 끄덕이고 창을 움켜쥔 채 문을 향해 가까이 다가갔다. 제마이드는 마력검에서 빛을 제거하고 조용히 룬의 뒤통수를 노려보았다.

문으로 가까이 다가간 룬은 조심스럽게 문 뒤쪽의 기척을 살폈다. 잠시 후 룬은 문의 손잡이를 움켜잡은 채 최대한 조용히 문을 열었다. 물론 긴장은 풀지도 않았고 한쪽 손에는 창이 쥐여져 있었다.

저번만 해도 잔뜩 녹슬어 끼익거리는 소리가 나던 문은 여러 번이나 열고 닫혀졌었는지 별다른 소음을 내지 않고 쉽게 열렸다. 룬은 문 바깥으로 머리를 슬쩍 내밀어 뭔가가 없는지 살폈다. 주위에 아무것도 없다는 것을 확인한 룬은 뒤를 향해서 손짓을 한 후 문 바깥으로 뛰어나가 주위를 경계했다. 곧 제마이드를 비롯한 네 명의 기사가 감옥 안에서 뛰쳐나왔고 그 뒤를 네이온이 비틀거리면서 뛰쳐나왔다. 마지막으로 다섯 명의 기사가 뛰어나와 네이온의 후방에 서자 제마이드는 룬의 어깨를 두드리며 속삭이듯 말했다.

"가!"

룬은 고개도 끄덕이지 않고 빠른 속력으로 앞으로 내달리기 시작했다. 네 곳 전부를 둘러보고 연구실까지 뒤진다면 이벨의 신병 확보가 우선인 다른 쪽 별동대를 쫓아가기는 힘들 것 같았다. 일단 이쪽 별동대의 주목적은 시설의 파괴였다.

하지만 룬은 위로 올라가고 싶었다. 분명 이 지하 감옥에서도 위험한 어떤 감각이 느껴졌지만 그 감각은 지하보다 오히려 위쪽에서 더 강하게 느껴졌다. 위쪽에서 수많은 골각수들이 싸우고 있기 때문에 그런 것일지도 모른다고 생각했지만 그건 아닌 것 같았다.

'레전트가… 위쪽이 위험하다. 그 흑기사는 위쪽에 있는 건가?

강렬한 직감이 뼛속 깊이 파고들며 온몸을 자극했다. 피비린내와 시체 썩는 냄새가 섞여 만들어낸 전장에서나 느낄 수 있는 죽음의 공기가 오랜 휴식으로 무뎌졌던 룬의 감각을 깎아 예리하게 날을 세웠다.

그렇게 예리해진 룬의 감각은 거의 본능적으로 주위에서 느껴지는 위험을 감지해 냈고, 이성은 그 감지해 낸 위험에 어떻게 대응할 것인지를 재빠르게 생각해 내기 시작했다.

'그 흑기사 말고도 뭔가가 있는 건가? 뭐지? 이건…….'

룬은 다리를 좀 더 빠르게 움직이기 시작했다. 어쨌거나 이런 상황에서 서둘러 나쁠 것은 없었다.

10

『찾아라!』

붉은 안광이 밤하늘에 어지럽게 수놓아졌고 흰 날개가 공중에 남은 안광의 잔상을 흩어버리며 펄럭였다. 수백에 이르는 해골귀들은 일사불란하게 움직이며 자신들의 머리에 울리는 명령을 충실히 따랐다.

보통의 인간이라면 손발이 서로 부딪치는 경우는 있을 리가 없다. 그리고 이벨의 통제 아래 완벽하게 제어되는 해골귀들은 이벨의 손발이나 다름없었다. 비록 그 손과 발이 수백 개가 넘어가고 있다는 점이 보통 인간과 크게 다르기는 했지만 단지 그것뿐이었다. 이벨은 자신의 손과 손을 잘못해서 부딪치는 바보 같은 짓은 하지 않았다.

그들은 사방을 날아다니며 자신들의 날개를 무겁게 만드는 힘을 뿜어내고 있는 원인을 찾아내기 위해 붉은 안광을 번뜩였다. 물론 인간들도 바보가 아닌 이상 결계를 구성하고 있는 무언가를 찾기 쉬운 곳에 놔뒀을 리는 없을 것이고, 또한 그것을 허술하게 놓아뒀을 리도 없었다. 하지만 이벨은 인간일 당시의 지식을 가지고 있었다.

이렇게 일정 지역에 어떤 현상을 일으키게 만드는 결계는 그 주위에 어떤 매개체—보통 강한 힘을 가지고 있는 인간이나 물건—를 배치하여 다른 매개체와 공명시키는 것이 대부분이었다. 서로 간에 마력의 흐름을 느끼고 그에 반응해서 일정한 방향과 크기로 계속 마력을 발산시키는 것이다. 그렇기 때문에 만약 결계를 이루는 매개체가 하나라도 파괴되면 결계 전체에 흐르는 마력이 엉켜 버려 효과가 무효화되어 버린다. 이벨은 그것을 노리고 있었다.

결코 도박은 아니었다. 수백 수천의 영혼으로 거의 신에 가까워진 이벨의 힘을 이만큼 억누를 정도의 결계라면 그 힘을 생각해서라도 매개체끼리의 연결 거리가 멀 수는 없었다. 결국 결계의 매개체가 있는 곳은 성 주위 수 킬로 이내라는 소리였다.

하지만 상황은 절대 좋지 않았다. 그 결계는 단지 이벨의 힘을 약화시키는 기능만 하고 있는 것이 아니었다. 그 힘은 이벨의 힘에 의해 창조된 자들의 능력을 구속했다. 해골귀들은 눈앞에 짙은 안개가 낀 것 같은 현상을 어떻게 제거하지 못했다. 어떤 해골귀는 너무 땅 가까이 날다가 나무에 부딪쳐 산산조각이 나버리기도 했다.

『찾아라!』

하지만 이벨의 의지는 단호했다. 그리고 그 이상의 선택의 여지는 없었다. 결계를 파괴하지 못하면 이 전투의 흐름은 이쪽으로 불리하게 흐를 것임이 분명했다. 해골귀들은 다시 한 번 이벨의 의지를 뚜렷이 인식하고 날개를 움직였다.

티아스는 양 손바닥으로 이마를 지그시 눌렀다. 머리 속은 여전히 깨질 듯이 아팠고, 여전히 혼란스러웠다. 하지만 티아스는 그런 자기 자신을 아무렇게나 내팽개쳐 두지는 않았다. 티아스는 점점 부서지는 자기 자신을 인식하고 사방으로 흩어지는 조각을 긁어모으고 있었다.

'나의 의지… 나의 의지는…….'

근 한 달 만이었다. 티아스는 허무의 전당에서 깨어났을 때부터 그저 몸이 움직이는 대로 행동하고 있었다. 온몸에 누군가가 조종하는 실이 묶여져 있는 꼭두각시처럼 움직이기만 할 뿐이었다. 하지만 룬은 그런 티아스가 이상하다는 것을 발견했고, 어색하고 서투르기는 했지만 신경을 써주었다.

어떤 이득에서 오는 그런 관계가 아니었다. 룬은 그 사실에 대해서 이상하게 생각하고 자신의 감정에 대해서 이해하지 못하는 것 같았지만 티아스는 그것을 느낄 수 있었다. 티아스도 처음엔 인간이 자신에게 그렇게 신경을 써준다는 것에 대해 어색해했지만 지금은 아니었다.

'나의 의지는… 나의 의지는 뭐지? 왜 내가 여기에 있는 거지?

티아스는 자신의 의지를 다시금 찾기 위해 조금씩 노력했다. 아까 있었던 발작이 고비이기는 했지만 티아스는 그것을 참아내고 이겨냈다.

"인간이라도, 아니, 인간이 아니라고 해도 쉬어야 할 때가 있는 겁니다. 그러니까 지금은……."

티아스에게 내밀어진 거칠고 딱딱하지만 따뜻한 손. 티아스는 도움을 받아 점차 자신의 이성과 정신을 뚜렷하게 찾아갔다. 그리고 강요

되는 것은 아니지만 자신의 사명을 반드시 이루어야 한다고 생각했다.

'나의 사명은…….'

그것을 깨달았을 때 마차의 바닥을 향해 고개를 숙이고 있던 티아스의 눈이 가만히 떠졌다. 오랫동안 눈을 감고 있었기 때문인지 흐릿한 뭔가가 티아스의 시야를 가리고 있었다. 티아스는 양손으로 눈을 문지르며 웅크리고 있는 몸을 폈다.

"아……."

작은 감탄사가 터져 나왔다. 짙은 진홍색의 빛이 굳게 닫힌 창문 사이로 희미하게 새어 들어오고 있었다. 티아스는 슬며시 마차 문을 열었다. 인위적으로 만든 횃불이나 마법의 빛은 아니었다. 문이 점점 크게 열릴수록 마차 안으로 스며들어 오는 빛은 강해졌다. 마차 안이 진홍빛으로 물들자 티아스는 그 빛의 근원을 찾으려는 듯 자리에서 슬며시 일어나 바깥으로 향했다.

어느새 하늘을 가득 덮고 있던 구름이 일부분 흩어져 진홍빛 달이 그 사이에서 얼굴을 내밀고 있었다. 그 사이로 내리비치는 진홍색의 달빛은 마치 상처에서 갓 뿜어진 선혈과 같은 빛을 띠고 있었지만 티아스는 그런 것에 개의치 않았다.

수인족은 계절마다 변하는 빛에 의미를 부여하지 않았다. 마수나 환수가 변화하는 달빛을 보고 미치는 것은 그들의 힘이 그때의 달빛의 파장에 맞아떨어지기 때문이었다. 단지 그것뿐이었다. 수인족에게 달빛은 언제나 한결같은 어머니의 품속처럼 따뜻했다.

"와아아아아—!"

티아스는 몸이 휘청거릴 정도의 괴성에 깜짝 놀라며 몸을 움츠렸다. 수천에 이르는 인간이 자신의 목숨을 내뱉어 버리듯 내지르는 독기 어린 함성은 티아스의 머리를 흔들어댔다. 마차 안에 있었을 때는 거의 들리지 않았던 함성 소리였지만 마차 바깥으로 나오자 그 함성 소리는 전혀 여과없이 티아스의 고막을 강타했다. 차가운 밤 공기에 녹아든 죽음과 광기의 기운이 사방으로 번져 가며 죽음에 대한 공포를 가지고 있는 존재들을 떨게 만들고 있었다.

티아스는 정신을 차리려 노력하며 품속에서 가죽 주머니를 꺼냈다. 그리고 왼손을 펼치고 오른손으로 그 가죽 주머니 안에 있는 내용물을 털어냈다. 그러자 검은 알갱이 두 개와 함께 미스릴로 만들어진 눈이 시릴 정도의 조그마한 은빛 단검이 튀어나왔다. 티아스는 주머니를 바닥에 던져 버리고 그 단검을 품속에 갈무리했다. 그리고 왼손 위에 놓여져 있는 검은 알갱이를 입 안에 털어 넣었다.

티아스는 그 함성에 섞여 들려오는 죽음과 광기의 기운 자체가 두려운 것이 아니었다. 무엇보다 두려운 건 죽어가고 있는 자신이 그것을 똑바로 인식하지 못하고 있는 것이었다. 씁쓸하면서도 비릿한 맛이 입 안에 퍼지며 약 기운이 퍼지기 시작하자 다시 티아스의 감각이 예리해지며 온몸에 전장의 기운이 예리하게 느껴지기 시작했다.

수백 수천의 사람들이 살기 위해서 목숨을 버리는 기현상이 일어나는 곳. 그곳이 바로 전장이다. 티아스는 전장을 겪어보지 못했기 때문에 죽어가면서도 삶을 바라는 수많은 인간들의 감정을 흘려버릴 수 없었다.

"옳지 않아."

수많은 사람들이 무의미하게 죽어가는 것은 옳지 않았다. 비록 인간에게는 적대심을 품고 있는 티아스였지만 누구라도 어떤 생명체를 일방적으로 죽일 권리는 없었다. 모든 살아 있는 것들은 자신의 삶 내에서 자유로워야 했다.

그를 사랑했다. 하지만 그는 없다.

과거의 '그'는 이미 사라지고 남아 있는 건 마에 물든 불쌍한 영혼 뿐. 그리고 지금 이 순간 티아스 자신이 할 수 있는 일은 명확했다. 수 주일 동안 머리 속을 꽉 막고 있던 것이 터져 나가는 느낌에 티아스는 눈이 번쩍 뜨이는 듯한 감각을 받았다. 예전과 다를 것이 없을 정도로 온몸에 힘이 흘렀고 전장의 기운이 눈앞에 보이듯 명확하게 느껴졌다.

자신이 스스로 그것을 원했을 때와 원하지 않았을 때의 차이는 굉장히 컸다. 자신의 의지 없이 하는 일은 뭐든지 미적지근하게 될 수밖에 없다. 마음의 힘이란 것이 어떠한 일에 끼치는 영향은 물리적인 힘과 다르기는 하지만 굉장히 거대했다.

티아스는 온몸을 긴장시키며 막 뛰어오를 준비를 했다. 전장 한복판을 가로질러서 그가 있는 곳으로, 룬이 싸우고 있는 곳으로 가야 했다.

"이봐! 거기서 뭐 하는 거야! 비전투 인원이면 빨리 숨어 있지 못해!? 돌아다니다가 칼 맞아도 아무 말 못하는 거 몰라?"

그때 막 순찰을 돌던 병사가 마차 바깥에 나와 있는 티아스를 보고 그렇게 소리쳤다. 사실 티아스는 몸 어디에도 무기를 들고 있지 않은 데다가 차림 자체도 간편했기 때문에 누가 보더라도 티아스는 전투 인원으로 보이지 않았다.

티아스는 대꾸를 하는 대신 몸을 한껏 움츠렸다가 퉁겼다. 순식간에 티아스의 모습이 병사의 눈앞에서 사라졌고 그 병사는 갑작스럽게 사라진 티아스의 모습을 찾기 위해서 주위를 둘러보았다. 하지만 이미 티아스는 저 멀리 전장을 향해 뛰어가고 있는 중이었다.

티아스의 움직임은 낮이라고 하더라도 순간적으로 놓칠 수 있을 정도로 빨랐다. 게다가 지금은 한밤중이었고, 인간은 암흑 속에서 시야가 극히 제한되는 동물이었다. 시야가 제한되는 밤에 재빠른 티아스의 움직임은 마치 티아스가 병사의 눈앞에서 홀연히 사라진 듯한 착각을 낳았고, 병사는 마치 귀신에라도 홀린 듯한 표정을 짓는 수밖에 없었다.

잠시 후 그 병사는 몸을 떨면서 품속에서 태양신의 표식을 꺼내 들었다. 그리고 자신이 알고 있는 기도문을 외우려 노력하며 잽싸게 걷기 시작했다.

『어디지? 어디냐! 도대체 어디에 있는 거냐!』

무력함이 느껴졌다. 아무것도 할 수 없어 현실 앞에서 발악해야 했던 인간의 정신이 스멀스멀 기어나오고 있었다. 방금 전까지만 해도 가지고 있던 힘이 사라지자 이벨은 끝없는 허무감과 공포감을 느껴야 했다. 신과 가까운 존재가 된 이후로 느껴보지 못했던 공포. 무력하게 당해 버리고 말 거라는 그런 공포가 점점 약해지는 이벨의 정신 속으로 비수같이 파고들었다.

그리고 그런 이벨의 흔들림은 병사들과 싸우고 있는 골각수들에게 그대로 투영됐다. 골각수들은 점점 밀리기 시작하더니 지금은 성문 가까운 곳까지 밀린 상태였다. 전투는 점점 불리해지고 있었고, 사기가 넘쳐나는 인간들은 움츠러든 골각수들을 더 더욱 밀어붙이고 있었다.

이래서는 안 된다.

"나의 주인이시여."

이벨은 갑작스럽게 들려오는 목소리에 문득 정신을 차렸다. 시드리칸은 그 자리에 한쪽 무릎을 꿇고 이벨을 향해 고개를 숙여 보였다. 물론 이벨의 형체는 그의 눈에도 보이지 않았다. 하지만 그런 건 상관없었다. 눈에는 보이지 않지만 자신의 주인은 확실히 이 방 안에 존재하고 있었다.

"진정하십시오."

이벨은 시드리칸의 부름에 흘러가는 물을 감싸 쥐듯 자신의 정신을 추슬렀다. 대부분의 이성은 손가락 사이로 흘러 나가 버렸지만, 그래도 얼마 정도의 이성은 유지할 수 있었다. 인간일 때 가지고 있던 감정 중 되살아난 것은 허무감, 공포감뿐만이 아니었다. 이대로 질 수는 없다는 그런 오기가 존재하지 않는 심장 속에서 끓어올랐다.

『질 수는 없다. 아니, 지지 않는다.』

원래 이벨의 힘이 억눌러지지 않았다면 지금 밖에서 공격해 오고 있는 병사들의 공격쯤은 골각수들만으로도 쉽게 막아낼 수 있었다. 아무리 많은 수의 병사들이 공격을 해온다고 하더라도 골각수는 뼛조각만 있다면 무한정 생산이 가능했고 거기에 시드리칸이 가세한다면 이벨이 몸을 완성할 시간 정도는 충분히 벌 수 있었을 것이다.

하지만 지금 상황은 굉장히 나빴다. 이벨의 힘이 억눌러지면서 골각수들의 힘이 약해졌고 더 이상 골각수를 생산할 수도 없었다. 그리고 이벨의 대행자라고 할 수 있는 시드리칸의 발이 묶여 버린 건 그중에서도 가장 나빴다.

『그래, 진정해야지. 나는 반드시 신이 되어서 저 인간들에게 공평한 축복을 내릴 것이야. 영원한 삶을. 그것이 나의 사명이야…….』

이벨은 온몸을, 자신의 영혼을 억누르는 힘에 대항하며 그렇게 중얼거렸고 시드리칸은 가만히 고개를 끄덕여 보였다. 이벨은 곧 발상의 전환을 시도하기 시작했다. 가장 중요한 일은 육체를 완성하는 것이었지만 당장 중요한 일은 지금 성을 공격하고 있는 인간들을 막는 것이다. 다행히 그는 마법사이기 이전에 영지를 가지고 있는 영주였다. 따라서 그도 나름대로 전쟁을 하는 방법을 알고 있었다. 지금까지는 굳이 인간일 때 사용하던 전략을 쓸 필요가 없었기에 잠시 그 지식을 묻어두었을 뿐이었다.

전투에 참가 중인 인간 병사의 수가 약 2천, 그리고 이쪽의 병사는 약 5백. 이벨의 병사들은 인간에 비해서 훨씬 강했다. 그렇기에 지금까지의 전투에서도 우세를 점할 수 있었다. 하지만 이런 상황에서는 그 개개인의 강함으로는 수적 차이를 메울 수 없었다. 게다가 전투가 벌어지고 있는 벌판에는 시드리칸도 없었고, 더 이상 병사를 만들어내는 것도 불가능했다. 당장 뚫려도 이상할 것 없는 상황이었다.

이벨의 의지에 따라 사방을 수색하고 있던 해골귀들이 다시 성으로 모이기 시작했다. 몇몇 해골귀들은 자리에 남아 수색을 계속하기는 했지만 그 수는 몇십에 지나지 않았다.

이벨은 매개체가 있을 만한 곳을 최소로 줄여보았다. 이 정도로 거대한 힘을 막을 정도라면 그 매개체의 수가 적지는 않을 것이다.

최소한 네 개 이상.

그리고 인간들은 이벨 몰래 매개체를 배치했다. 배치하는 매개체의 수가 많으면 많을수록 결계를 발동시키기 이전에 발각될 확률이 높아지는 건 당연한 일이었다. 그것은 매개체의 수가 최소 한도로 조절되었다는 것을 의미했다. 아무리 매개체가 많다고 해도 여덟 개를 넘지 않을 것이다.

해골귀들은 일정한 간격을 유지한 채 바닥에 착륙해서 걷기 시작했다. 이벨은 해골귀들을 이용하여 말 그대로 '탐색'을 할 작정이었다.

지금 성 쪽으로 돌아온 해골귀들이 골각수들을 도와서 정면을 막고, 남아 있는 해골귀들은 매개체를 찾아낸다. 현재 상황에서는 이 방법이 최선이었다.

키리리릭!

그리고 성으로 모여든 해골귀들은 솔리드 캐슬의 포격으로 부서진 성벽의 잔해에 내려앉았다. 그리고 다시 이벨의 명령을 기다렸다. 곧 그들은 주위에서 적당히 커다란 돌덩어리들을 집어 들고 날개를 퍼덕거리기 시작했다. 비록 몸과 날개가 예전에 비해서 무겁기는 했지만 사람 머리만한 돌덩어리 정도는 들어 올릴 여력은 있었다. 곧 백수십에 달하는 해골귀들은 어둠 속에 묻혀 곧장 전장 위의 하늘 높이 날아올랐다.

매개체만 찾아낼 수 있다면 이쪽의 승리다. 그때까지 시간을 벌어야 한다. 이벨은 해골귀들 모두에게 공중으로 날아오르라는 명령을 재촉하며 그렇게 곱씹었다. 그리고 우습게도 이벨은 인간들 역시 자신과 같은 생각을 하고 있는 것을 알지 못했다.

양쪽 모두, 그들은 상대방에게서 시간을 훔쳐 내려 하고 있었다.

지금 전투는 마치 개미 떼가 과자 부스러기를 향해서 달려드는 것과 비슷한 양상을 띠고 있었다. 골각수들에 비해서 수가 몇 배나 많은 일반병이나 기사들이 개미였고 그 개미들의 집중적인 공격을 받고 있는 과자의 역을 맡고 있는 건 골각수들이었다. 하지만 골각수들은 가만히 앉아서 살을 뜯기지는 않았다. 그것들은 오히려 적극적으로 자신들에게 달려드는 병사들을 휘저어대고 있었다.

"하악, 하악, 크아아악!"

　한 명의 성기사가 잘려 나가 피가 분수처럼 뿜어지는 자신의 오른팔을 바라보며 이를 악물었다. 그의 앞에서는 큰 부상을 입은 병사들이 전열에서 튕겨져 뒤로 밀려오고 있었다. 뒤로 밀려 나온 병사들에게 응급 치료를 하고 있던 메드 힐러 중 한 명이 급히 그의 곁에 다가와 팔을 지혈하기 시작했다.

　오른팔이 통째로 잘려 나간 터라 피는 멈추지 않고 계속 흘러나오고 있었다. 메드 힐러는 출혈을 최소 한도로 하기 위해서 상처 부위를 꽉 묶고 팔을 심장보다 높은 곳에 두도록 했다. 하지만 그 성기사는 그의 말을 무시하고 숨을 헐떡이면서 왼손으로 주위를 더듬었다. 마침내 땅에 떨어져 있던 롱 소드 한 자루가 왼손에 잡히자 그는 검신을 더듬어 롱 소드의 손잡이를 잡았다. 그리고 힘겹게 상체를 일으켜 롱 소드의 칼끝을 땅에 박아 넣고 자리에서 일어서려 노력했다.

　"아버지가 나를… 내려보신다… 사악한 악의 피조물들에게 영원한 고통을… 사라지……."

　끝없이 기도를 올리던 입에 갑작스럽게 끝없는 침묵이 찾아들었다. 하늘에서 떨어져 내린 돌은 성기사의 기도 아닌 기도를 멈추게 만드는 역할을 훌륭히 수행했다. 그 충격에 성기사의 몸이 크게 퉁기듯 우스꽝스럽게 움직였지만 그 움직임은 오래가지 못했다. 중력은 생명 활동이 멈춰 버린 성기사의 몸을 끌어당겨 쓰러뜨렸고 그것을 신호로 하기라도 하듯 사방에서 산발적으로 비명 소리가 터져 나오기 시작했다.

　"아악!"

　"뭐, 뭐……."

　부상 입은 자들이 희미하게 내지르던 신음 소리가 크게 쳐올라 갔다가 잠잠해졌다. 포격에 의하여 조각나 있는 돌덩어리들은 그 무게만으로도 충분히 훌륭한 둔기였고, 그 둔기들은 수백 미터의 높이에서 떨어져 내리는 힘으로 병사들을 내려쳤다. 병사들이 입고 있는 얄량한 가죽 갑옷이나 기사들이 입고 있는 플레이트 메일로 막을 수 있을 정도가 아니었다.

몇몇 병사들은 반사적으로 고개를 쳐들어 도대체 무슨 일이 벌어진 것인지 알아내기 위해서 노력했다. 그리고 구름 사이로 스며 나오는 달빛으로 그 모습이 드러난 해골귀들의 모습을 본 병사들은 치를 떨면서 급히 뒤로 물러서기 시작했다. 날개가 없는 병사들에게는 해골귀들의 공격을 저지할 수 있는 능력이 없었다. 그나마 원거리 공격 수단을 가지고 있는 궁수대는 골각수들이나 해골귀와의 전투에 그다지 큰 힘을 발휘하지 못했기 때문에 전부 후방에 배치되어 어쩔지 모르는 적의 급습에 대비하고 있는 상황이었다.

"진형을 맞춰서 뒤로 물러서라! 이백 보 후퇴!"

"전진해! 전진! 앞으로 전진하면 공격 범위에 미치지 않는다! 진격해!"

병사들 사이에서 자신의 부대를 지휘하던 지휘자들로부터 상반된 명령이 터져 나왔다. 하지만 그 명령들은 결코 틀린 명령은 아니었다. 해골귀들은 골각수들에게 피해가 가는 것을 꺼리는지 전선에서 뒤로 밀려 나와 치료를 받거나 잠시 쉬고 있는 병사들을 향해서 돌을 떨어뜨리고 있었고, 때문에 앞으로 전진하면 오히려 떨어져 내리는 돌을 피할 수 있었다. 그리고 뒤로 후퇴한다면 일단 적을 공격할 수단이 생겨나게 된다. 본진에는 마법사와 궁수대가—못 미덥긴 하지만—있었다.

전선에 가까이 있던 병사들은 함성을 지르며 앞으로 전진했다. 그리고 조금 후방에서 다친 병사들을 치료하고 있던 메드 힐러들과 조금만 틈이 나면 앞으로 뛰어들기 위해서 대비하고 있던 병사들은 방패를 머리 위로 쳐들고 급히 뒤로 물러서기 시작했다.

퓨퓨퓽─

"롱 디스턴스 매직 미사일(Long Distance Magic Missile)!"

롱보우에서 일반 화살보다 약간 넓은 화살촉을 가지고 있는 특수 화살들이 이빨을 번뜩이며 공중으로 날아올랐고, 수십 개의 빛덩어리가 그 뒤를 따랐다.

지휘부는 돌발 상황에 대해 재빠른 대응책을 찾아내야 했다. 그것이 전장에서 싸우는 수족들의 안전을 최대한 보장하면서 적에게는 최대한의 타격을 줄 수 있는 전략을 짜내는 두뇌가 해야 할 일이었다. 그리고 다행히도 네스트 국왕군의 지휘부는 그런 돌발 사항에 예민하게 반응하는 반사 신경을 가지고 있었다.

해골귀들이 투석 공격을 시작한 지 몇 분 만에 궁수대와 마법사들은 지휘부의 명령에 따라 최종 방어선에서 공격 준비를 완료했다. 최종 방어선은 두 개의 결계석이 묻혀 있는 땅의 앞쪽에 펼쳐져 만에 하나라도 적이 공격을 해올 경우 결계석과 함께 전진 배치되어 있는 본진이 파괴되지 않게 보호하는 역할을 했다. 그리고 궁수대와 마법사들은 그 최종 방어선에 집중되듯 배치되어 있었다.

본진 자체에는 거의 병력이 남아 있지 않았다. 사실 본진에 병력을 남길 여력이 없었다는 것이 더 맞았을지도 모른다. 킹 오브 머셔너리와 국왕인 피넬마저 최종 방어선에서 버티고 서서 전쟁에 동원되고 있는 상황이었다.

"막을 수 있을까?"

아케보니안은 피넬의 질문에 난처한 듯 고개를 흔들었다. 뼈와 뼈 사이를 통과하지 않고 효과적인 충격을 주기 위해서 급하게 개조된 화살들이 하늘을 향해서 끊임없이 날아오르고 있었지만 그건 수동적인 방어에 불과했다. 적은 수백 미터의 상공에 있었고, 사실상 적이 화살이 닿지 않는 높이까지 올라가 버리면 화살도 소용이 없었다. 게다가 화살촉을 양 옆으로 늘여 뼈와 뼈 사이에 걸리게 한 것이 화살의 사정거리를 짧게 하는 결과를 낳았기 때문에 그 문제는 더 더욱 심각했다. 적이 화살이 닿지 않는 상공으로 올라가 버린다면 믿을 수 있는 존재들은 마법사들밖에 없었다.

하지만 불과 열댓 명의 마법사들이 어느 정도나 힘을 써줄지가 관건이었다. 매직 미사일을 발전시킨 롱 디스턴스 매직 미사일은 사정거리와 위력이 보통 매직 미사일보다 더 높았지만 그만큼 사용하기 위해서는 큰 마력이 소모됐다. 또한 마법에 명중당한 해골귀들이 전부 행동을 멈추는 건 아니었다. 갈비뼈 부분이나 다리뼈 같은 부분이 파괴된 해골귀는 계속 움직일 수 있었기 때문에 격파율은 그다지 높지 않았다.

"슬슬 적도 본격적으로 움직이는 거로군."

"예, 사실 이전까지는 전술 같은 걸 사용하지 않았으니까 말입니다."

아케보니안은 불안한 듯 중얼거렸다. 분명히 결계는 적의 힘을 약하게 만들어서 전투의 흐름을 이쪽이 유리한 방향으로 흘러가게 하는 역할을 했지만 곧 적은 예전에 쓰지 않았던 전술을 사용함으로써 불리한 상황을 점점 호전시키고 있었다. 아케보니안은 그런 적군의 모습을 보며 만약에 적이 예전부터 이런 전술을 이용한 공격을 해왔다면 이미 국왕군은 짐을 싸서 커르니안까지 후퇴해야 했을지도 모른다는 생각을 할 수밖에 없었다.

"이제 발등에 불이 떨어졌으니 제대로 상대를 해보겠다는 속셈인 건가… 도대체 이벨은 무슨 생각을 하고 있는 거지? 어떻게 생각하시오?"

아케보니안은 피넬이 내뱉은 독백의 끝말이 자신을 향한 질문이었다는 것을 시간이 조금 지난 후에야 알아차리고 고개를 흔들며 간단히 대답했다.

"저도 알 수가 없습니다, 국왕 폐하."

피넬은 길게 한숨을 쉬며 자신의 검을 단단히 틀어잡았다. 지금까지 사용하지 않았던 전술을 사용한다는 건 이전까지는 적이 전력으로 싸우지 않았다는 것을 의미했다. 어쩌면 지금의 전투도 전력이 아닐지 몰랐다. 이쪽은 적에 대해서 아무것도 모르고 있었다. 크라우드가 죽음의 위협을 무릅쓰고 물어왔었던 정보마저도 실제 상황과 많은 차이를 보이고 있었다.

피넬은 문득 안개 속에 파묻혀 모습을 희미하게 드러낸 정체 불명의 괴물과 싸우고 있는 기분이 들었다. 이만큼이나 봤으니까 적의 정체를 다 알았을 거라고 생각하면 그 부분은 안개 속으로 사라지고 새로운 몸이 드러난다. 상대하기 까다로운 적이 아닐 수가 없었다. 잠시 생각에 잠겨 있던 피넬은 고개를 내저으며 눈을 부릅떴다. 자신이 약한 모습을 보이게 되면 주위 병사들의 사기에 문제가 생기게 될 수도 있었다.

'그 친구들이 잘해주었으면 좋겠는데……'

다시 흐름이 바뀌지 않으면 병사들이 최종 방어선까지 밀릴지도 모른다. 그 흐름을 바로잡기 위해서는 별동대의 힘이 절실했다. 별동대가 임무를 완수할 수 있다면 흐름은 다시 이쪽으로 흐르게 될 것이다. 그 사실을 잘 알고 있는 아케보니안은 잘 보이지 않는 눈으로 멀리 보이는 성을 응시했다.

"거기, 심장 뒤의 척추 근처에 종양 주머니 같은 게 있을 거야."
룬은 무표정하게 갈가리 찢겨진 시체를 이터의 끝으로 헤집었다. 소드맨들은 주위에 다른 위험물이 없는가 조사하고 있었고 네이온은 룬의 옆에 서서 속이 거북한 표정을 짓고 있었다. 룬은 네이온의 말에 따라 시체 속에서 두근거리고 있는 기다란 덩어리를 찾아냈다. 그 덩어리에서는 신경 가닥과 같은 수많은 흰색 실들이 뻗어져 나와 척추와 온몸으로 퍼져 들어가 있었다. 네이온은 룬을 잠시 뒤로 물러서게 한 후 가볍게 마력을 끌어 모아 그 덩어리를 향해 투사했다. 거의 생명 활동이 멎어버린 상태에서 치명적인 마력을 받은 카오스 엔젤의 중심핵은 진초록 빛깔의 체액을 내뱉으며 작게 오그라들었다.
"끝났습니다."
네이온은 카오스 엔젤이 완전히 활동을 멈춘 것을 확인하고 뒤로 물러섰다. 제마이드는 난도질당한 후에 수년 간이나 그대로 방치되어 버린 듯 빠르게 썩어가는 시체를 바라보며 턱을 만지작거렸다. 시체가 빠르게 썩어가다가 결국 찌꺼기밖에 남지 않게 되는 장면은 주위의 시간이 빠르게 흘러가는 듯한 기묘한 기분을 느끼게 했다. 주위에 있던 소드맨들도 각자 나름대로의 방식으로 자신의 몸은 변화하지 않았는지 확인하며 작게 고개를 내저었다.
"이런 게 또 있을 거라고 보십니까?"
네이온은 '이런 게'를 힐끔 바라보며 고개를 내저었다.

"글쎄요. 알 수는 없지만 이렇게 완전히 진화한 카오스 엔젤은 흔한 마물이 아닙니다. 이 이상 없을 거라고 장담은 못하겠지만… 아마 있다고 해도 얼마 없을 겁니다. 그래도 경계는 하는 것이 좋겠지요."

원래 기생충 형태의 마물이 시체에 기생하기 시작한 후 계속적으로 진화를 해야 탄생되는 카오스 엔젤은 흔하지 않은 마물이다. 일단 카오스 엔젤은 시체의 몸에 기생하여 시체가 썩지 않게 원형태로 보존시키며 서서히 침식해 들어간다. 그리고 신경계를 완전히 장악하는 정도가 돼야 카오스 엔젤은 짧은 시간이나마 불완전한 몸을 움직일 수 있게 된다. 그 상태에서 더 더욱 진화하면 시체였던 육신은 외형적 변화가 생기며 완전한 카오스 엔젤의 육신으로 변화함과 동시에 몇 가지의 특이점을 보이는 마물로 탄생한다.

그리고 그 특이점은 카오스 엔젤과 싸우는 자들을 곤욕스럽게 만든다. 몸은 일반적인 무기에 상처를 입는다고 해도 금방 사라져 버리는, 마치 언데드와 같은 몸이 되어버리는 데다가 부정한 마법으로 인해 만들어진 언데드 몬스터가 아니기 때문에 성직자들의 턴 언데드로도 처리가 불가능하다. 오직 마법적인 타격과 급소를 찌르는 정확한 공격만이 카오스 엔젤을 쓰러뜨릴 수 있었다.

하지만 이쪽을 습격한 카오스 엔젤은 확실히 재수가 없었다. 처음에 기습적으로 나타나 맨 선두에 서 있던 룬을 향해 공격을 한 것은 좋은 시도였지만 온몸의 털이 곤두설 정도로 긴장을 늦추지 않은 채 주위를 살피던 룬은 갑작스럽게 나타난 카오스 엔젤의 공격을 간단히 막아내고 곧바로 반격을 행했다. 타의로 머리에 창을 액세서리로 달게 된 카오스 엔젤이 버둥거리며 자리에서 일어났을 때 수많은 마력의 칼날이 공중을 날았다. 소드맨들은 마력검으로 마력의 칼날을 뿜어낼 수 있었다. 곧 카오스 엔젤은 갈기갈기 찢겨져 행동을 멈추고 땅바닥에 널브러져 버리고 말았다.

"이미 우리의 위치가 적에게 드러나 있는 듯하다. 자기 몸은 자기가 알아서 챙기고 최대한 재빨리 움직인다. 질문 있나?"

좁은 곳에서는 소리를 조금만 크게 해도 울리기 때문에 제마이드는 최소한의 목소리로 중얼거리듯 모두에게 지시했고 룬은 구멍이 뚫려져 있는 벽을 바라보았다. 원래는 비밀 문이 있었을 자리겠지만 지금은 아니었다. 비밀 통로로 은폐되고 있던 벽의 일부분이 완전히 부서진 채 암흑으로 가득 찬 통로를 드러내고 있었다. 그 암흑 속에 어떤 위험이 도사리고 있을지는 알 수가 없었기 때문에 더 더욱 위협적이었다. 하지만 별동대는 지금 하나의 목적도 달성하지 못한 상태였기 때문에 몸을 사릴 수는 없었다.

모두가 아무런 질문이 없다는 것을 확인하자 제마이드는 네이온을 향해서 말했다.

"빛을 만들어주십시오. 이쪽의 존재가 밝혀졌다면 차라리 위험에 대비하는 게 나을 테니까요."

네이온은 좀 내키지 않는 듯 맨 선두에 서 있는 룬의 창에 라이트를 걸었다. 웬만한 횃불보다 환한 빛이 창에서 피어올랐고 어둠에 익숙해져 있던 소드맨들은 잠시 눈을 찡그렸다.

지하 감옥에 골각수를 만들어내는 시설은 없었다. 다만 지하 감옥 여기저기에는 시체가 가득 차 있었기 때문에 별동대원들은 지하 감옥이 골각수를 만들기 위한 시체들을 쌓아두는 재료 창고에 불과하다는 것을 알 수 있었다. 그리고 이 통로를 통해서 그 재료를 이용해 뭔가를 만드는 공장이 있을 것이라는 것은 어렵지 않게 알 수 있었다.

“가.”

짧은 말소리에 룬이 맨 앞으로 튀어 나갔다. 그리고 그 뒤를 함정 탐지 마법(Detect Trap)을 건 네이온이 뒤따랐다. 적이 이쪽의 움직임을 알고 있다면 함정이 있을지도 모른다는 우려 때문이었다. 다행히 십수 미터의 통로를 뛰어가는 동안 함정 같은 것은 발견되지 않았다.

주위의 벽은 마법의 빛을 받아 환하게 밝혀졌지만 통로의 출구는 빛을 빨아들이는 심연의 구렁텅이처럼 선명한 암흑의 빛깔을 띠고 있었다. 통로의 거의 끝에 다다랐을 때 룬은 순간적으로 속도를 죽이고 뒤의 명령을 기다렸다. 이런 통로의 끝에는 매복이 있을 가능성이 컸다. 곧 네이온은 다시 후방으로 밀려났고 소드맨들이 그 자리를 대신하며 앞으로 뛰어나가기 위해서 온몸을 긴장시켰다.

“창을 던져 봐.”

룬은 제마이드의 명령에 손에 들고 있던 빛나는 창을 안쪽으로 내던짐과 거의 동시에 이터를 뽑아 들었다. 마법의 빛을 뿜어내던 창은 방 한가운데 떨어지며 사방을 비추었다. 룬의 눈이 재빨리 돌아가며 빛이 비춰지는 곳에 위험한 뭔가가 있는지를 살폈다.

키르르, 키르륵—

룬은 이터를 뽑아 들고 조심스럽게 주위를 살피며 앞으로 걸어나갔다. 깨끗하게 치워져 있는 텅 빈 방과 썩은 피가 흐르고 있는 바닥, 그리고 그 바닥에 그려진 마법진들의 가운데에서 반쯤 만들어진 육체를 꿈틀거리고 있는 괴물들의 모습이 창에서 흘러나오는 빛을 받아 모습을 드러냈다. 제마이드는 그 괴물이 지금 밖에 있는 병사들이 싸우고 있는 적과 동일한 모습을 하고 있다는 것을 어렵지 않게 알아차릴 수 있었다.

"그 뼈괴물들이군. 그렇다면 여기가……."

제마이드는 다시 한 번 주위를 빙 둘러보았다. 한 번도 골각수가 만들어지는 광경을 본 적이 없는 자신이 봐도 알 수 있는 그런 증거가 여기저기서 굴러다니고 있었다.

곧 룬의 뒤에서 소드맨들과 네이온이 걸어나와 주위를 확인했다. 마지막으로 통로에서 빠져나온 네이온은 마법의 빛이 비추고 있는 바닥을 보고 짧은 감탄사를 냈다. 알 수 없는 고대의 문장과 문양으로 세밀하게 짜여진 마법진은 네이온이 이곳이 위험한 곳이라는 사실을 잠시 잊어버리게 만들 정도로 지적 욕망을 자극했다.

제마이드는 네이온이 멍한 표정으로 바닥을 둘러보고 있자 염려스러운 듯 걱정의 말을 던졌다. 어쨌거나 마법사는 이번 일을 실행시키기 위해서 중요한 인물이었다.

"괜찮으십니까?"

"예? 아, 예. 괜찮습니다. 으음……."

네이온은 제마이드의 말에 현실로 돌아와서 뒤로 물러섰다. 지식에 대한 탐욕은 학자나 마법사라면 누구나 가지고 있는 약점이었다. 설사 자신의 목숨이 걸리고 수백 수천 명의 목숨이 걸려 있다고 해도 뿌리치기 어려울 정도로 그 욕망은 강력했다. 다행히도 이 작전의 총책임을 맡고 있는 제마이드는 마법사나 학자 둘 중 아무 쪽에도 속하지 않는 인물이었다.

"어쨌든 여기가 맞는 겁니까? 아무래도 맞는 것 같기는 하지만……."

"예?"

썩은 피에 가려져 있는 문양을 힐끔힐끔 바라보던 네이온은 제마이드의 말을 듣지 못했고 제마이드는 이상하게 생각하면서도 자신의 목소리가 너무 작아서 못 들었나 보다고 생각하며 다시 말했다.

"여기가 그 괴물들을 만드는 시설이 맞습니까?"

주위의 모습으로 봐서는 물어볼 것도 없었지만 그래도 마법사의 확인은 필요했다. 네이온은 여전히 마법진을 바라보며 건성으로 고개를 끄덕였다.

"예, 맞습니다."

"그럼 빨리 처리해 주십시오."

이번에는 제마이드도 알 수 있었다. 네이온은 뭔가에 홀린 듯한 모습으로 멍하게 바닥을 살피고 있었다. 제마이드는 그런 네이온을 향해 눈살을 찌푸리며 낮지만 강한 목소리로 말했다.

"빨리 처리해 주십시오. 마법사만이 확실하게 이 시설을 파괴할 수 있다고 들었습니다만."

"예? 아, 알겠습니다."

마법진 위에서 반쯤 만들어져서 꿈틀거리고 있는 골각수나 해골귀들이 아직도 마법진에 마력이 조금은 흐르고 있다는 것을 증명하고 있었다. 마법진이 사라지면 마법진에 흘러 들어가던 마력이 그대로 공중에 폭사되기 때문에 마력이 많은 편이라면 주위 사람이 위험할 수도 있었다. 네이온은 그런 위험을 막기 위해서 우물쭈물거리면서도 마법진에 흐르고 있는 마력이 어느 정도인지 조사했다.

네이온은 이런 고대의 유물을 사멸시킨다는 것에 대해 좀 아깝다는 생각을 하면서도 손을 부지런히 움직였다. 네이온은 마법사였지만 보통 마법사가 아니었다. 그는 칼스의 왕궁에 소속되어 일하는, 굳이 말하자면 공무원이나 다름없는 마법사였다. 비록 한순간 마법사로서의 욕망에 사로잡히긴 했지만 그는 마법사들이 가지는 욕망보다는 상부의 명령이 더 중요했다.

"……."

룬은 가만히 서서 눈을 감고 허공을 향해 삿대질을 하고 있는 네이온에게서 등을 돌리고 겉옷 안쪽으로 만져지는 스크롤을 가만히 손바닥으로 쓸었다. 그리고 레전트가 자신에게 지시했던 것을 떠올리며 주위를 둘러봤다.

사실 룬은 아까 전투를 경험하고 나서야 이들이 왜 지옥기사단이라고 불리는지 새삼스럽게 깨닫게 되었다. 이들은 개개인의 실력도 무시할 수 없는 데다가 합동 공격을 펼칠 때도 서로 호흡이 잘 맞았다. 그 증거로 아까 완벽하게 박살난 카오스 엔젤은 온몸에 고루 상처를 입고 있었다. 마력의 칼날이 한곳을 노리고 날아든 게 아니라 온몸을 노리고 피할 수 없게 넓은 범위로 날아들었다는 소리였다.

룬은 레전트가 지시했던 상황이 없기를 바랐다. 이렇게 팀웍이 잘 맞는 기사들이라면 두셋 정도는 기습으로라도 처리할 수 있을지는 몰라도 그게 한계였다. 아마도 그 다음에 갈가리 찢겨져 바닥에 널브러지는 건 자신일 것이다. 그리고 레전트는 룬이 별동대를 공격했다는 것에 대해서 책임을 져야 할 것이다.

"이봐, 룬이라고 했었지?"

룬은 스크롤이 숨겨져 있는 옷의 위를 만지고 있던 손을 최대한 자연스럽게 내려놓으며 짧게 대답했다.

"예."

"아무래도 말이야, 너를 본 기억이 있는 것 같은데… 혹시 지옥기사단이 관련된 전투에 참가한 적이 있나?"

"있습니다. 하지만 지옥기사단과 용병대는 분리된 채로 운영됐기 때문에 저를 보셨다는 건 착각이실 겁니다."

룬의 말은 사실이었다. 용병대는 보통 소모품으로써의 성격이 짙게 운영되었기 때문에 핵심 전투에만 참여하는 지옥기사단과 같은 곳에서 전투를 벌일 기회는 거의 없었다. 하지만 제마이드는 그런 룬의 지적을 무시했다.

"어느 전투였지?"

"베루온 산맥 전투였습니다. 종전쯤에 참여했었지요."

룬이 딱 잘라서 대답하자 제마이드는 어깨를 으쓱하며 주위를 둘러보았다. 아까 지하 감옥에서 보았던 그 '재료' 들의 찌꺼기가 방의 구석구석에 쌓여 있었다. 뼈를 발라낸 근육과 지방들이 마법진을 가리지 않게 구석구석에 쌓여 있었고 그것들에서 흘러나오는 검붉은 피가 악취를 내며 바닥을 적시고 있었다.

이런 광경은 오래 본다고 익숙해질 수 있는 그런 종류의 것이 아니었다. 하지만 네이온과 다른 소드맨들은 그런 시체들에서 의도적으로 눈을 피하며 제정신을 유지하려 노력하고 있는 중이었다. 불행히도 창에서 뿜어져 나오는 마법의 빛은 어둠 속에서라면 거의 보이지 않아 그럭저럭 참을 수 있을지도 모르는 그런 저주스러운 광경마저 자세히 비춰주고 있었다. 덕분에 소드맨들은 토할 것 같은 기분을 억누르느라 온 힘을 다하며 꿈틀거리고 있는 골각수를 경계했다.

오직 룬만이 그런 것에 상관하지 않고 사방 구석구석을 세밀히 경계하고—심지어 시체 더미까지—있었다. 제마이드는 그런 룬의 모습에 흥미를 느꼈다. 분명히 본 기억은 있었다. 착각은 절대로 아니었다. 하지만 오랜 시간 동안 본 것은 아닐 것이다. 이렇게 기억이 나지 않는 것으로 봐서는 어쩌면 한순간일 수도 있었다. 그것은 룬이 한순간에 자신의 기억 속에 각인될 정도로 충격적인 사건 속에 있었던 인물이라는 것을 의미하기도 했다.

하지만 제마이드는 자신이 쓸데없는 말을 해서 부하들을 산만하게 만들 생각이 없었기 때문에 더 이상의 질문은 하지 않았다. 잘 기억나지도 않는 인물 때문에 임무를 망쳐 버릴 수는 없는 일이었다.

슥—

그때 룬이 조용히 뒤쪽으로 왼손을 뻗었다. 한정된 영역만을 주시하고 있던 소드맨들은 순간 룬의 움직임에 긴장하며 그쪽을 바라보았다. 경고하듯 뒤로 뻗어졌던 룬의 왼손이 빠르게 움직이더니 어느새 예리하게 날을 세운 대거가 들려져 있었다. 룬은 재빨리 시체 더미 한쪽을 향해 턱짓을 했다. 순식간에 세 명의 소드맨이 네이온을 중심으로 둘러섰고 제마이드를 비롯한 나머지 여섯 명의 소드맨은 마력검을 쳐들고 그 시체 더미를 응시했다. 룬의 눈에는 시체 더미 속에서 뭔가가 꿈틀거리는 것이 분명히 포착되었다. 아무리 좋게 생각해도 살아 있는 인간이나 아군이라고 보기는 힘들었다. 그렇다고 이런 곳에 벌레나 쥐 같은 것이 있을 리도 없었다.

뭔가가 다시 한 번 꿈틀거리자 순식간에 마력의 칼날들이 공중을 찢고 날아가 시체 더미를 휘저었다. 썩은 고깃덩어리가 굳어버린 검붉은 피와 함께 튀어 오르며 가장 앞에 서 있던 룬의 몸에 쏟아졌다. 룬은 재빨리 몸을 뒤로 빼면서도 그 시체 더미를 계속 응시했다. 그리고 고깃덩어리 속에서 뭔가 크게 꿈틀거리며 튀어나오려고 할 때 단검을 쥐고 있던 왼손을 빠르게 움직였다. 단검은 공중을 가르고 날아가 정확히 목표의 가운데에 꽂혔다. 하지만 그와 동시에 비명 소리와 같은 외침이 울렸다.

"저, 저건!"

"크악!"

네이온의 외침이 끝나기도 전에 비명 소리가 울렸다. 하지만 룬은
비명 소리가 울려 퍼지기 전에 자신의 단검에 꿰뚫려 꿈틀거리고 있는
검은빛의 손을 보고 뭔가가 잘못되어 있다는 것을 알아차렸다. 그 손
은 어딘가가 썩어 있다거나 하지 않았다. 살아 있는 뭔가에서 막 잘라
낸 것처럼 완벽한 원형을 띠고 있는 그 손은 크게 발버둥치며 별동대
의 시선을 그쪽으로 모으게 만들고 있었다. 그리고 그 손의 잘려 나간
절단면에서는 흰색의 실 몇 가닥이 반짝거리고 있었다.

룬은 재빨리 낮게 디스트럭션을 외치며 뒤를 돌아보았다. 카오스 엔
젤의 손톱에 심장을 유린당한 소드맨은 온몸을 부들부들 떨면서 빛을
잃어가는 눈으로 사납게 웃고 있는 카오스 엔젤의 얼굴을 노려보았다.
작은 소녀의 모습을 하고 있는 카오스 엔젤은 잔인한 웃음을 지으며
소드맨의 목 언저리를 물어뜯었다.

동맥이 잘려 나가며 피가 분수같이 솟아 나왔고 룬은 가차없이 허리
를 뒤틀며 마력탄을 쏘아냈다. 하지만 마지막 순간 룬은 뭔가가 자신
을 노린다는 감각을 느꼈고 급히 몸을 옆으로 피하는 바람에 마력탄은
엉뚱한 곳으로 날아가 벽에 작은 구멍을 만들어냈다.

적은 둘이었고 둘 다 시체 더미 속에 숨어서 기회를 노리고 있던 것
이다. 시체 더미를 보기는 했지만 별다른 위협을 느끼지 못했던 소드
맨들은 그쪽 경계에 부실했고, 대신 꿈틀거리며 조금씩 움직이고 있는
골각수들을 경계하고 있었던 것이다. 제마이드는 순간적으로 일이 틀
어졌다는 것을 눈치 챘다. 순간 기습을 당한 소드맨은 목에서 피를 뿜

어내며 바닥에 드러누워 버렸고 다른 카오스 엔젤에게 노려졌던 룬은 적의 공격을 간신히 피해낸 상황이었다. 근접전이 된다면 마력의 칼날을 사용한 원거리 공격은 펼칠 수가 없었다.

"보호하고 있는 녀석들은 그냥 있어. 둘로 나눠져서 적을 몰아붙인다!"

구호는 없었다. 네이온을 보호하고 있던 세 명과 땅바닥에 널브러진 한 명을 제외한 나머지 인원들은 순식간에 두 팀으로 나눠졌다. 제마이드와 한 명의 소드맨이 재빨리 룬의 곁으로 와서 붙었다.

"룬, 내 명령에 따라라!"

"예."

낮고 그다지 힘이 들어간 소리는 아니었지만 대답은 곧바로 돌아왔다.

"알아서 공격해. 뒤는 맡아주겠다!"

룬은 제마이드의 명령에 대답없이 앞으로 뛰쳐나갔다. 어쩌면 룬을 방패로 사용하려는 것일 수도 있었지만 특별히 호흡을 맞추는 훈련 같은 것을 하지 않은 상황에서는 억지로 합동 공격을 펼칠 수도 없는 노릇이었다. 어느새 다시 대거를 빼 든 룬은 위협을 하듯 왼손을 움직였다. 소년의 모습을 하고 있는 카오스 엔젤은 자신을 위협하는 룬을 보고 날개를 접은 채 양손을 바닥에 붙이고 짐승처럼 짖어댔다.

캬아아아!

룬은 뒤에서 지원을 바라지 않았다. 누군가를 방패로 이용해서 싸운 적은 많았지만 다른 이와 합동 차원에서의 공격은 펼쳐본 적이 거의 없었다. 룬은 대거를 적에게 겨누고 기회를 노리기 시작했다. 카오스 엔젤은 대거가 자신에게 겨눠지자 기분이 나쁜 듯 낮게 으르렁거리면서도 룬의 뒤쪽에서 서 있는 소드맨들의 움직임에도 주의를 기울였다.

챙—

견제는 오래가지 않았다. 어쨌거나 양쪽 모두 시간은 부족했다. 카오스 엔젤은 마치 짐승의 발톱과 같이 변형한 손톱을 휘둘러 룬의 얼굴을 찢으려 했다. 하지만 룬은 왼팔의 건틀릿을 휘둘러 그 손톱을 튕겨냄과 동시에 이터를 수직으로 내리찍었다. 카오스 엔젤은 재빠른 움직임으로 뒤로 물러서며 이터의 칼날을 피해냈지만 한순간 시야를 잃고 말았다.

"먹어라!"

제마이드와 소드맨은 순간 시야를 잃고 뒤로 물러난 카오스 엔젤을 향해서 마력검을 내려쳤다. 순간 카오스 엔젤은 날개를 펴고 날갯짓을 하듯 크게 휘둘렀다. 카오스 엔젤의 행동에서 뭔가 위험을 느낀 제마이드는 급히 수직으로 내리찍던 두 자루의 마력검을 교차시켰다. 마치 단단한 뭔가와 부딪친 듯한 금속음과 함께 묵직한 충격이 마력검을 내리눌렀고 카오스 엔젤은 그 힘을 이용하여 제마이드의 뒤로 돌아가며 땅을 향해 마력검을 내려친 소드맨을 향해 오른손을 '쏘아 보냈다'.

몸과 반쯤 분리된 카오스 엔젤의 손이 살아 있는 것같이 움직이며 룬의 왼쪽에서 검을 내려쳤던 소드맨의 목줄기를 움켜잡았다. 날카로운 손톱이 소드맨의 목 속으로 파고들려 하자 제마이드는 재빨리 왼손의 마력검을 몸과 반쯤 이어져 있는 카오스 엔젤의 팔을 향해 내려쳤고 다른 손의 마력검으로 자신의 위로 뛰어오른 카오스 엔젤을 향해 휘둘렀다. 자신에게 휘둘러진 마력검을 막느라 손을 회수하지 못한 카오스 엔젤은 날카로운 비명 소리를 내지르며 시체 더미 위로 넘어졌다.

룬은 카오스 엔젤이 자리에서 일어서려 하자 왼손에 들고 있던 대거를 던졌다. 하지만 카오스 엔젤은 하나밖에 남지 않은 팔을 휘둘러 대거를 튕겨냈고 제마이드는 급히 뒤로 돌아 마력검을 교차하듯 휘둘렀다.

"키에에엑!"

날카로운 괴성이 울리며 죽어버린 검은 피가 공중으로 튀어 올랐다. 룬은 송곳니를 드러내며 날카롭게 울부짖는 카오스 엔젤을 향해서 등을 돌렸다. 그리고 다시 한 번 디스트럭션을 외치며 몸을 크게 뒤틀었다. 카오스 엔젤의 급소는 척추에 있었기 때문에 정면에서 찌르거나 베는 공격으로는 이렇다 할 치명타를 먹일 수 없었다.

최후의 일격이 이터의 끝에서 쏘아져 날아갔다. 카오스 엔젤은 손이 사라진 두 개의 팔을 앞으로 휘저으며 무의미한 몸짓을 계속했지만 그것은 말 그대로 무의미한 몸짓일 뿐이었다.

쾅!

마력탄이 카오스 엔젤의 척추를 부수고 들어가 핵을 관통하며 벽에 커다란 구멍을 만들었다. 카오스 엔젤이 발버둥을 치며 바닥을 구르자 축축한 검은 피가 사방으로 튀었다. 룬은 무덤덤하게 이터로 카오스 엔젤의 목을 내려친 다음 적이 완전히 절명했는지 확인했다. 떨림마저 완전히 멈춘 몸이 빠른 속력으로 썩어 부패해 가며 룬의 몸에 묻어 있던 피들도 먼지가 되어 스러져 갔다. 룬은 적이 죽었다는 것을 확인하자마자 뒤를 돌아보며 반대쪽에서 벌어지고 있는 전투 상황을 지켜보았다. 제마이드도 땅에 쓰러져 피가 뿜어져 나오는 목을 움켜잡고 있는 소드맨을 부축하려고 하며 뒤를 돌아보았다.

두 명의 소드맨이 양쪽에서 카오스 엔젤의 팔과 날개를 찔러 바닥에 고정시키자 나머지 한 명이 마력검을 휘둘렀다. 마력의 칼날과 돌로

되어 있는 바닥이 부딪치며 눈부신 불꽃이 피어올랐고 그와 동시에 네이온의 찢어지는 듯한 경고가 좁은 방을 울렸다.

"안 돼! 마법진… 폭발이!"

그 절규는 짧지만 강하게 울려 퍼졌다. 룬은 재빨리 주위를 둘러보았다. 엄폐물은 없었고 대신 한쪽 벽에 구멍이 뚫려 있었다. 아마도 이곳에서 만들어진 골각수를 바깥으로 나가게 하기 위해서 만든 구멍인 듯했다. 룬은 재빨리 몸을 움직여 그 안쪽으로 뛰어들었고 네이온과 네이온을 보호하던 소드맨들은 아까 들어왔었던 통로 쪽으로 뛰어들었다.

제마이드도 급히 바닥에 누워 버둥거리는 소드맨을 어깨에 짊어지고 룬이 뛰어든 구멍 안쪽으로 뛰어들었다. 막 카오스 엔젤의 처리를 끝낸 세 명의 소드맨들 또한 네이온의 경고에 마력검마저 팽개쳐 둔 채 통로로 뛰어들려고 했다.

콰앙—!

작지만 밀폐된 곳에서는 위력적일 만한 폭발이 작은 방을 흔들었다. 폭발의 직격을 피한 자들은 곧 이어 몰아닥치는 열기에 숨도 제대로 쉬지 못하고 최대한 자세를 낮추며 몸을 웅크렸다. 폭발로 인해 부풀어 오른 공기가 뿜어져 나갈 곳을 찾기 위해서 조금이라도 틈이 있는 곳이라면 가차없이 몰아닥치며 가벼운 먼지와 석편들이 사방으로 흩날렸다.

폭발은 연쇄적으로 몇 번 더 일어났다. 마력의 불똥이 옆의 마법진으로 퍼지며 방 안에 깔려 있던 마력이 폭발을 일으킨 것이다. 마법진에 흐르고 있던 마력의 양은 많지 않았지만 결코 적은 것도 아니었다.

폭발이 끝나고 주위가 조용해지자 가장 먼저 일어난 건 룬이었다. 룬은 온몸에 묻은 먼지를 털어내며 기침을 했다. 썩어가던 시체에서는 시체 타는 악취까지 뿜어져 나오고 있었고 공기에 퍼진 분진은 숨 쉬는 것조차 곤란하게 만들었다.

“…모두들 무사한가?”

제마이드는 기침을 하면서 좀 큰 목소리로 외쳤다. 여기저기서 대답이 들려오기 시작했지만 곧 제마이드는 이빨을 악물며 주먹으로 바닥을 내려쳤다. 돌아온 대답은 네이온과 룬을 합해서 총 다섯뿐이었다.

폭발로 인하여 공기가 뜨겁기는 했지만 불행 중 다행으로 화재는 일어나지 않았다. 제마이드는 그런 폭발에도 천장이 무너지지 않았다는 것에 감사할 수밖에 없었다. 하지만 곧 바닥의 마법진이 그대로 존재하는 것을 확인했을 때는 치를 떨어야 했다. 네이온이 다시 마법의 빛을 공중에 띄우자 소드맨들은 새까맣게 타버린 시체 네 구와 목에 피를 흘린 채 싸늘하게 식어 있는 시체를 보고 잠시 동안 묵념을 했다.

“이제 위로 올라간다. 네이온님, 빨리 마법진을 처리해 주십시오. 그동안 저희는 위쪽으로 올라가는 통로를 찾겠습니다.”

네이온은 썩은 시체 타는 냄새에 겨우 고개만 끄덕였다. 그리고 힘겹게 입을 열어 말했다.

“마법진 근처로는… 오지 말아주시…….”

“예, 알겠습니다.”

제마이드는 네이온이 불편한 얼굴로 하는 말을 알아듣고 네이온이 더 이상 말하지 못하게 중단시켰다. 네이온은 속이 좋지 않은 표정으로 고개를 끄덕인 후 눈을 감고 정신 집중에 들어갔다. 마법진에 흘러들던 마력은 아까 폭발로 인해서 완전히 날아가 버렸기 때문에 마법을 사용해도 별일은 없을 것이라고 확신했다. 이 방 안에서 이 이상 있으면 숨이 막혀서 죽어버릴 것 같다는 현실은 네이온의 정신 집중을 도왔다.

룬은 마법의 빛을 잃어버린 채 방 한쪽 구석에 처박혀 있는 창을 힐끔 바라보았다. 그리고 미련없이 눈을 돌려 비밀 문을 찾기 시작했다. 룬이 벽 가까이로 다가가자 갑작스럽게 들려온 목소리가 룬의 머리 속을 울렸다.

―오른쪽으로 이 미터쯤에 비밀 문이 있을 거다.

'…안 가르쳐 줘도 상관없다.'

더 이상 그 목소리는 들려오지 않았다. 룬은 자신이 뭔가에 이렇게 심하게 반발한 적이 있었던지 약간 고민하며 그 목소리의 말대로 자신의 오른쪽으로 이 미터 근방의 벽을 조사했다. 곧 발 아래쪽에서 약간 튀어나온 벽돌을 찾은 룬은 자신도 모르게 눈살을 살짝 찌푸리며 그것을 발끝으로 가볍게 차서 안쪽으로 밀어 넣었다.

크르르르릉―

돌과 돌이 마찰하며 야수의 낮은 신음 소리와 같은 마찰음이 가볍게 들려왔다. 룬은 모두가 자신이 찾아낸 비밀 문 가까이 오자 손을 뒤로 뻗어 그들을 제지하며 그 안쪽을 살폈다. 의외로 오랫동안 쓰여지지 않은 것처럼 먼지가 두텁게 쌓여 있었다. 하지만 그 계단은 분명히 위쪽을 향하고 있었다.

룬이 비밀 문의 안쪽을 조사하는 동안에 네이온은 마법진을 보호하기 위해서 발동되어 있는 마법을 제거하고 암석 융해의 주문을 외웠다. 어떤 충격을 이용하며 마법진을 파괴하면 어느 정도는 그 흔적이 남을 수도 있었다. 차라리 그 마법진이 새겨져 있는 돌 자체를 녹여 버리는 것이 더 확실하고 효율적이었다.

"함정 같은 건 없는 것 같습니다. 위로 통하는 것 같군요."

제마이드는 룬의 말에 뒤를 힐끔 바라보았다. 방바닥 가득히 깔려 있던 마법진들은 스르르 녹기 시작하더니 그 모습을 완전히 감추어 버렸고 그 위에 있던 골각수들과 해골귀들도 움직임을 완전히 멈춘 상태였다. 누가 보더라도 이곳의 시설은 완전히 파괴되어 있었다.

"끝났습니다."

힘없는 네이온의 말이 들려오자 제마이드는 룬을 향해서 턱짓을 했다. 룬은 계단에는 특별한 장치가 없는지 하나하나 확인하며 위로 걸어 올라가기 시작했다. 곧 네이온과 다른 소드맨들은 분진을 막기 위해 눈을 가늘게 뜨고 코와 입을 막은 채 그 뒤를 따랐다. 임무를 마친 그들의 발걸음에는 힘이 없었다. 이미 너무 많은 것이 드러나 있었고 희생도 결코 적지 않았다.

"하악, 하악, 젠장."

레전트는 작은 목소리로 투덜거리며 가쁜 숨을 내쉬었다. 그리고 짜증이 가득한 눈으로 지친 얼굴을 하고 있는 하운드스를 노려보며 자기 자신을 납득시키려고 노력했다.

'그래, 상대가 상대인만큼 그럴 수도 있… 었을지도 모르지만 그래도 이건 너무 심하잖아? 도대체 이 인간들은 무슨 생각으로 이렇게 무대포로 덤벼드는 거야?'

결국 레전트는 벌컥 화를 내며 하운드스의 멱살을 잡고 있던 손을 거칠게 놓았다. 그들이 자신을 무시했다는 것보다 자신이 아무것도 할 수 없었다는 무력감이 레전트의 감성을 더욱더 자극하고 있었다. 레전트는 피를 흘리며 죽어가는 기사들에게서 눈을 돌리며 작게 욕설을 내뱉었다. 개개인이 상처를 치료하기 위해서 어느 정도의 힐링 파우더를 가지고 있기는 했지만 아무리 상처를 금방 낫게 하는 힐링 파우더라고 해도 한번 구멍이 뚫려 버린 심장을 치료할 수는 없었다.

맨 후위에서 뒤를 경계하며 걸어오던 기사가 갑작스러운 적의 공격을 알아차리고 방어에 성공한 것은 훌륭한 일이었다. 하지만 문제는 그 이후였다.

이 별동대의 대장을 맡고 있는 하운드스는 마법사를 그렇게 좋아하지 않았다. 비록 지금 마법사들이 자신들을 돕고 있다고는 하지만 그는 마법사들이 자신들을 돕는 게 호의 때문만이 아니라는 걸 잘 알고 있었다. 게다가 전사로서의 피는 마법이라는 기묘한 시술을 거부했다. 그리고 그의 부하들도 하운드스와 같은 생각을 가지고 있었다.

기사들은 레전트의 존재를 무시한 채 공격진형을 짜서 후위에서 갑작스럽게 나타난 적을 공격하기 시작했다. 그들은 레전트를 그저 짐 정도로 생각하고 있었기 때문인지 레전트의 마법 지원을 받을 생각은 전혀 하지 않고 있었다. 오히려 그들은 자신들만으로 적을 처리함으로써 자신들을 따라온 마법사에게 본때를 보여줄 셈이었다.

복도는 그다지 넓은 편이 아니었기 때문에 기사들은 밀집 대형을 이루고 적을 향해 무기를 휘둘렀다. 그 적은 자신에게 달려드는 네 명의 기사를 보더니 갑작스럽게 등에서 검은 날개를 뽑아내 휘둘러 대며 기사들의 눈을 어지럽게 만들었다.

공격 마법을 사용하려고 하던 레전트는 아군들이 앞을 가려 버리자 얼굴을 찡그리며 공중에 빛덩이를 띄웠고 그사이 괴물은 기사들 중 한 명에게 달려들어 가슴에 손톱을 박아 넣었다. 곁에 있던 기사들은 당황해하면서도 재빨리 적의 몸 여기저기에 칼을 박아 넣으며 그 괴물을 자신들의 전우의 몸에서 떼어냈다. 하지만 심장이 꿰뚫린 기사는 힘없이 쓰러져 몸을 꿈틀거렸다. 이미 살아날 가능성은 없었다.

하지만 전투는 끝난 게 아니었다. 그 괴물은 자신의 몸에 파고든 검을 부러뜨리거나 스스로의 몸을 찢으며 자리에서 일어나더니 가장 가까이 있던 기사의 목덜미를 물어뜯었다. 붉은 피가 분수처럼 피어올랐고 무기를 잃어버린 기사는 급히 허리에서 메이스를 뽑아 들어 휘둘렀다. 하지만 괴물은 그 메이스도 머리로 받아내 버리며 다시 한 번 손을 뻗어 자신을 공격한 기사의 뇌 속을 마음껏 유린했다.

직감적으로 적이 일반적인 무기에 피해를 입지 않는다는 것을 알아차린 레전트는 기사들에게 뒤로 후퇴하라고 소리쳤다. 기사들도 그 사실을 알아차렸는지 뒤로 물러서려고 했지만 그 괴물은 기사들이 뒤로 물러서도록 가만히 놔두지 않았다. 레전트는 기사 한 명 한 명이 바닥에 널브러질 때마다 계속 소리를 지르며 적을 향해서 마법을 사용하려고 발버둥쳤다.

하운드스가 가까스로 뒤로 빠지자 레전트는 재빨리 하운드스의 롱 소드에 인첸트 웨폰을 걸었다. 그리고 아군의 수가 크게 줄어들자 시야가 넓어진 레전트는 급히 적을 확실히 주시하며 홀드를 캐스팅해서 적의 움직임을 묶었다.

잠시 후 전투가 끝나고 나자 레전트는 롱 소드를 들고 가쁜 숨을 내쉬고 있는 기사 하운드스를 향해 주먹을 날렸다. 하운드스는 갑작스럽게 날아든 주먹에 별다른 반항을 하지 못하고 몸을 휘청거렸다. 그리고 레전트는 자신의 주먹에 비틀거리는 하운드스의 멱살을 잡고 외쳤다.

"이 빌어먹을 작자야!"

하지만 한 번 일어난 일은 되돌릴 수 없었다. 레전트는 최대한 침착하기 위해서 노력하며 머리 속으로 지금의 진행 상황과 이벨이 있을 만한 곳을 체크했다. 하지만 아무리 생각해도 절망적이었다. 아까 아래에서 건물이 크게 진동할 정도로 뭔가가 일어난 것으로 봐서는 지하로 침투한 별동대도 결코 무사하진 않을 것 같았다.

어차피 레전트는 이들이 그 흑기사와 싸워 이겨주리라고는 생각하지 않았었다. 다만 어느 정도만이라도 시간을 끌어줄 수는 있을 거라고 생각하던 참이었다. 하지만 남아 있는 인원이 자신을 제외하고 넷밖에 남지 않은 상황에서는 이들이 시간이나 제대로 끌어줄 수 있을지가 의문이었다. 최소한 몇 분 정도는 시간이 있어야 이벨이 모아놓은 영혼들을 흩어버리고 이벨을 없앨 수 있었다.

'이제 어쩌지? 아무리 힘이 억눌러졌다고 해도 그 흑기사… 이 정도의 인원으로 이기거나 시간을 끌 수 있을 정도로 약하지 않은데? 예전과 같다면 룬 하나로도 시간 정도는 끌 수 있었겠지만……'

이제 이벨이 있을 것으로 생각되는 곳은 코앞이었다. 조금만 더 전진하면 그 흑기사가 앞길을 막아설 것은 뻔한 일이었다. 그때 하운드스가 잔뜩 풀 죽은 모습으로 조심스럽게 레전트를 불렀다.

"위저드 레전트."

"사람 엿 먹여서 일이 이따위로 굴러가게 해놓고 무슨 소리를 하려고 그러십니까?"

비꼬는 기색이 역력한 말투가 하운드스의 가슴을 깊숙이 파고들었다. 하운드스는 정곡을 찌르는 듯한 날카로운 비난에 고개를 숙여 보였을 뿐이었다. 사실 정말로 자신과 자신의 부하들은 레전트를 엿 먹이려고 했었기 때문에 그 말에 별다른 대꾸를 할 수도 없는 입장이었다. 하지만 하운드스는 곧 진지한 목소리로 정중하게 말했다. 그는 자존심이 강하고 약간 건방지기는 했지만 자신의 부하들을 생각할 줄 아는 능력이 있었다.

"죄송합니다. 돌아가서 어떤 벌이든 받겠습니다. 대신 부상당한 부하들을 본진으로 돌려보내 주실 수 있겠습니까? 이대로는 상처를 치료한다고 해도 작전을 진행하는 것은 무리인데다가……."

레전트는 한번 더 비꼬아줄까 하다가 하운드스의 진지한 얼굴을 보고 그만두기로 했다. 어차피 이 상황에서는 더 이상 비꼬아봤자 별로 쓸모 없는 일이었다. 레전트는 품속에서 스크롤 하나를 꺼내더니 하운드스를 향해서 건성으로 집어 던졌다. 하운드스는 뭔가가 날아오자 반사적으로 그것을 잡아챈 다음 다시 레전트를 바라보았다.

"위치 지정을 해놓은 순간 이동 스크롤입니다. 사용하면 두세 명쯤은 날려보낼 수 있으니까 알아서 사용하라고 하세요. 그냥 찢으면 됩니다."

하운드스는 레전트를 향해 고개를 숙여 보인 다음 심한 상처를 힐링 파우더로 대충 메우고 조용히 침묵하고 있는 자신의 부하들 가까이 다가갔다. 잠시 후 빛무리에 순간 번뜩였고, 부상을 입었던 기사들은 어디론가 사라져 있었다. 그 광경을 빤히 보면서 앞의 일에 대해 고민하던 레전트는 머리를 내저으며 자리에서 일어섰다. 그리고 엉덩이를 툭툭 털면서 짜증스럽게 입을 열었다.

"일단 아래에 무슨 소란이 있었던 것 같으니까 다른 쪽 별동대랑 합류하는 걸 해보죠. 어차피 이 인원으로는 적의 머리를 못 치니까."

"하지만 어떻게 합류하자는 겁니까?"

“지하에서 위쪽으로 올라오면 어디서 나오게 됩니까? 작전 전에 내부도는 봐두셨겠지요?”

냉랭한 레전트의 목소리에 하운드스는 고개를 끄덕이며 재빨리 기억을 더듬었다.

“위층으로 올라가는 계단에 비밀 문의 출구가 있습니다. 만약 아군이 임무를 완수하고 지하에서 나오려고 한다면 그쪽으로 나올 겁니다.”

“그럼 그쪽으로 가서 좀 기다리죠. 아까 건물이 크게 흔들린 충격이 있었던 걸로 보면 아래쪽에서도 전투가 있었던 것 같긴 하지만 몇 명이든 살아 있다면 그쪽으로 나오겠지요.”

“하지만 시간이 더 이상 지체되면…….”

레전트는 짧게 숨을 내쉬고 자연스럽게 하운드스의 멱살을 움켜잡았다. 하운드스는 레전트가 자신의 멱살을 움켜잡는 것을 보면서도 자신이 어떤 반응을 보여야 할지 잠시 고민하다가 순간적으로 밀려드는 살기에 숨을 멈췄다. 레전트는 말 그대로 죽일 듯이 살기를 뿜어내며 낮은 목소리로 말했다.

“잘 들어요. 지금 이 인원으로는 시간도 못 끈다는 건 알고 있을 겁니다. 저쪽에는 몇 명이나 살아남았는지 모르겠지만 그 남아 있는 인원이라도 같이 붙지 않는 한 그 흑기사를 상대로 시간이나 끌 수 있을 것 같습니까? 임무 실패라는 딱지를 달고 죽어서 돌아가고 싶은 건가요?”

말 자체는 공손했지만 말투는 전혀 그렇지 않았다. 하운드스는 레전트가 자신의 멱살을 놓자 목 언저리를 매만지며 멈추고 있던 숨을 다시 쉬기 시작했다. 어딘가 좀 왜곡된 것 같은 기묘한 느낌은 있었지만 숨 쉬는 것조차 잊어버릴 정도로 지독한 살기였다. 그런 살기를 이런 마법사가 내뿜었다는 것이 믿을 수 없을 정도였다.

"앞장서시죠."

하운드스는 얼음이 박힌 듯 냉랭한 레전트의 말에 움찔거리며 고개를 끄덕였다. 한번의 전투를 치르고 난 뒤 마법사는 무서울 정도로 변해 있었다.

Chapter 6 전투

11

『그들이 당했군.』

침착한 목소리가 울렸다. 인간의 혈연에 관련된 감정을 거의 잊어가는 이벨은 카오스 엔젤들의 기척이 전부 사라져도 별다른 감정의 변화를 보이지 않았다. 목숨보다도 소중히 여기고 자신이 이런 일까지 벌이면서까지 살려내려고 했던 가족들이었다. 하지만 이벨은 알고 있었다. 그들은 단지 죽은 육신을 뒤집어쓴 마수일 뿐이었다.

『이제 자네밖에 남지 않았네. 아마도 곧 남은 인간들이 이쪽으로 몰려오겠지. 그들을 처리하게. 신에게 대적한다는 것이 얼마나 어리석은 일인지 알게 해주게.』

아이러니컬한 일이었다. 신에게 대적해서, 신을 죽이기 위해서 힘을 키운 이벨의 입에서 나올 소리는 아니었다. 하지만 이벨은 그 순간 자신이 내뱉은 말이 모순이라는 사실을 알지 못했다. 시드리칸 역시 그

저 고개를 숙여 보였을 뿐이었다.

『먼저 가겠나?』

시드리칸은 고개를 흔들었다. 이벨은 잠시 동안 시드리칸의 마음을 읽고 난 후에 중얼거렸다.

『아니, 신경 쓸 필요는 없네. 지금 이 성에 존재하는 살아 움직이는 자들은 내 손에서 벗어나지 못해. 이곳에서 살아 있는 인간은 열한 명뿐이네. 걱정하지 말고 가보게. 만약 누구라도 이 근처에 온다면 자네를 부를 테니까.』

시드리칸은 천천히 자리에서 일어나 이벨을 향해 목례를 해 보이더니 날개를 폈다. 암흑이 시드리칸의 몸을 짧게 휘감았고 순식간에 그의 존재는 어디론가 사라져 버렸다. 아마도 그 인간들을 처리하기 위해서 이 방 바깥으로 나간 것이리라.

이벨은 슬슬 힘을 조정하는 요령을 깨달아가고 있었기 때문에 조금은 여유를 되찾고 있었다. 지금까지는 힘을 조절하지 않고 무작정 내뿜기만 했을 뿐이었다. 하지만 지금 이벨은 자신을 억누르는 힘을 물리치면서도 해골귀들에게 이 결계의 매개체를 찾게 하는 것도 소홀히 하지 않아야 했다.

『음?』

한참 동안 매개체를 찾던 이벨은 탐색 중이던 해골귀 중 한 마리의 움직임을 정지시켰다. 순간적이었지만 해골귀의 흐릿한 시야에 뭔가가 스쳐 지나갔던 것 같았다. 이벨은 급히 그 해골귀에게 뭔가가 보였던 쪽으로 걸어가게 했다. 하지만 해골귀는 몇 발 전진하지 못하고 갑작스럽게 시야를 상실하고 말았다. 이벨은 그 뒤에 이어지는 충격에 그 해골귀가 완벽하게 침묵했음을 깨달았다. 얼굴 없는 이벨이 빙긋 웃으며 낮은 목소리로 말했다.

『찾았다.』

"젠장, 이거 확실히 죽은 거야?"

"머리하고 척추를 완전히 부숴 버리라고 하더군. 그래야 확실하다
고."

플레일을 들고 있는 용병이 침을 뱉으며 중얼거리자 소대의 지휘자
역을 맡고 있는 용병이 대답했다. 용병들은 지휘 체제가 잘 갖추어지
지 않았기는 했지만 그래도 소대별로 지휘자가 존재했기 때문에 지휘
에서 큰 혼선이 빚어지는 일은 없었다.

"다들 다시 잠복해. 야, 헹켄. 우물쭈물거리지 말고 빨리 부숴 버
려."

"알았수다."

그 병사는 플레일을 몇 번 더 휘둘러 바닥에 널브러져 있는 해골귀
의 머리와 척추를 내려쳤다. 부서진 뼛조각이 사방으로 튀었지만 헹켄
은 별다른 감흥이 없는 듯 날카로운 조각이 얼굴을 다치지 않게 주의
할 뿐이었다. 문득 헹켄은 이번에 상대하는 적들은 살아 있는 것들이
죽으면서 피와 내장을 토해내는 것보다 뒤처리가 깔끔할 것 같다는 생
각을 했다.

막 전투 준비를 하고 몸을 일으켰던 용병들은 다시 자세를 낮추고
사방에 매복을 하기 시작했다. 이쪽의 결계석을 보호하기 위한 마법사
는 그들의 중심에서 엄중하게 경호받았다. 용병들 역시 기사들이나 병
사들과 마찬가지로 눈에 보이지 않는 괴이한 힘을 부리는 마법사를 별
로 좋아하진 않았지만 최우선적으로 마법사를 보호하라는 명령을 받은

상태였기 때문에 별수없었다.

　이번 전투에 참가하기 전 될 수 있는 한 무장을 중장비로 준비하라는 명령을 받았던 용병들은 적들과 한차례 맞붙고서야 왜 군부에서 자신들에게 그런 명령을 내렸는지 알 수 있을 것 같았다. 검으로는 적들에게 그다지 큰 충격을 입히기 힘들었다. 병사들이 이런 잡생각을 하면서 주위를 경계하던 중 한 용병이 낮은 목소리로 경고했다.

　"적이 온다!"

　아까만 해도 공중을 날아다니던 날개 달린 해골들은 지금은 땅에 내려와 주위를 살피고 있었다. 용병들은 해골귀들이 시야가 극도로 짧아졌다는 것을 알아차리지는 못하고 있었기 때문에 왜 그들이 굳이 날지 않고 지상을 탐색하고 있는지 이유를 알지 못했다.

　구름 사이에서 빠져나온 달빛에 진홍빛으로 물든 해골귀들은 지옥에서 빠져나온 망령과 같은 으스스한 모습으로 주위를 서성거렸다. 재빨리 숫자를 파악한 경계병이 수신호를 보내자 모두들은 몸을 긴장시키며 금방이라도 뛰쳐나갈 준비를 했다. 총 다섯. 그다지 많지 않은 숫자였다.

　"와아아!"

　일정 거리 내에 들어오자 경계병은 뒤를 향해 신호를 보냈다. 용병들은 그 신호에 따라 일제히 자리에서 일어서서 골각수를 향해서 돌격했다. 시야가 좁아진 데다가 움직임까지 느려서 반응이 몇 초 정도 느리게 되어버린 해골귀들은 용병들에게 아무런 피해도 주지 못하고 무력하게 주저앉았다. 서너 명의 용병들이 한꺼번에 달려들어 플레일과 메이스를 휘둘러 대는 데 반응마저 느려진 해골귀들이 견딜 재간이 있을 리가 없었다.

해골귀 한 마리가 날개를 펴서 날아오르려 하자 롱 소드를 들고 머뭇거리던 용병이 재빨리 해골귀의 날개를 내려쳤다. 날개 뼈가 박살난 해골귀가 날지 못하고 그 자리에 주저앉자 그 용병은 이빨이 빠져 버린 롱 소드의 날을 힐끔 바라보며 얼굴을 구겼다. 그 옆에서 플레일을 들고 있던 헹켄은 그런 동료를 향해 피식 웃어 보인 후 해골귀의 두개골을 부숴 버렸다. 롱 소드를 들고 있던 용병은 그를 향해 가운뎃손가락을 들어 보임으로써 그들만의 우정을 확인했다.

"다들 이제 본격적으로 전투 준비해. 이제 슬슬 적도 우리가 여기 있다는 걸 알았을 테니까 잔재주는 안 통할 거다."

"예이."

"알고 있으니까 거 잘난 체하지 마슈."

용병들은 킬킬거리면서 잡담을 나누다가 고참들의 서슬 시퍼런 시선에 입을 다물고 각자의 무기를 꼬나 들며 자세를 낮췄다. 어차피 적도 이곳에 뭔가가 있다는 것을 알고는 있을 테니 자세를 낮춰서 모습을 가리는 게 무의미할지도 몰랐지만 그래도 하지 않는 것보다는 나을 것이라는 게 그들의 공통적인 의견이었다. 조금 귀찮음을 감수하고 목숨을 건질 수 있다면 그쪽을 택하는 게 용병들의 스타일이었다.

하지만 그로부터 시간이 꽤 흘렀는데도 적은 다시 공격을 해오지 않았다. 이미 이 근방에 목표가 있다는 것을 알고 있다면 슬슬 대군이 몰려올 법도 했지만 괴물 한 마리도 그들의 눈에 띄지 않았다.

"뭐야, 이쪽으로 병력을 뺄 만큼 여유가 없는 건가, 저 새끼들?"

빠악!

헹켄은 혼잣말을 중얼거리다가 곁에서 뭔가 섬뜩한 소리가 나자 반사적으로 그쪽을 돌아보았다. 뭔가 따뜻한 것이 헹켄의 얼굴을 향해서 뿜어져 나오며 시야를 가렸다. 헹켄은 반사적으로 그것을 막으며 눈을 감았다. 하지만 곧 비릿한 냄새가 콧속으로 스며들자 정신이 번쩍 든 헹켄은 눈을 뜨고 뒤로 물러서며 자신의 옆에서 무슨 일이 일어났는지를 보고 경악했다.

"이, 씨, 씨발!"

헹켄은 욕설을 내뱉으며 반사적으로 하늘을 바라보았다. 헹켄을 향해서 가운뎃손가락을 들어 보이던 용병이 머리가 반쯤이나 함몰된 채 쓰러져 몸을 부들부들 떨고 있었다. 깨지고 찢겨진 머리 사이로 스멀거리며 흘러나오는 회색의 뭔가는 그가 살아날 가능성이 전혀 없다는 것을 음울하게 보여주었다.

"다들 흩어져! 투석이다!"

"이 거리에? 저 새끼들한테 공성 병기라도 있다는 거야? 그런 소린 없었잖아! 뭔 개소리야!"

"잔말 말고 피해!"

헹켄은 욕설을 내뱉으면서도 재빨리 자기가 있던 자리에서 도망쳤다. 반사적으로 바라본 하늘에는 뭔가가 떠 있었다. 헹켄은 그게 아까 자신들이 공격해서 완전히 박살 낸 그것들과 같은 모습을 하고 있다는 것을 어렵지 않게 알 수 있었다. 어두운 밤하늘이긴 했지만 그것들의 모습은 기괴했고 눈에 띄기 쉬웠다. 그리고 헹켄은 몇십 마리의 괴물들의 몸에서 뭔가가 분리되어 떨어져 내리는 것을 보고 방금 떨어져 내린 그 투석이 무엇에 의한 것인지 알 수 있었다.

"다들 떨어져요! 결계석은 땅속에 있으니까 안전합니다!"

마법사가 그렇게 외치자 용병들은 대답을 기다리기라도 했다는 듯이 사방으로 흩어졌다. 저렇게 높은 상공에서 행해지는 공격에는 별다른 대책이 없었기 때문에 도망가는 수밖에 없었다. 다행히 결계석은 땅에 묻혀 있으므로 적도 함부로 결계석을 상하게 하지는 못할 것이다. 만약 적이 결계석을 파내려고 한다면 어쩔 수 없이 낙석을 멈추고 땅에 내려와야 할 건 뻔했다.

"적이 땅에 내려올 때까지 도망쳐요! 적이 땅에 내려오기 전까지만!"

가냘픈 누군가의 외침이 사방에 울려 퍼지고 있었다. 헹켄은 그 목소리에 이질감을 느끼면서도 공중을 바라보며 급히 돌이 떨어지지 않는 곳으로 내달렸다. 적은 어디선가 가져온 돌을 무작위로 떨어뜨리며 용병들을 몰아내고 있었다.

"벌써 시간이 꽤 지났습니다. 슬슬 일어나야 하지 않을까요?"

하운드스는 대답 대신 돌아오는 레전트의 냉랭한 시선에 순간 움찔거렸다. 하지만 하운드스는 곧 '뭐야?'라고 말하기라도 하는 것 같은 레전트의 시선을 털어버리고 자신의 의견을 확실히 밝혔다.

"이 이상 시간이 지체되면 정말로 임무를 실패하게 될지도 모릅니다. 이제 적들도 슬슬 그 결계석을 찾아냈을 시간 아닙니까?"

"찾아낸다고 해도 쉽게 부술 수는 없을 테니까 어느 정도는 괜찮을 걸요."

"하지만 이대로 있으면 적이 기세를 완전히 회복할지도 모릅니다. 게다가 그 괴물들을 만들어내는 시설이 파괴됐는지도 정확히 모르지 않습니까? 이 상태대로라면 불리해지는 건……."

"혼자서 그 흑기사에게서 시간을 벌어주신다면 지금 당장이라도 가서 이벨의 목을 따오지요. 해보시겠습니까?"

　레전트는 여전히 우울한 얼굴로 벽을 바라보며 하운드스의 말허리를 끊어냈다. 폐부 깊숙이 찔러 들어오는 빈정거리는 말투에 하운드스는 더 이상 말을 잇지 못했다. 비록 검의 극에 달하기 위해서 수련을 거듭하고 있으며 그 결과 웬만한 전사 몇 정도는 단신으로 상대할 수 있는 그였지만 솔리드 캐슬의 일제 포격마저 멀쩡히 버텨내는 괴물을 이길 자신은 전혀 없었다. 비록 결계의 힘으로 억눌러져 있다고 해도 그런 상식을 뛰어넘는 존재를 이길 가능성은 없다고 보는 게 더 나았다.

　하운드스가 우울한 얼굴로 뒤로 물러나자 레전트는 아까 전부터 계속 보고 있던 벽으로 눈을 돌렸다. 한 여인이 병자에게 뭔가를 떠 먹이는 모습이 그려져 있는 그림이 벽에 걸려 있었다. 그다지 아름답지는 않지만 인자하게 보이는 그림 속 여인은 이 을씨년스러운 성에는 어울리지 않는 기묘한 분위기를 풍기고 있었다. 그 그림은 마치 스스로 은은한 빛을 뿜어내며 어둠에 휩싸인 계단을 비추고 있는 것같이 느껴질 정도였다.

　하지만 레전트가 그 그림을 계속 지켜보고 있는 건 단지 그 그림이 주는 신비감 때문만이 아니었다. 3층으로 올라가는 계단의 중간쯤에 위치하고 있는 그림. 그리고 그 그림 뒤쪽에는 비밀 통로가 있었다. 지하로 통하는 비밀 통로였다. 만약 지하로 침투한 별동대에서 살아남은 자가 있다면 이쪽으로 나올 것이 틀림없었다. 설계대로라면 그곳에서 위로 올라오는 통로는 이곳 하나뿐이었다.

　어쨌거나 지금은 기다릴 수밖에 없다는 것을 알고 있는 세 명의 기사들은 각자 편안한 자세로 눈을 감은 채 휴식을 취하고 있었다. 계속 그림을 주시하고 있던 레전트는 문득 온몸에 오한이 드는 것을 느끼곤 몸을 부르르 떨면서 주위를 두리번거렸다. 시간마저 단단히 얼려 버릴 것 같은 차가운 겨울의 냉기가 복도의 사이사이에서 몰아치고 있었다. 살아 있는 자를 위한 조금의 편의도 갖추어지지 않은 이 성 안에서 이런 냉기가 몰아치는 것은 당연한 일일지도 몰랐다. 레전트는 로브 자락을 좀 더 여미며 계속 그림을 주시했다.

몇 분 정도의 시간이 흐르자 더 이상은 못 참겠다는 듯이 하운드스가 자리에서 일어섰다. 그리고 레전트의 앞으로 다가와 그의 금발 머리를 내려다보며 입을 열었다.

"벌써 몇 분이나 지났잖습니까? 지하로 침투한 별동대들이 살아 있었다면 이미 이곳으로 나왔을 겁니다."

확실히 시간이 점점 흐를수록 불리해지는 건 이쪽이었다. 레전트도 그 사실을 잘 알고 있었다. 이 방법으로 장시간 동안 이벨을 묶어놓는 것은 확실히 무리였다. 결계의 효과도 이제 두 시간 남짓밖에 남지 않은 상황이었다.

하지만 레전트는 그런 생각과는 다르게 귀찮은 듯 눈을 들었다. 타인의 죽음에 대한 고통에 생기가 사라진 레전트의 눈빛은 망자의 그것처럼 흐리멍덩했다. 레전트의 정신 속에 깊이 박혀 있는 과거의 잔재는 상처를 아물게 만들지 않았다. 여전히 레전트는 타인의 죽음에 쉽게 분노했다.

"도대체 뭣 때문에 화를 내시는 겁니까?"

이번에는 레전트가 움찔할 차례였다. 레전트는 마치 호소하듯 말하는 하운드스를 향해 눈을 돌렸다. 하운드스는 레전트의 시선이 자신을 향하자 조금 의아한 표정을 띠었다가 다시 얼굴을 딱딱하게 굳히며 말을 이어갔다.

　"정말로 이 이상은 안 됩니다. 죽을 각오로 시간을 끌어보겠습니다. 그동안 이벨의 신병을 확보해서 저 괴물들의 움직임을 막아주실 수는 없겠습니까?"

　레전트는 한숨을 쉬며 하운드스에게서 눈을 뗐다. 하운드스는 자신의 한계를 잘 알고 있겠지만 그렇다고 해서 현실에서 도망가진 않았다. 자신의 목숨을 걸고서라도 이 일을 완수시키겠다는 단단한 신념이 그의 눈 속에서 꿈틀거리고 있었다.

　'그래서 싫단 말이야… 젠장.'

　아마도 하운드스가 그 흑기사와 싸우게 된다면 목숨을 잃게 되는 건 당연한 일일 것이다. 레전트는 자신의 앞에서 누군가가 죽어가는 것이 끔찍하게 싫었다. 하지만 그렇다고 해서 현실에서 도망칠 수는 없었다. 지금 도망친다면 이곳에 있는 자들이 죽는 정도로 일이 끝나지 않게 되어버린다. 레전트는 그런 걸 바라지 않았다.

　잠들어 있던 흐리멍덩한 눈이 흔들거리며 고통스럽게 번뜩였다. 오랜만에 느낀 누군가의 죽음에 잔뜩 풀이 죽어 있던 레전트의 날카로운 감각이 겨우 되살아났다. 그리고 레전트는 그 감각이 이들의 죽음을 강요하고 있다는 사실에 한숨을 쉬었다.

　"칼 뽑아요."

　레전트는 하운드스에게 검을 뽑아 들도록 시켰다. 그리고 그 검에 인첸트 웨폰을 걸면서 조용히 말했다.

　"정말로 죽을 수도 있습니다."

　"알고 있습니다."

　"죽을 겁니다. 반드시."

　하운드스는 레전트의 말에 잠시 당황했지만 곧 고개를 끄덕이며 말했다.

"각오는 되어 있습니다."

"…젠장, 죽는다는 소리 그렇게 쉽게 하지 말란 말입니다. 말해 두는데, 정말로 당신이 죽어서 시간을 끌지 못한다면 임무는 실패로 끝나고 저 밖에 있는 병사들은 몰살입니다. 알았어요?"

진의를 파악할 수 없는 레전트의 불만 섞인 투덜거림에 하운드스는 고개를 갸우뚱거리다가 알겠다는 듯 고개를 끄덕였다. 검사인 그는 복잡한 것을 생각하기 싫어했기 때문에 기타 잡다한 것에 관한 생각을 그만두고 레전트가 자신의 의견에 동조했다는 사실만을 받아들이기로 했다.

"잡다한 건 그만두고 본론만 말하죠. 좀만 걸어서 나가면 아마 그 흑기사가 튀어나올 겁니다. 자기 주인은 끔찍하게 생각하는 녀석이니까요."

"예? 그 흑기사에 관해서 아십니까?"

"잡다한 건 넘어가자고 했잖아요. 어쨌거나 거기서 저는 바로 마법을 사용해서 그 기사의 뒤쪽으로 갈 겁니다. 제가 갑자기 없어진다고 해도 알아서 시간 끌어줘요. 적어도 오 분 정도는 끌어줘야 일 처리가 가능하니까. 알았어요?"

예전에 그 흑기사에게 직접 잡혀갔던 기억이 있는 레전트는 그때의 일을 떠올리며 좀 기분이 나쁜 듯한 목소리로 조언을 했다. 레전트는 나머지 기사들에게도 인첸트 웨폰을 걸고 나서 자신이 쓸 수 있는 마력의 총량을 대충 측정했다. 꽤 많은 스크롤을 가지고 온 덕택에 마법을 사용하지 못해서 이벨을 막지 못할 일은 없을 것 같았다.

"가죠."

하운드스와 기사들은 레전트의 앞에 나서서 조심스럽게 계단을 올라갔다. 대의를 위해서라면 어쩔 수 없다는 구역질나는 말로 자신을 납득시켜야 하는 현실이 마음에 들지 않았지만 레전트는 입을 꾹 다물고 앞으로 걸어나갔다. 자신은 절대로 하지 않으리라고 다짐했던 일이었다. 대의를 위해서 소를 희생시키는 일은 절대 하고 싶지 않았었다.

'빌어먹을 일이지만, 이성적으로는 에다인을 왜 죽였는지 이해하겠어. 그 잘난 왕권이란 게 대의라면 그런 방법이 필요했을지도 모르지.'

그리고 그 사실은 레전트의 기억 속 깊이 박혀 있는 과거의 잔해를 건드렸다. 자세히 봐도 전혀 상관이 없어 보이는 과거와 현재의 사건은 레전트에게만은 상당한 유사점을 가지고 다가왔다. 그리고 현실은 과거의 기억을 움직여 정신의 상처를 더욱 크게 만들었다.

레전트는 고개를 흔들었다. 지금과 같이 순간이 모든 것을 좌우하는 현실을 눈앞에 두고 과거와 현실의 사이에서 골몰하고 있을 수만은 없는 일이었다. 레전트는 마음을 진정시키고 어지러운 머리를 바로잡으며 계단 끝의 바로 앞에서 자신을 기다리고 있는 기사들을 향해서 조용히 말했다.

"그럼 지금부터 숨겠습니다."

양피지에 금빛으로 아로새겨진 문자와 도형이 빛 가루로 변해 흩어지자 스크롤이 한순간 불타올랐다. 스크롤에 새겨져 있던 마법이 발동되며 레전트의 모습이 점차 희미해지기 시작했다. 기사들은 레전트가 투명해지는 마법을 쓴다는 것을 알 수 있었다. 자신들도 임무를 시작하기 전에 한번 받아본 마법이었다. 곧 레전트의 모습이 완전히 투명해졌고 레전트는 마법의 효과가 확실히 발동되었는지 확인하기 위해 기사들을 향해 가볍게 손을 흔들어보았다.

"보입니까?"

기사들은 아무것도 보이지 않는 허공에서 말소리가 들려오자 조금 으스스한 기분으로 고개를 내저었다. 하운드스는 기사들을 향해서 손짓을 했다. 이제 레전트는 누구의 눈에도 보이지 않는 형식으로 자신들의 뒤를 따라오다가 기회를 살려 안쪽으로 침투할 것이다. 지금 이 상황에서는 레전트를 믿는 수밖에 없었다.

"조심해요."

계단을 올라가서 미리 생각했던 루트로 이동하는 도중 뒤에서 짤막한 경고의 말이 들려왔다. 전사들에 비해 마력의 흐름에 민감한 마법사인 레전트는 공간의 일부가 기묘하게 뒤틀려 가는 것을 알 수 있었다. 점점 그 뒤틀림이 심해지기 시작하자 레전트는 문득 뭔가를 떠올리고 경악했다.

'설마 공간을 비틀어 여는 건가? 그런 말도 안 되는…….'

순간 이동은 사실상 위험한 마법이다. 좌표를 잘못 지정하면 땅속이나 공중으로 순간 이동이 될 가능성이 존재했다. 게다가 좌표를 정확히 지정했다고 하더라도 그 지점에 어떤 물건이 놓여 있기라도 하면 그 물건과 좌표가 겹쳐진 신체 부위는 파괴되어 버린다. 그렇기 때문에 순간 이동 마법은 거의 사용되지 않았다. 이미 장소를 정해놓고 그곳으로 순간 이동을 하는 귀환 형식의 순간 이동 마법이 만들어진 것도 몇십 년 전의 일이었다.

하지만 이전에도 안전한 순간 이동 방식이 있긴 했다. 공간을 비틀거나 접어서 출발 지점과 도착 지점의 공간을 이어버리는 것이었다. 흔히 워프 게이트라고 불리는 이 방식은 사용자의 안전을 보장할 수는 있었지만 다른 문제가 존재했다. 인간이 개인적으로 쓸 수는 없는 마법이었던 것이다. 공간이 심하게 뒤틀리면 상당히 큰일이 벌어질 수도 있기 때문에 세심히 조절되어야 했고 공간을 접기 위해서는 큰 마력이 소모되었다.

'도대체 어떻게? 아무리 근거리라지만 개인의 힘으로 게이트를 열 수가 있나? 아니, 확실히 그 영혼의 힘을 이용한다면 가능할지도 모르지만 그래도 결계로 힘이 억눌려 있을 텐데?

레젠트는 갑작스럽게 나타난 검은 구멍을 바라보며 이를 악물었다. 그리고 그 구멍에서 뭔가의 모습이 한순간 나타났을 때 레젠트는 더 이상 의심할 여지를 가지지 못했다. 곧 그 검은 구멍이 공중에서 닫히듯이 소멸되고 나자 대신 그 자리에는 칠흑 같은 검은 갑옷을 입고 있는 괴물이 서 있었다.

그 괴물이 허리를 펴고 일어서자 기사들은 자신들도 모르게 뒤로 물러섰다. 하운드스도 그 흑기사를 바로 앞에서 본 적이 없었기 때문에 순간적으로 주눅이 들어버리고 말았다. 건장한 전사들보다 머리 두 개쯤은 더 클 것 같은 거대한 덩치를 가지고 있는 흑기사는 그 기세만으로도 상대방을 충분히 압사시킬 수 있을 것 같았다.

쿵!

헬버드의 끝이 바닥을 찍었다. 기사들은 순간 흠칫하며 각자의 무기를 앞으로 겨누었다. 어차피 죽음은 각오하고 있는 상황이었다. 중요한 것은 자신들의 뒤에 있는 마법사에게 길을 열어주어야 한다는 것이었다.

"국왕 폐하에게 거역하고 반란을 사주한 죄는 죽음으로 그 값을 치러야 할 것이다! 물러서라!"

"누가 왕이란 것인가."

누군가의 입에서 나오는 것 같지는 않은 무겁고 어색한 말소리가 공중을 울렸다. 누구도 내색하지는 않았지만 그 말소리가 자신들의 앞에 서 있는 흑기사의 의지라는 것 정도는 모두가 알 수 있었다.

"너희 인간들의 우두머리는 진정한 왕. 위대하신 나의 주인님에게 위해를 끼쳤다."

헬버드가 서서히 움직이더니 날카로운 창끝이 앞으로 겨누어졌다.

"인간인 주제에 감히 나의 주인님에게 대항하려 한 죄, 죽어서도 갚지 못할 것이다!"

"공격!"

짧은 기합성과 함께 네 개의 신형이 복도를 막고 있는 흑기사 시드리칸을 향해서 돌진했다. 일단 한꺼번에 적을 공격해서 상대방의 자세를 흩뜨릴 생각이었다. 그렇다면 레전트가 시드리칸의 뒤로 돌아갈 틈을 만들 수 있을 것이라고 생각한 것이다. 시드리칸이 천천히 헬버드를 치켜들었을 때 그들은 모두 그것이 현실성이 있는 계획이라고 생각했다. 하지만 그것이 틀린 선택이었음을 알게 되는 데는 오랜 시간이 걸리지 않았다.

헬버드가 수직으로 내리꽂히며 오거라도 불가능할 일이 벌어졌다. 정수리를 시작으로 가랑이 사이까지 붉은 선혈이 한순간 절단면에서 튀어 올랐고 완전히 양단된 몸이 바닥에 쓰러져 바닥을 피로 붉게 물들였다. 공격을 받은 기사가 비명을 지를 틈조차 없을 만큼 엄청난 빠르기였다.

그리고 그와 거의 동시에 내뻗어진 시드리칸의 다리가 막 앞으로 빠져나가려고 하는 레전트를 덮쳤다. 레전트는 적이 투명해진 자신을 어떻게 보았는지 생각할 겨를도 없이 재빨리 블링크를 시전하여 몸을 뒤로 피했다. 하지만 약간 타이밍이 늦은 레전트는 복부에 느껴지는 강렬한 충격에 뒤로 구르며 충격을 완화시킬 수밖에 없었다. 블링크로 피하지 않았다면 내장이 파열되고 척추가 부서질 정도로 무식한 일격이었다.

"위저드 레전트!"

"큭……."

하운드스는 땅바닥에 비참하게 널브러진 부하의 시체보다 레전트의 안위를 걱정했다. 흑기사의 일격에 투명 마법이 풀려 버린 레전트는 비틀거리며 몸을 일으키고 있었다. 레전트는 속이 뒤집히는 듯한 고통에도 재빨리 소리쳤다.

"앞을 봐요, 앞을!"

하운드스와 두 명의 기사는 재빨리 더욱더 뒤로 물러섰다. 하지만 시드리칸은 그런 기사들을 공격하는 대신 피도 묻지 않은 자신의 헬버드를 옆으로 늘어뜨렸다. 어떻게 보면 평온하다고 말할 수조차 있는 그런 시드리칸의 모습에 세 명의 기사와 한 명의 마법사는 당혹감을 감추지 못했다.

"왜 죽음을 바라는가?"

난데없는 질문에 공격의 흐름이 끊어진 기사들은 몸을 휘청거리기까지 했다. 곧 하운드스는 분노한 듯한 목소리로 시드리칸을 향해 외쳤다.

"무슨 소리냐? 누가 죽음을 바랬다는 건가?"

"너희들은 스스로 죽기 위해서 나에게 덤벼들지 않았나? 나의 주인님은 너희들에게 영생을 살아갈 기회를 주셨다. 그리고 나도 그런 주인님의 뜻을 받들어 너희 인간들이 영생을 누릴 기회를 주고자 했다. 하지만 너희들은 그 기회를 포기했다."

하운드스는 시드리칸의 말도 안 되는 모순에 눈살을 찡그렸다 다시 소리쳤다.

"네놈들은 수백 수천 명의 민간인을 학살하고 그것을 이용하여 너희들의 군대를 만들어서 사리사욕을 채우기 위해서 칼을 들었다! 그것이 진정으로 옳다고 말하는 거냐? 그게 무슨 영생이라는 거냐!"

분노에 찬 하운드스의 으르렁거림에 시드리칸은 여전히 무감각한 목소리로 답변했다.

"그들은 나의 주인님께 영생을 부여받고 스스로 따르는 것뿐이다. 너희들은 그들을 죽인다고 하지만 그들에게 육체가 부서지는 건 중요하지 않다. 그들의 영혼은 나의 주인님의 곁에서 영원히 살아가지."

시드리칸은 잠시 말을 끊었다가 다시 말했다.

"너희들은 죽음이 두렵지 않은가? 무슨 짓을 해도 반드시 찾아오고 마는 그 저주받을 죽음이 두렵지 않은가? 너희들은 신이 정해놓은 그 운명에 따르고 싶은 것인가?"

"무슨……."

막 그 말에 반박하려던 하운드스는 적당한 말을 찾지 못하고 우물쭈물거렸다. 그는 그렇게 말을 잘하는 편이 아니었다. 그때 하운드스와 기사들은 등 뒤에서 뭔가를 느끼고 반사적으로 몸을 움츠렸다. 그들의 등 뒤에서 쏘아져 나간 다섯 개의 빛덩어리는 시드리칸의 몸을 강타했지만 아무런 피해를 입히지는 못했다. 시드리칸이 입고 있던 갑옷에 약간의 흠이 났을 뿐이었다.

레전트는 조용히 앞으로 걸어나오며 중얼거리듯 말했다.

"처음 보는 건 아니지? 이름이… 시드리켄? 시드리칸이었던가?"

시드리칸은 레전트에게로 고개를 살짝 돌렸다. 헬름 사이에서 보이는 푸른 불꽃이 레전트의 얼굴을 관찰하는 듯 움직였다. 곧 시드리칸은 레전트에 관한 기억을 떠올릴 수 있었다.

"예전에 이곳에서 탈출했던 그 마법사로군."

"그때 무슨 일을 저지르려고 하는지 알았으면 어떻게든 막았을 텐데. 솔직히 아쉽군."

"그때 얌전히 주인님의 힘의 일부가 되는 게 좋았을 것이다. 그랬다면 너 역시 영생을 누리며 엄청난 힘을 얻게 되었을 테니까. 하지만 이미 늦은 일이지. 너는 인간들에게 가담해서 스스로 그 기회를 저버렸다."

"결국에는 자기를 위한 거 아닌가? 네 주인인 이벨이 그만큼 강대한 힘을 가지기 위해서 몇 명이나 되는 사람이 '희생' 됐는지 알 텐데?"

레전트는 희생이라는 단어를 유난히 강하게 발음했다. 그리고 시드리칸이 뭐라 하기 전에 다시 말을 이어갔다.

"희생이 아니라고 하고 싶겠지? 영생을 부여했다고 말하고 싶겠지만… 웃기지도 않아. 결국 그들은 네 주인이 신이 되기 위한 재료로 쓰여졌지. 안 그래? 자신의 의지마저 존재하지 않는 영혼에게 영생이란 게 무슨 소용이야?"

"대의를 위해서 어쩔 수 없는 일이다. 수천 명의 인간들이 죽었을지도 모르지만 이 대륙에 있는 모든 생명체들은 주인님에 의해서 구원받게 된다. 그 정도 희생도 치르지 않고 영생을 얻겠다는 것인가?"

"아무도 이벨에게 영생을 달라고 구걸한 적 없어."

둘은 동시에 말하는 걸 그만뒀다. 하지만 곧 시드리칸은 헬버드를 앞으로 들이밀며 자신의 의지를 확실히 밝혔다.

"죽어라. 그래서 나의 주인님을 모독한 죗값을 치르도록!"

마치 사신에게서 사형 선고를 받는 듯한 살기가 대기를 타고 전해져 왔다. 하지만 레전트는 한숨을 푹 내쉬더니 태연한 표정으로 시드리칸을 노려보며 짧게 말했다

"개자식."

레전트의 입에서 자연스럽게 흘러나온 그 단어는 너무나도 친숙했기에 오히려 의미를 파악하는 데 오랜 시간이 걸렸다. 기사들과 시드리칸은 레전트가 두 번째 말을 내뱉을 때까지도 그 말의 의미를 파악하지 못했다.

"망할 놈들, 이놈이나 저놈이나 대의가 어쩌고 희생이 어쩌고……."

이놈이나 저놈이라는 축에 끼어버린 하운드스와 시드리칸은 비슷하기는 하지만 약간 다른 반응을 보였다. 양쪽 다 자신의 앞쪽을 향해 내달린 것은 같았지만 그 둘의 목적은 확실히 차이가 있었다.

시드리칸이 헬버드를 쳐들고 레전트를 향해 방금 그 기사를 두 토막 낸 것과 같은 기세로 달려들었다. 어느새 자신들도 모르는 사이에 레전트의 뒤쪽으로 밀려나 있던 기사들은 레전트를 구하기 위해서 재빨리 앞으로 내달렸다.

"피……!"

레전트를 향해 피하라고 소리치려던 하운드스는 순간 온몸이 아찔해지는 감각에 발을 헛디딜 뻔하고 말았다. 하지만 하운드스는 자신이 왜 그런 감각을 느꼈는지 궁금함을 느낄 사이도 없이 재빨리 자세를 잡으며 다리에 힘을 주었다.

빠지지지직!

하지만 하운드스가 앞으로 내달리기 전에 시드리칸의 거대한 몸이

뒤로 주룩 밀려 나갔다. 찌릿찌릿한 느낌이 사방으로 번질 정도로 강한 전격은 눈이 타버릴 듯한 푸른 섬광을 거칠게 튀기며 불타올랐다. 레전트의 앞에서는 금빛 가루가 휘날리며 스크롤의 마법이 발동됐었다는 것을 증명하고 있었다. 레전트는 라이트닝 볼트를 몸으로 받은 채 뒤로 밀려 나가는 시드리칸을 일그러진 얼굴로 바라볼 수밖에 없었다.

"크어어어어어!"

어딘지도 모를 곳에서 야수의 울음소리가 터져 나왔다. 그 광경을 바라보던 레전트는 급히 뒤로 물러섰고 기사들은 그 괴성에 얼굴을 찡그리면서도 재빨리 무기를 치켜들고 레전트의 앞으로 나섰다.

파칫!

푸른 전격은 점차 약해지더니 시드리칸의 품 안에서 일순간 사라지고 말았다. 그렇게 라이트닝 볼트를 받아낸 시드리칸은 약간 딱딱한 움직임으로 고개를 들어 레전트를 향했다. 헬름 속의 불꽃이 활활 불타오르며 시드리칸이 얼마나 크게 분노하고 있는지 비추었지만 레전트는 그 살기를 흘려버리며 품속에서 스크롤을 빼 들었다.

"칼은 몰라도 마법에는 별수없나 보지? 하긴 지금까지 마법은 제대로 맞아본 적이 없을 테니까 몰랐겠지만."

레전트는 그렇게 태연하게 말하면서도 속으로는 식은땀을 흘렸다. 라이트닝 볼트는 대상을 관통하며 일직선상의 모든 적을 감전시키는 마법이다. 하지만 시드리칸은 그 마법을 그대로 버텨서 소멸시켜 버린 것이다. 평범한 인간이었다면 수십 명 정도는 간단히 감전사시킬 수 있을 정도로 강력한 마법을.

"그런 하찮은 마법 정도로 이 몸을 어떻게 해볼 수 있을 거라고 생각하나? 주인님이 내려주신 이 갑옷은 모든 공격을 막아낸다. 그리고……."

시드리칸의 헬버드가 크게 휘둘러졌다. 굉음이 일어나며 한쪽 벽면
이 완전히 부서져 나갔다. 시드리칸은 진홍빛 달빛을 받으며 뿌옇게
피어오르는 먼지의 한가운데에서 조용히 살의를 불태웠다.

"주인님께서 내리신 이 힘은 모든 적을 쳐부수지. 주인님의 적으로 돌
아선 것을 후회하게 해주마."

"너, 정말로 그 갑옷에 의해서 보호받는 거냐?"

"너의 그 초라한 마법이 나에게 듣지 않는 것을 보았을 텐데, 마법사."

레전트는 다시 라이트닝 볼트의 스크롤을 손끝으로 움켜잡고 여차
할 경우 찢을 자세를 취하며 고개를 내저었다. 물론 눈은 어떤 움직임
을 보일지 모르는 시드리칸을 계속 주시하고 있었다.

"글쎄, 내가 봤을 때는 그게 네 몸 자체인 것 같은데. 아닌가?"

끝없는 침묵이 사방으로 번져 나갔다. 레전트는 시드리칸의 침묵에
서 자신이 생각해 낸 답이 맞다는 확신을 건져내고 자신만만한 표정으
로 외쳤다.

"너도 알고 있었나 보군. 자신이 이벨에 의해서……."

"닥쳐라앗!"

시드리칸의 몸이 재빠르게 움직였다. 기사들은 레전트를 보호하기
위해서 시드리칸의 진로 방향을 막아섰다. 시드리칸에게서 눈을 떼고
있지 않던 레전트는 순간 스크롤을 찢으려고 하다가 뒤에서 들려온 목
소리에 거의 반사적으로 몸을 움츠렸다.

"숙여!"

무색의 빛덩어리들이 빠르게 날아와 시드리칸의 몸 정중앙을 연속
적으로 때리자 그 뒤를 이어 여러 개의 빛줄기가 날아와 시드리칸의
온몸을 두들겨 댔다. 시드리칸은 온몸에서 산발적으로 느껴지는 충격

에 돌진이 느려질 수밖에 없었고, 레전트는 재빨리 자신의 앞에 있는
기사들의 틈으로 손을 내밀어 스크롤을 찢었다. 중심을 잃어버린 시드
리칸이 헬버드의 도끼날로 전격을 막은 채 뒤로 밀려 나가자 레전트는
한숨을 쉬며 뒤를 바라보았다. 익숙하다면 익숙하다고 할 수도 있는
얼굴 몇이 보였고 내내 어두웠던 레전트의 얼굴이 한순간 밝아졌다.

"괜찮으십니까, 위저드 레전트?"

"그럭저럭요. 좀 늦으셨군요."

막 먼지 구덩이에서 기어나온 듯한 모습을 하고 있는 제마이드는 앞
을 경계하며 고개를 끄덕였다.

"죄송합니다. 숨 쉬기가 어려울 정도로 먼지가 가득 차 있어서 통과
하는 데 시간이 걸렸군요. 지금 상황은 어떻게?"

레전트는 자세를 바로잡고 있는 시드리칸을 힐끔 바라보았다. 시드
리칸의 뒤쪽으로는 벽면에 연속적으로 튕겨지며 뒤로 뻗어 나가는 푸
른 전격이 비춰지고 있었다. 보통은 절대로 불가능한 짓이지만 마법
저항력을 가지고 있는 시드리칸은 헬버드의 도끼날을 틀어 대부분의
전격을 뒤로 흘려 보내는 일을 성공시키고 말았다.

시드리칸은 순식간에 일곱으로 늘어나 자신을 막아선 기사 여섯과
전사 하나를 불타는 눈으로 말없이 노려보고 있었다. 레전트는 보통
같으면 맨 처음 자신에게 괜찮으냐고 물어왔을 검은 머리 전사에게 잠
시 눈을 두었다가 일부러 조금 큰 목소리로 말했다.

"저 리빙 아머(Living Armor)가 자신의 주인을 보호한답시고 우리를
막고 있었죠."

"네이노오옴! 어디서 주둥아리를 함부로 놀리느냐!"

"너나 닥쳐! 스스로 살아 있지도 못한 존재가 되어서 갑옷에 빙의된

주제에!"

　시드리칸은 강철이라도 녹여 버릴 듯이 안광을 불태우면서도 섣불리 앞으로 나서지 않았다. 자신에게 오는 충격을 회복하기 위해서는 이벨에게서 힘을 빌려 와야 했다. 이벨이 멀쩡한 상황이라면 시드리칸은 무한한 힘을 발휘할 수 있었지만 지금은 그렇지 않았다. 전격 두 번을 받아낸 충격조차 완전히 회복되지 않은 상황에서는 몸을 사려야 했다. 레전트는 그런 시드리칸을 향해 짜증스러운 시선을 던지며 다시 외쳤다.

　"살아 있는 생물이 그런 폭발 속에서 회생한다는 건 말도 안 돼. 아마 이벨이 육체조차 남지 않은 네 영혼을 어떻게든 모아서 갑옷에 빙의시켰겠지? 자신에게 유리한 의식을 잔뜩 주입시켜서."

　"…너의 그 하잘것없는 머리에서 나온 생각으로 주인님을 모독하지 마라. 주인님은 나의 의지를 무시하지 않으셨다."

　그 울림에 담긴 살기는 온통 레전트를 향해서 쏟아져 내렸다. 하지만 레전트는 속으로는 기절할 것 같으면서도 겉으로는 그런 내색을 전혀 하지 않았다. 상대방이 흥분하면 흥분할수록 이쪽이 몰래 잠입할 기회를 더 높일 수 있었다. 그렇기 때문에 레전트는 일부러 자신이 하려고 하는 말에서 시드리칸의 속을 뒤집어놓을 만한 단어를 골라내어 말하고 있었다.

　"주인님은 나를 끝없는 절망의 구렁텅이에서 구해내셨다. 그리고 나에게 복수를 약속하셨다. 그분은 너희 인간들같이 입에 발린 말을 가지고 누군가를 속이려고 하지 않으신다!"

　시드리칸은 확실히 분노하고 있었다. 시드리칸은 주위의 공기를 진동시켜서 '말'을 하고 있었기 때문에 어디서부터 들리는지도 알 수 없는 살기 담긴 목소리는 모두를 당황시키기에 충분했다. 기사들은 사방에서 느껴지는 살기에 수십 명의 적에게 둘러싸인 듯한 기분을 느끼며 초조해했으며 살기에 예민하지 않은 네이온조차 주위의 마력에 움츠러드는 기분을 느껴야 했다.

하지만 레전트는 자신을 향해 쏟아지다시피 하는 살기를 느끼면서도 시드리칸을 지나쳐 뒤쪽으로 갈 수 있는 방법을 생각해 냈다. 어쨌거나 이곳을 통과하지 않으면 이벨에게로 갈 수가 없었다.

'투명화 마법은 통하지 않아. 블링크로 이동을 한다고 해도 거리가 짧아. 단거리 순간 이동은 위험성이 크고…….'

그때 시드리칸이 앞쪽으로 쇄도해 들어왔다. 기습적인 공격이었지만 이를 주시하고 있던 소드맨들은 마력의 칼날을 내뿜어내며 시드리칸을 공격했다. 하지만 그 공격은 시드리칸의 갑옷에 약간 홈을 냈을 뿐 별다른 충격을 주지 못하고 가볍게 튕겨 나가고 말았다. 레전트와 네이온은 스크롤을 빼낼 틈도 없이 매직 미사일을 캐스팅해서 날렸고 십여 발에 가까운 매직 미사일을 한 발도 남김없이 몸으로 받아낸 시드리칸은 순간 몸을 휘청거렸다.

소드맨들과 킹 오브 머셔너리, 그리고 룬은 거의 동시에 시드리칸을 향해 뛰어들었다. 메이스와 마력검이 시드리칸의 갑옷을 쉴 새 없이 두들기는 사이 한 자루의 얇은 검이 진홍빛을 머금으며 가볍게 흔들리더니 헬름의 틈 사이로 쏘아지듯 날아들었다.

우우우우우웅!

마치 누군가가 비명을 외치는 듯한 끔찍한 울림이 주위에 울려 퍼졌다. 메이스와 마력검의 공격에는 아무런 반응을 보이지 않던 시드리칸은 자신의 헬름 사이로 이터가 쏘아지듯 찔러 들어오자 깜짝 놀라는 기색을 보이며 헬버드를 크게 휘둘렀다. 룬은 이터를 놓칠 뻔하다가 급히 뒤로 물러섰고 다른 기사들도 헬버드의 공격을 피해 뒤로 물러섰다. 시드리칸은 자신의 헬름을 왼손으로 감싸며 마치 크게 숨 쉬듯이 몸을 들썩였다.

"네놈……."

시드리칸은 자신이 별다른 충격을 입지 않았다는 것을 알고 있었다. 하지만 뭔가가 자신의 틈을 노리고 찔러 들어오자 예전의 버릇이 되살아나고 말았다. 예전에 이런 공격을 당했다면 실명은 물론이고 죽음의 위협을 느꼈어야 했을 것이다.

예전의 자신이라면.

룬은 시드리칸의 안광에 의하여 금세 변색되어 버린 이터의 칼끝을 힐끔 바라보며 다시 공격 자세를 취했다. 다른 기사들도 상대방이 여전히 별 피해를 입지 않은 모습을 취하고 있다는 것에 대해서 솔직하게 감탄하며 각자의 무기를 치켜들었다.

시드리칸은 헬름을 감싸고 있던 손을 내렸다. 그리고 조용히 고개를 들어 자신의 앞에 서 있는 인간들을 한 명씩 주시했다. 기사들은 그런 시드리칸의 모습에 왠지 모를 공포를 느끼며 눈이 마주칠 때마다 주춤 주춤 뒤로 물러섰다. 마침내 모든 인간들과 눈을 다 맞춘 시드리칸은 왼손을 들어 일행의 뒤에 서 있는 레전트를 가리켰다.

"저 마법사, 그리고……."

레전트를 가리키고 있던 손이 룬을 향했다. 룬은 주위의 살기가 자신을 향해서 쏟아지는 것을 느끼면서도 별다른 두려움을 느끼지 않았다. 살기를 느끼지 못하는 게 아니라 살기 자체를 무시해 버리는 룬 특유의 능력 아닌 능력은 예전과 비교해서 조금도 떨어지지 않은 상태였다.

“그리고 네놈 역시 그때 살려두는 게 아니었다. 그 수인족 여자가 애원을 했을 때 감정에 움직인 것이 나의 실수였다. 그 수인족 여자도, 네놈도 죽여 버렸으면 좋았을 것인데.”

룬은 함부로 입을 열지 않았다. 이미 옆에 있는 기사들은 자신을 힐끔힐끔 바라보며 자신의 정체에 대해 궁금해하고 있는 듯했다. 굳이 입을 열어서 저 괴물을 알고 있었다는 것을 밝힐 필요는 없었다.

구오오오오오오!

공기가 크게 진동하며 음파를 형성했다. 시드리칸은 천장을 바라보며 포효하고 있었다. 모두가 그 포효 소리에 기가 눌린 듯 움츠러 들자 레전트는 급히 품속을 뒤졌다. 라이트닝 볼트의 스크롤은 이제 두 개밖에 남아 있지 않았다. 하지만 미래를 대비하기 위해서 현재를 무시할 수는 없는 노릇이었다. 레전트는 스크롤을 꺼내 들며 자신의 앞에 서 있는 인간의 벽을 바라보았다. 그리고 그중 유난히 특이한 빛깔을 띠고 있는 룬의 뒤통수에 대고 큰 소리로 외쳤다.

“룬! 고개 숙여!”

룬은 레전트의 말에 훌륭히 따랐다. 시드리칸의 포효 소리에도 별다른 반응을 보이지 않고 있던 룬은 재빨리 몸을 바닥에 밀착시킬 정도로 숙였고 레전트는 인간의 벽 사이에 생겨난 틈을 향해 스크롤을 찢었다.

라이트닝 볼트의 진행 방향의 옆에 서 있던 기사들과 룬은 온몸에 느껴지는 짜릿함에 몸을 부르르 떨었다. 푸른 전격이 공기를 태우며 포효를 내지르고 있는 시드리칸을 향해 뻗어 나갔다. 하지만 전격이 시드리칸의 몸에 막 닿으려는 순간, 시드리칸은 숨겨져 있던 날개를 펴내어 온몸을 감쌌다. 전격은 날개에 부딪치더니 마치 흡수되듯 사라지고 말았다.

『나의 충실한 종이여, 나의 힘을 빌려 쓰는 것을 허락한다. 나의 적을 모두 불태우라. 죽음의 고통을 마음껏 베풀라. 그리하여 나에 대항하는 것이 얼마나 어리석은 일이었는지를 영혼에 각인시키리라.』

누군가의 말소리가 모두의 머리 속으로 파고들었다. 다른 이들은 그 이질적인 목소리가 어디서 들려오는지 모르고 순식간에 혼란에 빠졌지만 레전트만은 그 목소리의 주인을 금방 생각해 낼 수 있었다. 자신이 갇혀 있던 감옥 바깥에서 묘하게 웃음 짓던 늙은 남자. 그리고 이 일의 원흉이자 시드리칸의 주인.

'이벨!'

목소리는 금방 사라졌지만 그것이 시드리칸을 향하고 있었다는 것을 알아차리는 데에는 오랜 시간이 걸리지 않았다. 순간 뭔가 불길함을 느낀 레전트는 급히 주위를 둘러보았지만 도망칠 곳은 없었다. 레전트는 다시 시드리칸을 바라보았다. 몸에 감겨지듯 했었던 날개는 활짝 펼쳐진 채 푸른 전격을 머금고 번뜩이고 있었다. 급히 품속을 뒤져 스크롤을 찾았다.

라이트닝 볼트의 스크롤과는 다른 스크롤이 찢겨 나가자 아무것도 할 수 없을 것 같은 허무감이 레전트의 온몸을 감싸기 시작했다. 레전트는 더러워지는 기분을 참으려 애쓰며 이를 악물었다. 되도록 쓰지 않으려고 했던 스크롤이었지만 지금은 선택의 여지가 없었다. 레전트는 급히 기사들의 앞으로 몸을 날리며 뭔가를 막아서듯 온몸을 쫙 펼쳤다. 그리고 모두에게 들릴 정도로 큰 소리로 외쳤다.

"내 등 뒤로 붙어!"

순간 수십 개의 빛줄기가 시드리칸의 날개에서 튀어 올랐다. 산산이 부서진 전격의 조각들이 사방으로 비산하며 앞을 가로막는 모든 존재들에게 날카로운 송곳니를 들이밀었다. 레전트는 반사적으로 눈을 감으며 고개를 돌렸다. 하지만 눈을 감아도 보일 정도로 백열하는 빛은 레전트의 몸을 꿰뚫지 못했다. 그저 레전트의 바로 앞까지 날아왔다가도 꺼져 가는 촛불처럼 금세 사그라들 뿐이었다.

레전트가 사용한 스크롤은 안티 매직 쉘의 스크롤이었다. 안티 매직 쉘은 모든 마법적 효과를 완벽하게 막으며 그다지 성능이 좋지 않은 아티팩트라면 그 성능 자체가 일시적으로 사라지게 만들 정도로 강력한 마법이었다. 당연히 라이트닝 볼트 정도의 마법은 간단히 막을 수 있었다.

"으그그그극!?"

하지만 점차 온몸이 저려오기 시작했다. 레전트는 원래대로라면 느껴지지 않아야 할 느낌에 깜짝 놀라 하며 눈부신 전격의 홍수 속에서 가늘게 눈을 뜨고 자신의 몸을 바라보았다. 몸 주위에 접근하자마자 소멸되던 전격은 이제 몸에 닿을 정도로 안티 매직 쉘을 갉아내고 있었다.

'마법이 안티 매직 쉘을 뚫고 있다는 거야? 그런 미친……?!'

안티 매직 쉘은 모든 마법의 효과를 없앨 수 있었지만 한계는 있었다. 만약 반신 정도의 능력을 가지고 있는 존재가 마법을 사용한다면 안티 매직 쉘을 격파할 수 있었다. 레전트는 지금 일어나고 있는 현실과 자신이 알고 있는 지식을 조합해서 터무니없을 정도로 끔찍한 결과를 생각해 냈다.

지지지직…….

전광이 사라지고 끝없는 암흑이 통로에 자욱이 내려앉았다. 레전트

는 신음 소리를 내면서도 겨우 넘어지지 않고 눈을 들어 시드리칸
을—정확히는 있을 거라고 예상되는 곳을—노려보았다.

'결계로 막은 상태에서 이 정도라면 원래의 힘은 이미… 넘었다는
거야? 빌어먹을!'

안티 매직 쉘은 전격 마법을 견디지 못하고 풀어진 상태였다. 다행
히 전격 마법이 거의 끝날 때까지 버텨주긴 했지만 마지막 순간까지
버티지는 못했다. 그 결과 레전트는 몸 여기저기에서 연기를 피워 올
리며 신음 소리를 내야 했다. 약한 화상을 입은 피부가 쓰라렸고 전격
으로 타격을 입은 근육은 잔뜩 움츠러들어 제대로 움직여 주지 않았다.

"그 정도의 힘으로 주인님에게 대항하려고 했단 말인가? 하찮군."

쿵—

레전트의 몸이 쓰러졌다. 레전트는 몸이 수십 미터 아래로 추락하는
듯한 아찔한 기분을 느껴야 했다. 자신도 모르는 사이에 흘러나온 눈
물이 시야를 흐릿하게 만들고 있었다. 문득 레전트는 뭔가를 떠올렸
다. 공격이 거의 끝났을 때의 힘을 받았던 자신의 몸이 이 정도로 망가
져 있었다. 하지만 공격을 받은 건 자신만이 아니었다.

'다른 사람들은? 기사들은? 네이온은? 룬은? 다들 어떻게 된 거야?'

부들부들 떨리고 있던 손이 움직였다. 양손은 땅을 짚었고 몸이 힘
겹게 일으켜졌다. 레전트는 눈을 질끈 감아 눈가에 서려 있는 눈물을
짜내며 쉰 목소리로 모두를 불렀다.

"다들 살아 있어?"

그 부름에 대답하기라도 하듯이 신음 소리가 여기저기에서 들려왔
다. 레전트는 감았던 눈을 가만히 떠서 현실을 주시했다. 돌아가지도
않는 목을 억지로 돌린 레전트는 다시 눈을 감으며 쳐들었던 고개를

떨궜다. 그리고 부정할 수 없는 현실을 증오했다.

머리와 팔, 그리고 다리가 달려 있는 숯덩어리는 잔뜩 오그라진 자세로 겨우 모습을 유지하고 있었다. 그리고 그 위에 남아서 불타고 있는 하드 레더 조각은 그 숯덩어리들의 원래 정체를 말하고 있었다.

레전트와 마찬가지로 온몸에서 연기를 피워내는 기사들도 있었다. 하지만 그들의 공통점은 비슷했다. 몸을 조금씩 꿈틀거리기는 했지만 제대로 의식을 가지고 있는 자는 아무도 없었다.

마력을 조금이나마 다룰 줄 아는 소드맨들은 전격이 닥쳐오자 급히 마력을 뿜어내서 라이트닝 볼트를 막아보려고 했지만 안티 매직 쉘조차 격파하는 마법을 형식조차 갖추어지지 않은 마법으로 막는다는 건 손바닥으로 폭포를 막는 것보다 더 무의미한 행동이었다. 그들이 살아 있을 수 있는 이유는 어디까지나 레전트의 뒤에 바짝 붙어 있었기 때문이었다.

"고통스럽나?"

레전트는 흐릿한 눈을 힘겹게 돌렸다. 어둠 사이에서 유난히 짙은 어둠을 띠고 있는 뭔가가 천천히 걸어오고 있었다.

"너……."

"이 이상 고통스럽게 하는 건 무의미하겠지. 최후의 자비를 베풀어주마."

진홍빛 달빛을 반사해 내는 헬버드의 검은 도끼날이 공중에서 번뜩였다.

Chapter 6 전투

12

　―기분이 어떤가?

　온통 어둠과 푸른 냉기만이 가득 차 있는 공간이 있었다. 룬은 가만히 눈을 떴다. 어쩌면 눈을 떴다는 말 자체가 이상할지도 몰랐다. 손도, 발도, 심지어 몸도 보이지 않는 곳에서 자신이 눈을 떴는지 감았는지는 알 수 없는 노릇이었다.

　위도 아래라는 공간적 의미조차 희미해지는 곳에서, 자신의 몸이 있는지조차 알 수 없는 공간에서 룬은 무의식 중에 손을 뻗었다. 차갑고 날카로운 뭔가가 룬의 손에 만져졌다. 여전히 주위는 보이지 않았지만 룬의 감각은 마치 시각과 같은 작용을 하며 그 손에 만져진 것이 빛나지 않은 투명함을 가지고 있다는 것을 알 수 있게 만들었다.

　―기분은 어떤가?

　'너는… 누구지?'

질문을 던진 룬이었지만 곧 그에 대한 대답을 들을 수 있었다. 그 목소리에게서가 아닌 자신에게서 그 대답은 나와 있었다.

'…아버지?

그 목소리에 대답은 없었다. 룬은 울컥 분노를 일으켜 세웠다. 의미 없이 휘둘러진 주먹이 칼날과 같은 날카로움을 가진 투명함과 부딪쳤다. 하지만 고통은 느껴지지 않았다. 그것 또한 부서지지 않았다. 여전히 그것은 룬의 주위를 둘러막고 있었다.

'말해! 당신이 정말로 나의 아버지인가?

대상을 알 수 없는 분노가 뜨겁게 불타올랐다. 투명함은 그 분노를 붉게 비추며 번뜩였고 분노는 그 투명함을 벗어나지 못하고 룬의 주위에서 맴돌았다.

'어머니를 왜 죽였지? 왜 그러면서도 나를 살려뒀던 거지? 말해!

찌지직—

투명함에 금이 가기 시작했다. 대답을 하지 않던 그 목소리가 공간에 금이 가는 소리와 함께 들려왔다.

—때가 왔다. 지금이 아니라면 안 되겠지. 나는 진실로 너의 적이 될 것이다.

묘하게 무덤덤한 목소리였다. 지금까지 룬을 향해서 말했던 그 목소리가 아니었다. 룬은 그 목소리에서 뭔가를 하나 깨달았다. 그리고 그 사실을 인정하지 않기 위해서 소리쳤다.

'왜 내 목소리를 가지고 있는 거냐! 대답해! 대답하란 말이다!

—이제 돌려주마.

극심한 충격이 온몸을 찢어발겼다. 영혼이 송두리째 박살나는 듯한 정신적 고통이 미칠 듯이 룬을 몰아붙였다. 투명하고 날카로웠던 공간이 부서지며 주위를 맴돌기만 하던 차가운 푸른 공간이 모습을 드러냈다. 그 공간은 룬 자체였다. 설명을 할 수 없는 그런 현실 아닌 현실이 룬의 주위를 감싸 돌았다.

'아아아악!'

푸른 공간이 룬의 몸속으로 파고들었다. 세포 하나하나에 뭔가가 깃들고 세포는 그 압력을 이기지 못해 폭발할 정도로 부풀어올랐다. 몸이 한계에까지 부풀어오르는 고통이 사방으로 퍼졌다가 다시 몸속으로 파고들어 왔다. 알 수 없을 정도로 거대한 푸른 것은 룬의 몸속으로 자신을 밀어 넣으려 몸부림치고 있었다.

—사실을 알고 싶다면…….

점점 그 목소리는 희미해졌다. 몸에서 검은 뭔가가 빠져나가며 부풀어올랐던 몸이 편해졌다. 고통이 사라진 룬은 희미하게 들려오는, 왠지 마지막이라고 느껴지는 최후의 목소리를 들을 수 있었다.

—살아봐라. 너의 힘으로.

"아아악!"

룬은 몸을 벌떡 일으킨 후 온몸에 느껴지는 통증에 이를 악물었다. 그리고 그때서야 자신이 레전트의 뒤에 붙었다가 벽에 반사되어 날아오는 전격에 관통당하며 정신을 잃었던 것을 기억해 냈다.

'레전트는?'

룬은 통증을 무시하고 자리를 박차며 일어섰다. 구멍이 뚫린 벽에서 희미한 달빛이 비춰지고 있었지만 주위는 어두웠고 상황을 판단하기는 힘들었다.

"레전트!"

"여기야. 소리 지르지 마… 곧 떨린다."

투덜거리는 듯한 말투가 멀지 않은 곳에서 들려왔다. 룬은 재빨리 소리가 들려온 곳으로 다가가서 벽에 기대고 있는 레전트의 몸을 살폈다. 다른 이들과는 다르게 약한 화상을 입은 레전트의 피부는 힐링 파우더로 치료되어 있었고 표정도 그다지 어두워 보이지 않았다. 룬은 그제야 자신들을 향해서 전격을 쏘아냈던 흑기사를 생각해 내고 어둠 저편을 살폈다.

"그 흑기사는?"

"근데 너, 왠지 말투가 변한 것 같다?"

룬은 레전트의 장난에 방금 꿈속에서 떠올렸던 뭔가를 생각해 내고 조금 떨떠름한 기분으로 중얼거렸다.

"지금 그런 건 중요한 게 아닐 텐데."

레전트는 쓰게 웃으며 손을 가볍게 들었다. 레전트가 낮은 목소리로 주문을 외우자 빛나는 구가 허공에 띄워졌고 룬은 그때서야 주위를 살필 수 있었다.

바닥에는 몇 개의 숯덩어리가 굴러다니고 있었고 무기들이 널려 있었다. 아마 아까까지만 해도 이곳에 있던 기사들의 무기임에 틀림이 없었다. 룬은 그 숯덩어리들이 기사들의 시체라는 걸 어렵지 않게 알아차릴 수 있었다. 하지만 그 수가 분명히 적었다. 숯덩어리가 되어 널려 있는 시체는 네 구밖에 되지 않았다. 그중 하나는 몸이 거의 반쯤 쪼개져 있어서 태워지기 이전에 죽어 있었다는 것을 알 수 있었다. 그렇다는 것은 레전트와 자신을 뺀다고 하면 다섯 명이 부족했다.

"나머지 기사들은 어떻게 된 거지?"

"돌려보냈어. 전부 힐링 파우더로 치료될 정도가 아니라서… 응급 처치하고 보냈으니까 본진에서 성직자들이 살려내겠지. 못 살아나면 그것도 별수없는 거고. 미리 말해 두는데 넌 이상하게 별로 다친 데가 없어서 놔둔 거지 미워서 안 돌려보낸 거 아니야."

하지만 그 말은 룬의 귀에 들리지 않았다. 룬은 복도의 한가운데에 가만히 서 있는 은빛 장발의 여성과 그 여성과 대치하고 있는 검은 갑옷의 괴물을 바라보았다. 그 여성은 뒷모습밖에 보이지 않았지만 룬은 그녀가 자신이 알고 있는 그 여성이 맞다는 것을 확신할 수 있었다. 레전트는 룬의 시선이 향하고 있는 곳을 힐끔 보더니 자신의 앞쪽에 쭉 늘어져 있는 스크롤들을 계속 살피며 룬의 말없는 질문에 답했다.

"티아스가 아니었으면 전부 죽었어. 내가 당하기 바로 직전에 갑작스럽게 벽을 뚫고 들어와서 시드리칸을 공격했거든. 그리고 나서 계속 이 상태. 계속이라고 해봤자 일 분도 안 됐지만 말이지. 그럼 설명은 여기서 끝."

레전트는 품속에서 스크롤을 꺼내서 그것들의 능력이 상실되지 않았는지 살피고 있었다. 강한 마법적 충격을 받으면 스크롤의 능력이 상실되는 경우도 꽤 있기 때문에 스크롤들이 멀쩡한지 확인은 해두어야 했다. 레전트는 이상하게 개수가 많아 보이는 스크롤들을 세밀히 살펴 전부 멀쩡하다는 것을 확인한 후 품속에 갈무리하며 힘겹게 일어섰다.

"벌써 일어나도 괜찮은 건가?"

"생각 같아서는 깃털 침대에 드러누워서 쉬고 싶은데 어쩔 수가 없잖아. 젠장."

룬은 이터를 바로잡으려 하다가 뭔가를 느끼고 오른손을 내려다봤다. 그리고 순간 얼굴을 찡그리더니 재빨리 주위를 살폈다. 레전트도 룬의 표정에서 뭔가를 느끼고 룬의 오른손에 잡혀 있는 이터를 본 후 한숨을 쉬며 조심스럽게 말했다.

"그거 재생 가능한 거야?"

"모르겠다."

룬은 칼자루밖에 남아 있지 않은 이터를 어떻게 처리해야 할지 고민하다가 품속에 넣었다. 칼날 부분이 부서져 완전히 사라져 버린 이터가 검으로서의 역할을 전혀 할 수 없을 거라는 것은 당연한 일이었다. 룬은 바닥에 떨어져 있던 메이스를 집어 들고 저 건너편에 있는 시드리칸을 힐끔 바라보았다. 그리고 그 앞에 가만히 서 있는 티아스에게로 고개를 돌렸다.

"어쨌거나 짐이라고 했던 말은 사과해 두는 게 좋겠군."

"응? 너……."

레전트는 약간 묘한 표정을 짓고 룬을 바라보며 고개를 갸우뚱거렸다.

"왜 그러지?"

"아니, 너 원래부터 그렇게 말을 잘했었던가라는 생각이 들어서 말이야."

"지금 같은 상황에서 사소한 건 그냥 넘어가."

뒤에서 룬과 레전트가 사소한 것으로 말장난을 하고 있을 때, 티아스는 조금 서글픈 눈으로 자신의 앞에 있는 시드리칸을 바라보고 있었다. 이제 시드리칸에게서는 생명의 기운이 조금도 느껴지지 않는 데다가 자신이 알고 있었던 영혼의 냄새마저도 전혀 느껴지지 않았다. 금속의 차갑고 비릿한 냄새만이 흐릿하게 맡아지고 마기의 매운 냄새가 그 사이로 섞여 눈을 아프게 했다.

티아스는 그 아픔에 눈물을 흘렸다. 그리고 왼손으로 오른팔을 만지 작거렸다. 인간 세계에 나와서 두 번째로 사용한 성수화였다. 사실 마을에서도 사용한 적이 단 한 번도 없었다. 성수화를 사용할 정도로 심각한 싸움을 한 적이 없었기 때문이었을지도 모른다.

티아스의 오른팔이 들어 올려졌다. 통로 안으로 스며들어 온 바람이 은빛 털을 휩쓸고 지나갔다. 이곳까지 오면서 봤었던, 마치 지옥과도 같은 풍경은 티아스의 머리 속에서 떠나지 않았다.

몇 번이나 마수들과 싸웠던 기억은 있었다. 하지만 마을의 어른들이나 전사들이 수많은 마수와 싸웠을 때도 이만큼의 지옥은 보이지 않았다. 그들도 분명히 죽음을 각오하고 싸웠다. 하지만 그들은 죽는다고 해도 여신의 세상으로 돌아간다는 믿음이 있었기 때문에 죽음을 두려워하지 않고 싸우다가 죽을 수 있었다.

인간들은 일정한 신을 믿지 않았다. 그렇기 때문일까? 그렇지 않은 인간들도 있기는 했지만 대부분의 인간은 죽지 않기 위해서 죽음을 두려워하지 않고 공포에 잔뜩 젖은 채로 싸웠다. 그들은 팔이 떨어져 나가고 다리가 잘려져 나가도 물러서려 하지 않았다. 물러서면 죽고, 구원받지 못한다는 것을 알고 있기 때문에 끝까지 싸워서 살아남으려 했다.

지금 그와 같은 지옥이 바깥에서 펼쳐지고 있었다. 그리고 그런 지옥을 그려낸 죽음의 화가는 이 성의 끝에서 자신의 종의 보호를 받으며 점차 살을 찌워가고 있었다.

“용서 못해, 이런 건.”

“너 따위가 용서하지 못하겠다면 어쩌겠다는 건가. 세상에서 멀어져 존재조차 불확실해진 수인족 주제에.”

“막을 거야.”

오랜 침묵을 밀어낸 티아스의 말에 곧바로 시드리칸이 반응했고, 티아스는 그 말에 대한 답변을 하며 몸을 움직였다. 시드리칸은 자신의 머리를 향해 내려쳐지는 티아스의 팔을 헬버드를 치켜들어 막았다. 수인화된 티아스의 손은 인간이 휘두르는 메이스나 플레일 따위의 병기와는 차원이 다른 파괴력을 보였기 때문에 몸으로 받을 수는 없었다. 묵직한 충격이 헬버드를 타고 느껴지자 시드리칸은 곧바로 헬버드를 빙글 돌리며 자루의 끝으로 티아스를 공격했다.

티아스는 뭔가가 자신에게 쇄도해 드는 것을 느끼고 공중에 뜬 상태에서 천장을 향해 오른손을 휘둘렀다. 날카로운 발톱들이 천장에 깊숙이 박히자 티아스는 그대로 몸을 천장에 밀착시켜 자신을 향했던 위험을 피해내는 묘기를 선보였다.

티아스가 천장에서 떨어져 뒤로 물러서자 시드리칸은 더 이상 공격하지 않았고 그로써 일차적인 공방이 끝맺어졌다. 뒤에서 그 모습을 보던 레젠트는 묘한 기분이 되어 낮게 중얼거렸다.

“천적인 건지, 아니면 정말로 강한 건지…….”

“강하다고 하는 게 맞겠지. 하지만 아까 같은 공격이라면 티아스도 별수없을 거다. 빨리 대책을 강구해 봐.”

“우우, 적응이 안 돼, 적응이.”

“뭐가?”

“아니, 장난이야, 장난.”

묘하게 달라진 룬의 말투가 조금 신경에 거슬렸던 레젠트는 손을 흔들며 아무것도 아니라는 듯한 몸짓을 했다. 그리고 조금 전과 마찬가지로 대치 상태를 유지하고 있는 티아스와 시드리칸을 힐끔 바라보며 짧은 시간 동안이나마 생각했었던 대책을 털어놓았다.

"간단히 설명할 테니까 알아서 들어. 저 괴물은 아까 같은 힘을 써서 우리들을 날려 보내지는 못해. 끌어오는 힘에 한계가 있을 테니까. 그러니까 여긴 너랑 티아스가 어떻게든 막아봐. 난 이벨한테 갈 테니까."

"확실한 건가?"

"아마도……."

"아마도… 라니?"

레전트는 조금 기분 나쁜 얼굴로 자신을 바라보는 룬을 향해서 손을 흔들어 보였다. 그리고 시드리칸이 알아차리지 못할 정도로 조심스럽게 티아스가 뚫어놓은 구멍 쪽으로 접근했다.

다행히 레전트의 분석은 틀리지 않았다. 지금 시드리칸은 이벨에게서 무한대로 힘을 빌려오지 못하고 있었다. 결계가 힘을 좀먹어 들어가고 있기 때문에 그것을 막는 데 온 힘을 다해야 하는 이벨로서는 어쩔 수 없었다. 조금 전도 약간 무리를 했었고 그 결과 이벨은 힘의 틈으로 흘러 들어오는 결계를 밀어내느라 온 힘을 다해야 했다. 결과적으로 시드리칸은 아까 같은 힘을 불러오지 못했다. 적어도 어느 정도의 시간이 지나서 이벨의 상황이 안정되어야 가능한 일이었다.

레전트는 티아스가 뚫어놓은 구멍을 보고 이벨의 뒤로 돌아갈 방법을 찾을 수 있었다. 작전 전에 레전트 역시 성안의 길과 이벨이 있을 것으로 예상되는 곳을 본 적이 있었다. 하지만 꼭 길을 통해서 갈 필요는 없었다. 지금 같은 상황에서는 조금 위험성을 감수한다고 해도 이벨의 방으로 곧장 향하는 길을 찾을 필요성이 있었다.

"어쨌든 잘 들어. 저 괴물이 내가 없어졌다는 것을 눈치 채지 못하게 해야 돼. 난 밖으로 나가서 바로 이벨이 있는 쪽으로 갈 거야. 방법은 생각해 뒀으니까 신경 쓰지 말고 저 괴물을 계속 자극해서 붙잡아 둬. 일단 어떻게든 주의를 끌어줘.”

룬은 고개를 끄덕이며 메이스를 쳐들었다. 어떤 공격을 하든지 시드리칸에게 먹히지 않을 것은 너무나도 뻔했지만 레전트의 말대로 시드리칸을 자극해서 주의를 끄는 것 정도는 할 수 있을 것 같았다.

레전트는 앞으로 천천히 걸어나가는 룬을 보며 조심스럽게 주문을 외웠다. 그리고 조심스럽게 타이밍을 재기 시작했다.

‘자, 움직여라. 빨리빨리.’

룬이 천천히 앞으로 걸어오자 시드리칸은 룬을 향해서 살짝 눈을 돌렸다. 하지만 룬은 그런 시드리칸의 시선에도 전혀 주저하는 감 없이 계속 걸어나갔다. 시드리칸은 룬이 아무런 방비 없이 계속 걸어오기만 하자 오히려 당황하고 말았다. 그런 룬의 행동에 당황한 건 룬에게 지시를 내린 레전트나 시드리칸과 대치하고 있던 티아스도 마찬가지였다.

쾅!

시드리칸은 자신과 룬의 거리가 겨우 몇 발자국 거리밖에 되지 않았다는 것을 알아차렸다. 헬버드를 휘두른다면 충분히 닿을 거리였지만 시드리칸은 순간 자신이 헬버드를 들고 있다는 사실조차 잊어버린 듯한 행동을 보였다.

시드리칸이 룬을 위협하듯 발을 크게 구르자 통로가 크게 흔들리며 천장에서 먼지가 부스스 떨어져 내렸다. 룬은 잠깐 멈췄다가 진동이 멎자 다시 걸음을 옮겼다. 그런 룬의 행동에 당황해하던 시드리칸은 문득 자신이 당황해할 필요가 전혀 없다는 사실을 생각해 냈다. 지금

이 자리에서 자신에게 위협을 주는 건 저 수인족밖에 없었다.

　그걸 알아차린 순간 룬이 시드리칸의 시야에서 사라졌다. 시드리칸은 반사적으로 헬버드를 치켜들었고 그 다음 순간 다리에서 묵직한 충격을 느꼈다. 다리가 꺾이거나 하지는 않았지만 온몸을 울리는 그 진동에 시드리칸은 흠칫 놀라면서 그쪽을 바라보았다. 분명히 룬은 시드리칸에게 별다른 타격을 입히지 못했지만 예전의 버릇이 상당히 남아 있는 시드리칸은 몸에 느껴지는 진동에 반응할 수밖에 없었다. 그리고 티아스는 그 틈을 놓치지 않고 시드리칸을 향해 달려들었다.

　"분명히 뭔가 바뀐 듯한데… 번개 맞은 영향인가?"

　레젠트는 건물의 바깥에서 둥둥 뜬 채 나지막하게 중얼거렸다. 시드리칸이 티아스에게 공격당하는 순간 구멍을 통해 건물 바깥으로 빠져나온 레젠트는 조용히 안쪽의 상황을 주시했다. 만약 자신이 바깥으로 나가는 것이 눈에 띄었다면 위험할 수도 있었다. 다행히 안쪽에서 싸우는 소리는 나고 있었지만 바깥에 신경을 쓰지는 않는 듯했다.

　"성공인가? 그럼……."

　레젠트는 건물 바깥으로 자신이 나온 구멍과 시드리칸이 헬버드를 휘둘러서 만든 구멍을 번갈아 보았다. 그리고 벽을 쭉 훑어본 후 자신의 머리 속에서 건물의 내부도를 꺼낸 다음 대충 이벨이 있을 거라고 생각되는 곳을 살폈다. 하지만 생각할 것도 없이 그 통로의 끝에는 내부도에는 없었던 작은 탑이 있었다. 척 보기에도 원래 건물과는 다른 모습을 하고 있는 탑은 건물에 달라붙어 있는 거대한 번데기처럼 이질적인 모습을 띠고 있었다.

　"저긴가… 확실히 수상한 기색이 있긴 한데?"

공중은 훌륭한 지름길이었다. 앞을 가로막는 건 아무것도 없었고 돌아갈 필요 없이 일직선으로 날 수 있었다. 시드리칸이 눈치 채지 못한 지금이라면 재빨리 이벨의 방 가까이 접근하는 게 가능했다. 물론 사람이 들어갈 정도로 큰 창문은 없어도 상관없었다. 어차피 '문' 은 자력으로 만드는 게 가능했다.

"자아, 가볼까?"

두 번째로 문제가 되던 해골귀들은 전부 뭔가를 하느라 이쪽에는 신경도 쓰고 있지 않았기 때문에 그다지 위험하지도 않았다. 레전트는 그 탑을 향해 날아가며 이제 이 전투의 끝이 성큼 다가와 있다는 것을 실감했다.

"무엇을 위해서 싸우는가!"

시드리칸의 다리가 크게 움직이자 벽에 작은 구멍이 뚫리며 먼지가 흩날렸다. 조금 전까지만 해도 그 벽을 등지고 있던 룬은 기만하게 움직여 시드리칸의 시야를 벗어난 상황이었다. 룬은 의외로 공격을 잘 피하고 있는 자신에 대해서 뭔가 놀라움을 느꼈다. 몸 어디선가 끝없는 힘이 흘러나왔고 몸은 자신의 의지를 넘어서 거의 야성을 띠며 움직였다.

전투에서 야성을 의존하여 싸우는 것은 좋지 않았지만 룬은 지금의 상태가 나쁘다는 생각을 가지지 않았다. 그 야성은 확실히 상황에 맞춰져 최선의 방식대로 움직이고 있었다. 평소 때의 자신을 백이라 한다면 지금의 룬은 백삼십, 백사십의 힘을 발휘하고 있었다.

경고가 머리 속에 울리자 몸의 근육이 재빠르게 수축하며 몸이 공중으로 튀어 올랐다. 룬은 헬버드의 도끼날을 피해 튀어 오르는 자세 그

대로 시드리칸의 헬름을 향해 메이스를 내려치며 반동을 중심 삼아 몸
을 뒤틀었다. 그리고 재빨리 착지해서 다시 시드리칸의 시야를 벗어났
다.

　시드리칸은 룬의 공격에 변변찮은 타격을 입지 않았지만 대신 틈이
생겨났다. 그리고 그렇게 생긴 틈으로 티아스가 발톱을 들이밀었다.
처음에 주의할 것은 오른손뿐이었지만 이제 티아스의 머리카락 사이에
서 뛰쳐나온 펜릴들도 전투에 참가하고 있었다. 펜릴들의 육탄 공격도
상당한 피해를 주기 때문에 주의를 기울여야 했다.

　"너희들은 무엇을 위해 싸우냔 말이다!"

　레전트의 말대로였다. 시드리칸은 자신의 몸이 이미 사라졌다는 것
을 인식하고 있었다. 뭔가를 먹지도, 자지도 않는 생물은 존재하지 않
았다. 하지만 그것이 싫지는 않았다. 이제 저주스러운 혼혈의 피를 가
졌던 육체는 사라졌다. 더 이상 혼혈의 피는 시드리칸의 영혼을 조여
구속하지 못했다.

　혼이 존재하는 한 육체의 죽음이란 의미가 없다. 몸은 언제든지 버
리고 새로운 것을 찾을 수가 있었다. 그는 이것이 진정한 영생이라고
생각했다. 혼이 살아남아서 자신이 하고 싶은 일을 할 수 있다. 그렇기
때문에 그는 자신의 주인이, 이벨이 이 대륙을 구제할 구세주라고 생각
했다.

　그렇기 때문에 나는 싸운다.

　시드리칸의 육체는 끊임없이 닥쳐오는 공격과 무리한 움직임으로 인
해 점차 부서지고 있었다. 하지만 시드리칸은 당황해하지 않았다. 자신
의 육체가 다 부서지더라도 이들을 전부 처리하고 난 후에 새로운 육체
를 받으면 된다. 자신의 주인은 그 정도의 일은 충분히 해줄 것이다.

캥!

움직임이 약간 굼떴던 펜릴 한 마리가 헬버드의 창끝에 찍히더니 치명상을 입고 단말마 비명을 남긴 채 연기가 되어 사라져 버렸다. 시드리칸은 펜릴의 소멸을 확인하고 다시 의기양양한 태세로 소리를 질렀다.

"너희는 무엇을 위해 싸우나? 죽음을 바라는가? 영혼의 영원한 소멸을 바라는가? 그렇다면 덤벼라. 지옥을 보여주마."

갑옷에 깃든 망령. 시드리칸은 잊어버릴 수 없는 이성을 잊어버리고 미친 듯이 소리쳤다. 그 틈을 노리고 펜릴이 뛰어들었지만 시드리칸은 그대로 왼손을 뻗어 펜릴의 목덜미를 잡아 으깼다. 티아스는 펜릴의 목숨을 구하기 위해서 시드리칸의 왼팔을 향해 손을 휘둘렀지만 이미 때는 늦어 있었다. 자신에게 종속하던 펜릴이 목숨을 잃자 티아스는 가슴이 찢어지는 고통을 느끼며 잠시 뒤로 물러섰다.

"티아스!"

룬은 휘청거리는 티아스의 모습을 보고 재빨리 티아스를 부축하며 뒤로 물러섰다. 시드리칸은 광기에 잔뜩 젖어 불타오르는 눈을 이리저리 굴리며 먹이를 찾았다. 펜릴들은 그런 시드리칸이 룬과 티아스를 향해 다가가지 못하도록 주위를 맴돌며 주의를 끌고 있었다.

"괜찮습니까?"

끄덕.

"왜 온 겁니까?"

가만히 치켜올려진 티아스의 눈길이 볼 근처를 간질였지만 룬은 여전히 표정 하나 바꾸지 않고 전방을 주시하며 말했다.

"나쁘다는 건 아닙니다. 덕분에 레전트도 살았고 저도 살았으니까요. 그냥 궁금한 겁니다. 왜 이곳에 온 겁니까?"

"…막고 싶었으니까."

힘없고 작은 목소리가 귓가에 스며들었다. 이미 티아스는 힘이 떨어지고 있었다. 약으로 인한 영혼의 지탱은 쉽지 않았다. 하지만 티아스는 자신을 잃어버리지 않게 노력하며 입술을 깨물었다.

"옳지 않다고 생각했으니까."

티아스는 자신을 받치고 있는 룬의 팔을 가만히 밀어내며 자신의 힘으로 섰다.

"미안해요."

"예?"

"예전에… 막았던 것 미안해요."

룬은 티아스가 용서를 빌고 있다는 것을 이해했다. 그리고 그것이 수개월 전 이곳에서 있었던 일에 대해서라는 것을 어렵게나마 알아차렸다. 티아스가 다시 휘청거리자 룬은 급히 티아스를 부축했다. 그리고 낮은 목소리로 충고했다.

"쉬십시오. 이렇게 정신이 나가 버린 상태라면 저 혼자로도 충분합니다."

날카로운 발톱이 나 있는 티아스의 오른손이 룬의 옷깃을 꽉 움켜잡았다. 룬은 옷에서 찢어지는 소리가 나는 것을 무시하며 티아스를 안고 더 더욱 뒤로 물러섰다. 티아스의 안색은 점점 나빠지더니 피부가 새하얗게 질려가고 있었다. 옆에서 룬이 보기에도 티아스가 더 이상 싸울 수 있을 것 같지는 않았다. 어쩌면 펜릴을 다루는 것도 무리일지 몰랐다.

"좀 쉬고 있다가 거들어주십시오."

티아스의 손이 슬그머니 풀어졌다. 룬은 티아스를 힐끔 바라본 후 메이스를 단단히 꼬나 잡으며 시드리칸을 향해서 뛰어나갔다. 펜릴들이 멀찍이 물러서더니 티아스에게로 돌아갔고 목표를 잃고 있던 날카로운 공격이 룬을 향해 날아들었다. 룬은 몸을 바닥에 붙일 정도로 숙여 그 공격을 회피한 다음 곧바로 날아오는 발길질을 피해 바닥을 굴렀다.

시드리칸은 결코 약하지 않았다. 괴물 같은 힘으로 다루어지는 헬버드는 그 엄청난 무게에 걸맞지 않는 재빠른 움직임을 보이며 룬을 위협했다. 헬버드를 피해 접근한다고 해도 곧바로 날아드는 플레이트 부츠와 건틀릿은 뼈를 부수고 내장을 가를 위력을 발휘했다.

룬은 예상외로 쉽사리 당하지 않았다. 자신도 놀랄 일이었지만, 야성에 의지하여 움직이던 룬은 슬슬 원래의 패턴을 되찾아가고 있었다. 이성이 다듬어지지 않은 야성을 컨트롤하려 하자 순간적인 반발감이 일어나기도 했다. 하지만 그건 어디까지나 순간이었다. 룬은 자신의 힘을 다루는 법을 누구보다도 잘 알고 있었다. 점점 컨트롤이 익숙해지자 냉철한 이성에 의해 다뤄지는 야성의 힘은 어떨 때는 유연하게, 어떨 때는 강인하고 재빠르게 움직이며 시드리칸의 공격을 확실히 피해냈다.

'이상하다.'

처음으로 자신이 이터의 도움 없이 자신보다 훨씬 강한—승산이 없을 정도로—상대와 싸우고 있었다. 이 정도로 공격을 완벽히 회피해 내는 것은 예전 같으면 불가능했을 일이었다. 문득 룬은 정신을 잃었던 때의 기억을 희미하게 떠올렸다. 그가, 자신의 아버지라고 했던 자가 했던 말이 생각나자 룬은 살짝 눈썹을 찌푸렸다.

　‘자신의 힘으로 살아남으라고? 그럼 이게 원래 나의 힘이라는 소리인가?’

　푸른 공간이 몸속으로 파고들어 왔고 검은 뭔가가 몸에서 흘러 나갔다. 희미하게 생각났지만 영혼이 송두리째 찢겨 나가는 기분은 아직도 몸을 떨리게 만들 정도였다. 하지만 분명한 것은 지금 룬의 몸을 움직이고 있는 것은 그 푸른 힘이라는 사실이었다.

　‘그렇다면 어디서?’

　룬은 머리 위를 가로지르는 헬버드를 피하며 중얼거렸다. 전투 중에 이런 생각을 하는 것은 그다지 좋지 않다는 것을 잘 알고 있었던 룬이었다. 평소 때는 그런 점을 확실히 인식하고 전투 중에는 무념을 유지했었다. 노력할 필요도 없었다. 오로지 전투밖에 모르는 룬은 싸움 하나에 집중하는 것이 가능했다.

　하지만 지금은 그게 잘 되지 않았다. 덕분에 룬은 자신을 향해 날아드는 창자루를 미처 알아차리지 못했고 반사적으로 메이스를 쳐들어 그 공격을 막으려 했다. 하지만 시드리칸의 공격은 결코 쉽게 막을 수 있는 종류의 것이 아니었다. 단단한 나무로 만든 메이스의 자루가 부러지며 위력이 거의 줄어들지 않은 헬버드의 창끝이 룬의 가슴을 향해 쳐올려졌다. 회피가 불가능하다는 것을 알아차린 룬은 재빨리 왼팔을 앞으로 내밀고 오른팔을 그 안쪽으로 덧대며 팔을 교차시켰다.

　콰직!

　건틀릿의 철판들이 충격을 이기지 못하고 산산이 부서졌다. 룬의 몸은 마치 가벼운 공처럼 수 미터나 공중을 날아 땅바닥에 처박혔다. 티아스가 재빨리 펜릴들을 조종해서 떨어지는 룬의 몸을 받아냈지만 천장에 한번 부딪쳤던 충격만으로도 이미 룬은 정신이 혼미해진 상황이었다.

<u>구오오오오오!</u>

괴수의 울음소리가 우르릉거리며 복도를 울렸다. 어느새 룬의 앞까지 뛰어온 시드리칸은 뛰어온 힘을 그대로 실어 헬버드를 내려쳤다. 구르거나 피할 틈도 없었다.

"큭!"

룬은 자신이 전투 중 잡다한 생각을 했던 것에 대해서 후회할 틈도 없이 급히 바닥을 더듬었다. 그리고 시드리칸은 그런 룬의 모습을 스쳐보며 미소 지을 수 없는 얼굴로 환희를 표시했다. 룬의 몸을 받혔던 펜릴들이 뛰쳐나가 시드리칸의 팔다리를 물고 늘어졌지만 큰 도움은 되지 못했고 헬버드는 여전히 룬을 향해 떨어져 내리고 있었다.

툭.

그때 뭔가가 룬의 손에 잡혔다. 룬은 그것이 무엇인지 확인할 틈도 없이 그것을 잡아 온 힘을 다해 휘둘렀다. 무엇인지 모를 병기와 헬버드는 자신들의 주인의 목숨을 걸고 괴성을 외치며 격돌했다.

그 순간, 시드리칸은 이쪽에 너무 집중한 나머지 자신에게 날아들었던 이벨의 외침을 듣지 못하고 말았다.

『이, 이런 괘씸한…….』

이벨은 당황해했다. 애초에 이 방에는 누군가 들어가고 나가기 위한 문이 없었다. 시드리칸이 출입을 할 때도 순간 이동을 사용했기 때문에 문 따위는 필요가 없었다.

그런 이유로 수개월 동안이나 죽음의 냄새가 짙게 배어 있던 공기는 벽에 뚫려 있는 커다란 구멍을 향해 계속 흘러 나가고 있었다. 대신 차가운 냉기를 품은 겨울의 공기가 그 사이를 파고들며 수개월 간이나 바깥의 공기를 접하지 못했던 이벨에게 겨울이 다가왔음을 느끼게 만들었다.

물론 냉기 따위로 얼어버린 육체가 없는 이벨에게는 추위 따위는 아무런 의미가 없었다. 그렇기에 겨울의 공기가 얼마든지 방 안으로 들어온다고 해도 아무런 문제도 없었다. 하지만 겨울의 차가운 냉기와 함께 날아 들어온 존재는 그의 신경을 거슬리게 만들기에 충분했다.

"솔직히 한 명의 마법사로서 당신을 존경하고 싶은 생각도 없지 않아 있어. 하지만 인간적으로 방법이 너무 틀렸다고 생각하지 않아? 마법사이기 이전에 한 인간으로서 앞으로 또 이런 일이 일어나는 건 막고 싶어. 그러니까 한 번 더 묻겠어."

레전트는 벽에 나 있는 직경 일 미터 정도의 구멍에 걸터앉아서 방 안을 가득 채울 정도로 거대한 고치를 바라보며 말했다.

"이런 고대 마법의 잔재를 어디서 구한 거지? 이 근처에는 고대 유물이 있을 만한 유적도 없고, 당신도 영주의 입장으로 한가롭게 유적 탐험이나 할 만큼 한가하지는 않았을 텐데."

그 고치의 몸 여기저기에는 시약으로 그려진 마법진이 짙은 붉은색을 띠고 새겨져 있었다. 레전트가 가지고 왔던 스크롤이 유난히 많았던 것도 이런 이유 때문이었다. 레전트는 벽을 부수고 방 안으로 날아 들어 오면서 십수 장의 스크롤들을 찢어 방 안에 흩뿌렸다. 오로지 봉인을 목적으로 만들어진 결계문들은 스크롤을 태우며 벽과 고치에 새겨졌고 이벨의 힘을 완전히 봉인했다. 이미 하나의 결계에 짓눌리고 있는 상태에서 고치마저 봉인당하자 이벨은 아무런 힘도 사용할 수 없는 무력한 상태가 되고 말았다.

그렇게 순식간에 무장 해제를 당하고 바깥과 의사 소통이 불가능해진 이벨은 오직 레전트에게만 말하는 것이 허용된 입으로 분노를 내뱉었다.

『감히 이런 짓을 하고서도 살아날 것 같으냐!』

"그건 내가 하고 싶은 말인데?"

레전트는 사나운 미소를 지어 보이며 고치에서 뻗어 나온 실 한 가닥을 만지작거렸다. 레전트와 이벨은 그 실 한 가닥을 통해서 자신의 의지를 상대방에게 전하고 있는 중이었다. 비물질 에너지에 속하는 마력이나 영혼을 손에 만져지는 정도로 물질화시키는 것은 사실상 불가능하다는 것이 정설이었다. 그렇기에 레전트는 그런 불가능으로 이루어진 물질이 눈앞에서 널려 있다는 사실 자체에 순수하게 경악해했고 동시에 감탄했다.

"어차피 죽을 거니까 말해 주자면, 당신이 신이 되려고 한다는 사실은 알고 있어. 허무의 전당의 도서관에 있는 자료들은 꽤 폭이 넓거든. 당연히 대항책도 알고 있었기 때문에 이렇게 하루 만에 당신을 궁지로 몰아넣는 게 가능했던 거야. 나쁘게 말하자면 당신이 너무 독창성이 없었다는 거지."

레전트의 빈정거리는 말투에 이벨은 분노하면서도 자신의 힘이 완전히 정지해 있다는 것을 알 수가 있었다. 이제 자신에게 남아 있는 건 완전한 죽음. 영혼의 소멸밖에 없었다.

『이렇게 끝이란 말인가? 수년 동안이나 계획해 온 내 계획이 하루 만에 깨지는 건가? 앞으로 조금만 더 시간이 있었다면 난 신이 될 수 있었는데!』

레전트는 그런 이벨의 의지에 눈썹 사이에 주름을 만들며 소리를 질렸다.

"헛소리하지 마! 수천 수만의 사람의 영혼을 양식 삼아서 대륙을 멸망시키려고 한 주제에 뭐가 그렇게 말이 많아? 도대체 인간에게 무슨 원한이 있는지 몰라도 자기 혼자 살아남고 대륙을 멸망시키겠다니, 이게 상식적으로 말이나 되는 소리야?"

『원한? 무슨 원한이란 말인가! 나는 인간을 괴롭게 만드는 신을 멸하고 모든 인간에게 영생을 내려주려고 했을 뿐이다! 너야말로 어째서 나를 방해하는 거지? 너희들은 영원한 삶을 누리고 싶지 않나?』

"네놈이 각성하면 영생이고 자시고 당장 대륙이 박살난단 말이다! 영원한 삶? 대륙이 박살나면 얼마나 많은 생명에 희생될지 상상이나 할 수 있어? 지금까지 네가 끌어들인 수천 단위나 만 단위의 목숨이 문제가 아니야!"

레전트는 드디어 경어를 생략하기로 하고 놈이라는 호칭을 사용하며 자신의 분노를 표출했다. 그 분노는 영혼의 실을 통해 그대로 이벨에게 전해졌고 이벨은 갑작스러운 침묵을 유지했다. 그 실을 통해 서로의 의지를 확인하는 한 거짓말이란 아무런 의미가 없었다. 그 실을 만들어낸 이벨 자신이 그 사실을 모를 리가 없었다.

그렇기 때문에 이벨은 레전트의 감정이 진실이라는 것을 알고 당황해했다. 그리고 레전트는 이벨의 감정을 받아들인 후에 전염이라도 되듯 자신도 당황스러워하고 말았다.

"설마… 그런 사실을 전혀… 몰랐나? 맞아?"

『…아무래도 이상하다고 생각했었지만, 역시 그자는 나를 이용하려고 했던 것인가?』

"그자라고?"

이벨은 다시 입을 다물었다. 레전트는 조금 초조해지기 시작했다. 이 일에 관해서 천천히 구슬리기만 한다면 정보를 얻을 수 있을지도 몰랐다. 하지만 천천히 구슬릴 시간이 없었다. 바깥의 상황을 알 수 없는 레전트로서는 병사들과 싸우고 있는 골각수나 해골귀, 그리고 룬이나 티아스가 걱정될 수밖에 없었다.

그렇게 잠시 동안 생각하던 레전트는 고개를 내저었다. 냉정하게 여기서 원흉을 밝히지 못한다면 앞으로 또 어떤 일이 벌어질지 알 수 없었다. 일단 이벨의 제어가 끊긴 이상 적도 그다지 큰 힘을 발휘하지 못할 것이다. 결국 레전트는 자신의 감정을 제어하려 하며 최대한 태연한 태도로 질문했다.

"그자라는 게 도대체 누구지? 솔직히 당신을 살려줄 수는 없지만 그게 누군지 말해 주면 원한은 갚아주겠어. 이용당했다는 게 분하지도 않아?"

『알 수 없다.』

"뭐?"

『우습군. 이용당한다는 건 어렴풋이 알고 있었던 일이다. 하지만 나는 대륙을 멸망시키기 위해서 이런 일을 해온 셈이 되는 건가?』

이벨은 레전트의 말에 의미 모를 대답을 하며 그렇게 중얼거렸다. 너무나 어이가 없어서 화가 나지도 않았다. 수많은 희생을 바탕으로 이 세상에 진정한 영생을 찾아주는 것. 그것으로써 지은 죄를 보상할 수 있으리라고 생각했던 자신의 생각이 산산이 부서지고 있었다.

차라리 레전트의 말을 부정하고 싶기도 했지만 더 이상 인간이 아닌 이상 그것도 불가능했다. 인간 때와 같이 미칠 수도 없었다. 이미 깨끗이 정화되어 버린 이벨의 정신은 스스로를 너무나도 잘 제어하고 있었다.

『인간만이 현실을 부정하고 미칠 수 있지.』

이벨의 중얼거림에 레전트는 얌전히 입을 다물었다. 슬슬 이벨이 말하려고 한다는 것을 느낌으로 알 수 있었다. 이런 상황에서 섣부른 입놀림으로 이벨의 입을 막고 싶지는 않았다.

『이 순간에도 더 이상 나에게 길이 없다는 것을 알 수가 있다. 부정할 수 없다는 사실을 너무나도 잘 알고 있는 것이다. 그리고 복수가 소용없다고, 불가능하다는 것도 잘 알고 있다. 나는 그가 누군지 모르고, 그가 어디로 갔는지도 전혀 알지 못한다. 내가 알고 있는 건 그의 이름뿐이지.』

"말해 줄 수 있을까?"

이벨은 다시 침묵했다. 자신이 생각하기에도 어이가 없는 일이었다. 하지만 지금 이 상황에서 확실한 것은 자신이 한 행동이 잘못되었다는 것. 그리고 그에 대해서 분노한다고 해도 현실은 바뀌지 않는다는 것. 그리고 자신이 죽어야 한다는 것이었다.

영혼의 소멸은 완전한 죽음이다. 더 이상 환생의 여지조차 사라지고 마는 완벽한 죽음. 하지만 이벨은 그것이 효율적이고 옳다는 사실만으로도 지금까지 쌓아 올린 탑을 간단히 허물려고 하고 있었다.

『내가 인간이라면 이런 생각을 할 수 있었을 거라고 생각하나?』

"아니, 불가능했을 거라고 생각해. 스스로를 희생한다고 하지만 인간은 모든 걸 그렇게 간단히 내던질 수는 없으니까. 하지만 당신은……."

레전트는 다시 최소한의 경어를 쓰기로 마음먹었다. 지금 이 순간 둘은 서로를 적으로 보고 있지 않았다. 적어도 이벨은 진심으로 그러했다.

『나에게 인간으로서 욕망이 있다면 이렇게 쉽게 포기하지 않았을 테지. 인간의 욕망으로 이 일을 최소한의 피해로 막아낼 수 있는 방법을 어떻게든 찾아내고 말았을 것이다. 하지만 나는 그런 일을 하지 않아. 나는 삶에 대한 욕망이 없는 셈이다. 이것이 옳은가? 대답해 봐라, 인간의 마법사여.』

인간으로서는 불가능한 이야기. 이벨은 인간에게 최대의 악이라고 일컬어지는 개인적인 욕망을 최대한 잠재운 자였다. 스스로의 모든 것을 포기하고 가장 합리적인 것만을 따지는. 어쩌면 인간을 뛰어넘은 또 다른 무엇이라고 불릴 수 있을지도 모르는 자.

분명히 인간의 도덕적 관점에서 그것은 다르지 않았다. 하지만 정말로 모든 인간이 그런 생각을 가지고 있다면 지금 바깥에서 싸우고 있는 자들의 몸부림은 도대체 무엇이 된단 말인가. 병사들은 자신에게 닥쳐온 승리가 불가능한 전투에서 끝까지 발버둥쳤고, 결국은 이제 승리를 눈앞에 두고 있었다.

그렇기에 레전트는 대답을 할 수 없었다.

『대답할 수 없겠지.』

이벨은 마치 한숨을 쉬듯이 잠시 침묵했다. 그리고 다시 천천히 말했다.

『너에게 용기가 있다면 그 사실로 나의 생각을 받아들여라. 내가 알고 있는 모든 단서를 넘겨주마.』

레전트는 자신의 손에 잡혀 있는 실을 힐끔 바라보았다. 이벨이 알고 있는지 모르는지는 알 수가 없었지만 모든 정신적 교감을 허용한 상태에서 마력으로 뇌를 태워 버리면 죽어 버릴 수도 있었다. 이벨이 상황을 포기하지 않았다면 자살 행위나 다름없는 일이었다.

"용기라……."

하지만 레전트는 이벨이 그 사실을 알고 있으리라고 생각했다. 그렇지 않으면 일부러 용기를 강조하지도 않았을 것이다. 잠시 그에 대해 생각하던 레전트는 실을 꽉 잡아들고 정신적 교감을 허용했다. 그리고 눈을 감았다.

"시작해."

"큭!"

룬은 자신이 정말로 죽을 뻔했다는 사실을 잘 알고 있었다. 그렇기 때문에 뭉기적거리지 않고 머리가 잘려져 날아가 버린 헬버드를 발로 차내며 자리에서 일어섰다. 시드리칸은 믿어지지 않는다는 듯이 자신의 부러진 헬버드를 바라보고 있었다. 믿어지지 않기는 룬도 마찬가지였다. 예전에 이터로 저 무기를 격파한 적도 있기는 했지만 지금 휘두른 것은 이터가 아니었다. 그리고 시드리칸의 힘도 예전과는 판이할 정도로 커져 있었다.

룬은 자신의 손에 들려 있는 무기를 바라보곤 놀라고 말았다. 룬의 손에 들려 있는 것은 바로 소드맨들이 사용하는 마력검이었다. 아마도 본진으로 강제로 날려 보내진 소드맨이 흘리고 간 무기일 것이다. 하지만 룬은 자신이 그런 무기를 들고 있다는 것에 놀라고 있는 것이 아니었다.

마력이 불어넣어지지 않으면 날이 생기지 않는 데다가 무게도 무거운 편이 아니라서 둔기 역할도 제대로 하지 못하는 것이 마력검의 특징이었다. 당연히 룬이 마력검을 사용할 수 있을 리가 없었다.

찌직. 찌직.

하지만 헬버드와 마찬가지로 날이 반쯤 끊어져 있는 마력검의 전체에서는 마력으로 인한 칼날이 형성되어 있었다. 그것도 엄청나게 강력한 힘이었다. 마력검이 그 힘을 이겨내지 못하고 찌직거리는 소리를 내며 점차 부스러져 가고 있을 정도였다. 룬은 자신의 손에 들려 점차 부스러지는 마력검을 힐끔 내려다보았다.

"이게… 내 힘이라고?"

룬은 믿어지지 않는 듯 중얼거렸다. 하지만 이미 한번 다른 생각을 하다가 기습을 받았던 룬은 이번에는 기습을 허용치 않았다. 룬은 자신을 향해서 찔러 들어오는 창대를 건틀릿으로 쳐내면서 몸을 돌렸다. 그리고 그대로 원심력을 실어서 무방비 상태가 되어버린 시드리칸의 팔을 내려쳤다.

구오오오오!

하지만 시드리칸은 창대를 놓치면서 뒤로 물러섰다. 팔을 내려침과 동시에 이상한 감촉을 느낀 룬은 급히 뒤로 물러섰다. 그리고 창대와 함께 바닥을 구르고 있는 시드리칸의 오른손을 보고 스스로 당황해하고 말았다. 그 오른손은 부서지거나 한 것이 아니었다. 말 그대로 깨끗하게 절단된 상태였다. 시드리칸은 잘려 나간 팔목을 잡고 뒤로 물러서더니 그대로 자리에 주저앉고 말았다.

"주, 주인님?"

시드리칸은 자신에게 흘러오던 힘이 끊긴 것을 알아차리고 이벨을 불렀다. 하지만 이벨은 시드리칸의 부름에 대답하지 않았다. 마치 뭔가에 강제로 막혀진 것처럼 시드리칸의 말은 이벨에게 전해지지 않고 있었다.

"이 빌어먹을 인간 놈들! 주인님께 무슨 짓을 한 거냐!"

만약에 레전트가 시드리칸에게 흘러가던 힘을 차단하지 않았다면 아무리 룬이 자신의 힘을 이용했다고 하더라도 헬버드를 잘라내지는 못했을 것이다. 시드리칸이 룬을 향해 헬버드를 내려치던 때, 이벨은 뭔가가 벽을 부수고 들어오는 것을 느끼곤 시드리칸을 불렀었다. 하지만 흥분이 극에 달해 있던 시드리칸은 자신도 모르는 사이에 그 부름을 무시하고 말았던 것이다.

룬은 숨을 가다듬으며 시드리칸의 반응을 지켜보았다. 시드리칸의 반응으로 봐서 레전트가 이벨의 힘을 막는 것은 성공한 것 같았다. 시드리칸은 똑바로 자신을 바라보고 있는 룬과 눈을 마주쳤다. 그러자 오랜 세월 동안 잊고 지냈던 뭔가가 존재하지 않는 강철 심장에서 흘러나오는 듯한 기분이 느껴졌다.

"그런 눈으로 나를 보지 마라!"

시드리칸은 사실상 불가능한 일을 해냈다. 이미 힘이 완전히 끊어져 버린 몸을 겨우 일으켜 세우더니 바닥에 떨어져 있는 창대를 집어 들었다. 그리고 딱딱한 움직임으로 자세를 잡았다.

"그런 눈으로 나를 보지 마! 난 아직 살아 있다! 동정하지 말란 말이다!"

시드리칸이 돌진해 들어오더니 마치 검을 휘두르듯 창대를 휘둘렀다. 충분히 피할 수 있는 속력이었지만 룬은 마력검을 들어 그 공격을 맞받아쳤다. 마력검이 푸른 김을 내뿜으며 부르르 떨렸고 파괴는 검은 안개를 내뿜으며 조금씩 불타오르기 시작했다.

"영혼을 태우면서까지 싸워야 하는 건가? 네 주인은 졌다. 얌전히 투항해라."

힘을 빼지 않기 위해 악문 이빨 사이에서 묘한 음의 말이 흘러나왔
다. 그런 분야에 관해서 전혀 모르는 룬이었지만 시드리칸이 스스로의
영혼을 태워서 힘을 얻고 있다는 것은 어쩐지 알 수 있을 것 같았다.
헬름 안에서 떠돌던 두 개의 안광이 급격히 흐려져 가고 있었으며 시
드리칸의 몸 전체에서는 아찔할 정도로 단 죽음의 향기가 피어오르고
있었다. 하지만 시드리칸은 그런 룬의 말을 무시하고 계속 힘을 쓰며
룬을 밀어붙였다.

"정말로 죽는다."

육체의 죽음이 문제가 아니었다. 이렇게 영혼을 소모시키는 방법으
로 힘을 쓰면 자기 자신조차 잊어버릴 수도 있었다. 룬은 칫 소리를 내
며 마력검에 힘을 줘서 시드리칸을 뒤로 밀어내려고 했다. 하지만 시
드리칸의 몸 자체인 풀 플레이트 메일의 무게는 룬이 쉽게 밀어낼 수
있을 만큼 가벼운 것이 아니었다. 결국 룬은 그 힘을 반동 삼아 자신이
멀찍이 뒤로 물러섰다. 순간 목표를 잃어버린 시드리칸은 몸을 휘청거
리더니 겨우 자세를 바로잡고 고개를 들었다. 조금 전과는 다른 의미
의 안광이 룬을 향했고 룬은 담담히 그 안광을 받아들였다.

"왜… 싸우는 거지? 너희들만 오지 않았다면… 마법사들만 오지 않았
다면 주인님은 모든 걸 완성하고 모든 존재에게 영생을 내릴 수 있었을 텐
데… 너희들은 왜 영생을 거부하는 거지? 너는 죽음이 두렵지 않나?"

룬은 여전히 마력검을 앞으로 겨눈 상태에서 침묵했다. 하지만 시드
리칸은 더 이상 대답을 강요하지 않았고 재촉하지도 않았다. 그저 원
망이 가득 담긴 눈으로 조용히 대답을 기다릴 뿐이었다.

"두렵다."

시드리칸은 룬의 말이 끝나지 않았다는 것을 어렴풋이 눈치 채고 조

용히 귀를 기울였다. 시드리칸의 예상대로 룬은 다시 말을 이어갔다.

"나는 내가 왜 살아야 하는지 그 이유를 찾고 싶다. 그리고 잊어버린 내 과거를 찾고 싶다. 그래서 죽는 게 두려운 거다. 적어도 그것들을 찾기까지는."

"너에게 영생이 주어진다면 죽음 같은 건 두려워하지 않아도 됐을 텐데. 그리고 왜 살아야 하는지, 그 이유를 찾을 시간은 충분히 생기게 됐었을 거다. 너는 너 스스로 자신에게 돌아왔던 영생의 기회를 차버린 거야."

시드리칸은 룬을 비웃듯 그렇게 말했다. 하지만 그의 목소리 아닌 목소리는 누가 들어도 알 수 있을 정도로 심하게 떨리고 있었다. 성대와 혀가 없는 시드리칸은 대기를 직접 울려 소리를 만들어내고 있었기 때문에 그 목소리는 정말로 유령의 절규처럼 흐느끼듯 퍼져 나갔다. 룬은 그 목소리를 듣고 잠시 동안 가만히 있다가 조용히 질문을 던졌다.

그리고 그 질문은 시드리칸의 심장을 꿰뚫었다.

"너는 살아 있는 건가?"

"뭐……!"

"살아 있냐고 물었다. 너는 스스로가 살아 있다고 생각하는 건가?"

룬은 검을 바로잡았다. 이제 마력검은 완전히 부스러지기 일보 직전이었다. 마력은 제멋대로 흘러나와 더 이상 날카로운 검날을 형성하지 못했고 검신에 아로새겨져 있던 마법의 문자들도 사라져서 조금만 더 있으면 검 자체가 파손될 듯했다. 하지만 룬은 당황해하지 않고 검을 바로잡은 채 마지막 일침을 놓았다.

"너의 그 육체는 너의 것인가?"

잠깐의 시간이 흐르고 시드리칸은 바닥에 떨어져 있는 창대를 왼손으로 움켜잡았다. 그리고 힘겹게 자리에서 몸을 일으키자 플레이트 메일의 이음세가 부딪치며 기분 나쁜 마찰음을 빚어냈다.

"그곳에서 지냈던 나의 과거 생활은 고통과 비탄에 젖어 있었다. 나는 주인님을 만나고 진정으로 살아 있을 수 있었다. 네가 그것을 알 수 있나? 내가 얼마나 멸시받아야 했는지 너는 알 수 있나?"

시드리칸이 한 발자국 크게 움직였다. 룬은 미칠 듯이 터져 나오는 시드리칸의 기세에 흠칫 놀라며 뒤를 힐끔 바라보았다. 티아스가 바로 자신의 뒤에 있었다. 더 이상 물러설 곳은 없었다. 다시 눈을 앞으로 돌린 룬은 한계에 치달은 마력검과 요란한 소음을 내며 걸어오고 있는 시드리칸을 번갈아 바라보았다. 룬은 이번 공격이 마지막이 될 것을 실감하며 마력검을 양손으로 단단히 틀어잡았다.

"과거의 너를 찾는다고 했나? 너는 후회하게 될 것이다. 과거의 자신 따위는 찾아봤자 아무런 의미가 없다는 것을 알게 될 것이다. 차라리 모르고 지냈던 것이 나을 거라고 울부짖게 될 것이다."

시드리칸은 타인에게 말하는 것으로 스스로를 납득시키고 있었다. 일그러진 증오와 자존심이 가슴 속 깊은 곳에 숨어 있던 마지막 과거의 자신을 교살하자 지금까지 영혼에 붙어 있던 먼지와 같은 앙금이 사라져 갔다. 교살당한 과거의 비명 소리가 귀를 간질였지만 시드리칸은 만족스럽게 웃었다.

"내가 살아 있냐고 물었나? 이것이 나의 몸이라고 물었나? 나는 나의 과거와 함께 나의 육체를 버렸다. 이기적인 여신에게까지도 거부받은 더러운 혼혈의 육체 따위는 나의 과거와 함께 버린 지 오래다. 그래, 나는 살아 있다. 이 자리에 서 있는 내가 살아 있다는 것에 대한 증거다!"

그렇게 외치던 시드리칸이 최후의 힘을 다 하려는 듯 무거운 몸을 날려 룬을 향해 달려들었다. 룬도 시드리칸의 마음을 읽었는지 마력검을 더 더욱 강하게 틀어잡았다. 어떻게 해야 마력검에 마력을 불어넣는 것인지 전혀 알지 못하는 룬이었지만 마력검은 더 더욱 큰 불꽃을 내뿜으며 타올랐다.

"후회하지 않는 건가!"

룬은 그 말에 대답을 하는 듯 소리를 지르며 몸을 날렸다. 더 이상의 말은 없었다. 부러진 창대가 룬의 가슴을 정조준해서 쏘아져 들어왔고 마력검은 태산을 자를 듯한 기세를 품고 내려쳐졌다. 그 모습을 지켜보고 있던 티아스는 그 광경에서 순간적으로 눈을 돌리고 말았다.

'……?'

잔인하거나 무섭기 때문은 아니었다. 눈을 감은 채 고개를 뒤로 돌리고 있던 티아스는 자신이 왜 그런 반응을 보였는지 의문을 느끼며 조심스럽게 고개를 돌려 정면을 바라보았다. 검을 내려친 자세대로 몸을 굳힌 룬과 창을 찌른 자세대로 멈춰져 있는 시드리칸의 모습이 보였다. 둘은 마치 한 폭의 그림이 된 것처럼 움직이지 않고 그 자세를 유지하고 있었다.

조금 시간이 지나자 둘은 조금씩 움직이기 시작했다. 더 이상 원형을 유지할 기력이 없어진 마력검의 검신이 부슬부슬 부스러져 내리며 바닥에 고이고 있는 피 웅덩이 위로 떨어져 내렸다. 창신이 길게 긁고 지나간 어깨에서는 꽤 많은 피가 팔을 따라 흘러내리고 있었다. 하지만 룬은 손잡이밖에 남지 않은 마력검을 놓지 않았다.

"과거를 버리는 게… 그렇게 쉬운 건가?"

룬의 중얼거림에 시드리칸의 육체가 힘없이 주저앉았다. 몸을 지탱할 여력마저 사라진 시드리칸은 실이 끊어진 꼭두각시 인형과 같은 모습을 보였다. 시드리칸의 손을 떠나 바닥에 떨어진 파괴는 점차 안개를 피워 올리더니 흔적도 없이 사라지고 말았다. 시드리칸은 안광이 사라진 고개를 떨구고 있었다.

룬은 손에 쥐고 있던 마력검의 손잡이를 아무렇게나 내팽개쳤다. 마력검은 시드리칸의 육체에 별다른 충격을 주지 못했다. 이미 검신 전체에 금이 가 있던 마력검은 시드리칸의 육체와 충돌하는 순간 이미 부서져 있었다. 마력검은 불균형하게 뿜어져 나오는 마력을 일정한 힘으로 전환해 칼날을 만드는 무기였다. 그런 칼날을 만들 수 없는 마력검은, 그리고 마력검에 주입되고 있던 마력은 누군가를 공격하는 병기로의 효용성이 없었다.

룬은 뭔가가 자신을 가만히 밀치는 것을 느끼고 조심스럽게 옆으로 밀려 나갔다. 티아스는 천천히, 하지만 확실하게 시드리칸의 가까이로 다가가 그 앞에 무릎을 꿇었다. 그리고 수인화가 풀려 버린 오른손을 시드리칸의 머리 위에 올렸다. 티아스는 숨을 작게 들이마신 다음 망자를 위한 기도를 올리기 위해 눈을 감았다.

팍!

티아스는 시드리칸의 머리 위에 올리고 있던 손에 통증을 느끼며 뒤로 흠칫 물러섰다. 하지만 시드리칸은 왼손을 휘두른 그 상태로 더 이상 아무런 행동을 하지 않았다. 룬은 당황해하는 티아스에게서 눈을 돌려 조금 전과 같이 전혀 움직이지 않고 있는 시드리칸의 몸을 바라보았다.

"바라지 않습니다."

티아스는 룬이 한 말의 의미를 깨닫지 못하고 고개를 돌려 룬을 바라보았다. 그리고 그 다음 순간 누군가 가까이에서 속삭이는 듯한 목소리에 흠칫 놀라며 주위를 둘러보았다. 그 목소리는 룬의 귓가에서도 들려왔다. 하지만 룬은 티아스같이 놀라는 대신 차분히 그 목소리를 들었다.

"나는… 수인족이 아니… 나는 시드리칸… 그것으로 충분……."

희미하게 끊어져서 들려오는 목소리에 룬은 조용히 눈을 감았다. 티아스가 시드리칸의 존재에 집착을 할 때부터 짐작은 했었던 이야기였다. 이제 그 목소리는 들려오지 않았다. 티아스는 시드리칸에 의해 내쳐진 팔을 감싸 쥐고 이제는 완전히 움직임이 멎어버린 풀 플레이트 메일을 바라보았다.

"흑……."

룬은 굳이 티아스를 달래려고 하지 않았다. 대신 티아스의 뒤에서 묵묵히 서 있을 뿐이었다. 티아스는 무릎 사이에 얼굴을 박고 낮게 흐느꼈다. 과거의 추억과 아픔, 그리고 후회가 눈물에 녹아서 한없이 흘러나왔다. 티아스는 그동안 품어왔던 한을 전부 풀어버리려는 듯 통곡했다. 누구도 티아스의 통곡을 멈출 권리는 없었다. 티아스 자신조차도.

쿠르르르릉…….

'진동?'

룬은 갑작스럽게 성 전체가 떨리기 시작하자 흠칫 놀라며 주위를 둘러보았다. 처음에는 작은 진동으로 시작되었던 울림은 성을 무너뜨릴 정도로 거대하게 변해가기 시작했다. 벽에 나 있는 구멍에서 벽돌들이 떨어져 나갔고 천장은 굵은 돌 조각을 뱉어내며 곧 성이 무너질 것이라는 것을 암시했다.

왜 성이 진동하고 있는지는 알 수가 없었지만 하나만은 확실했다.

이 이상 안에 있으면 겨우 건진 목숨이 위험했다. 룬은 자신이 만들어 놓은 눈물의 바다에 잠겨 있는 티아스를 현실로 끄집어내기 위해서 티아스의 어깨를 움켜잡았다. 하지만 티아스는 자신의 어깨 위에 가만히 올라온 손을 뿌리쳤다.

"…죽습니다."

티아스는 룬의 말에 아무런 대답도 하지 않고 계속 흐느꼈다. 하지만 룬은 이렇게 위험한 곳에서는 시간을 끌어가며 논쟁을 펼치고 싶은 생각이 전혀 없었다. 룬은 다시 티아스의 어깨에 손을 올렸다. 티아스는 룬의 손을 떨쳐 내기 위해서 몸을 뒤틀며 손을 들어 올렸고 룬은 그 기회를 놓치지 않았다.

"놔요!"

룬은 자신에게서 팔을 잡혀서 발버둥을 치는 티아스의 앞에 무릎을 꿇었다. 그리고 자신을 바라보지도 않고 어린애처럼 버둥거리고 있는 티아스와 눈 높이를 맞춘 다음 잠시 눈을 감았다. 티아스는 자신의 몸이 룬의 눈앞까지 끌려가는 것을 느끼며 울음을 그쳤다. 룬은 드디어 얌전해진 티아스의 멱살을 움켜잡은 채 담담한 목소리로 말했다.

"죽겠다는 겁니까? 시드리칸이 당신에게 어떤 존재이건 간에 그는 이미 죽었습니다. 그렇다고 같이 죽겠다는 겁니까? 거기에 어떤 의미가 있는 겁니까?"

진동은 더 더욱 심해져 천장의 돌이 빠져 떨어지려고 하고 있었다. 더 이상은 시간을 끌 수가 없었다. 룬은 티아스의 멱살을 잡은 채로 일으켜 세웠다. 티아스가 강인하다고는 하지만 결국 한 여성일 뿐이었다. 룬이 들어 올리지 못할 정도로 무겁지는 않았다. 룬은 먼지와 눈물이 뒤섞여 엉망이 되어버린 티아스의 얼굴을 날카롭게 주시했다.

"배부른 소리는 살아나고 난 후에 하도록 하지요. 지금 밖에는 살고 싶어도 살지 못한 사람들이 널려 있습니다. 이렇게 주저앉아서 죽겠다고 발버둥치고 있는 건……."

룬은 멱살을 놓았다. 티아스는 비틀거리면서도 용케 중심을 잡고 무너져 내리는 벽에 몸을 기댔다. 룬은 바닥에 떨어져 구르고 있는 마력검 한 자루를 발로 차서 공중에서 낚아챈 다음 허리춤에 아무렇게나 쑤셔 넣었다. 어차피 날이 없기 때문에 베거나 하지 않을 건 뻔했다. 그리고 자신을 멍한 눈으로 자신을 바라보고 있는 티아스에게서 눈을 돌려서 똑똑한 목소리로 말했다.

"죽은 자에 대한 모독입니다."

티아스의 어깨가 조금씩 움직이기는 했지만 룬은 티아스의 울음이 거의 그쳐졌음을 알 수 있었다. 룬은 티아스에게 가까이 다가가서 어깨에 손을 올렸다. 이제 천장이 갈라지면서 큰 돌덩어리가 사정없이 쏟아져 내리고 있었기 때문에 이 이상은 한시라도 지체할 수 없었다.

"가죠."

티아스는 무겁게 고개를 끄덕였다. 룬은 주위를 둘러본 다음 최대한 빨리 아래로 내려가는 방법을 생각했다. 천장이 무너져 내리고 벽이 허물어지는 상황에서 1층까지 뛰어서 내려가 봤자 이미 때는 늦게 될 것이 분명했다. 룬은 급히 허리 뒤쪽을 뒤적거려 구급용으로 가져왔던 밧줄을 꺼냈다. 밧줄은 출혈이 심할 경우 혈류를 압박하거나 부목 등에도 사용되는 다용도성이었기 때문에 몇 미터 정도는 휴대를 해야 했다.

룬은 티아스가 뚫어놓은 구멍 아래를 바라본 다음 총 줄 길이를 재어보았다. 약 일 미터쯤이 모자라기는 했지만 심각한 건 아니었다. 룬은 다시 줄을 묶어놓을 만한 곳을 찾다가 시드리칸의 갑옷에 눈을 돌렸다. 조금 찜찜하기는 했지만 지금 상황에서는 그런 것을 일일이 신경 쓸 수는 없었다.

웬만한 사람 두세 배쯤 되는 무게를 가진 풀 플레이트 메일이라면 사람 한 명 정도의 무게는 감당해 낼 수 있을 것이라는 판단이 서자 룬은 그 갑옷을 끌어서 벽 가까이로 밀었다. 그 자체가 시드리칸의 몸이었던 이유 때문인지 갑옷은 마치 안에 인간이 들어 있는 듯한 형태를 유지한 채 힘겹게 벽면 근처까지 끌려왔다. 룬은 갑옷의 다리의 무릎 관절 부분에 밧줄을 단단히 묶어 고정시킨 다음 밧줄의 다른 쪽 끝을 구멍 바깥으로 던졌다.

"티아스, 먼저 내려가세요."

옆에서 룬이 하는 짓을 지켜보고 있던 티아스는 룬의 말에 고개를 끄덕이고 구멍 바깥으로 몸을 내밀었다. 그리고 조심스럽게 아래로 내려가기 시작했다. 티아스가 멀쩡한 상태였다면 이 정도의 높이는 그냥 뛰어내려도 상관이 없을지 몰랐지만 지금은 아니었다. 시드리칸을 공격해서 레전트를 구한 것만으로도 많은 힘을 소모한 티아스는 줄을 타고 내려가는 도중에도 비틀거리고 있었다. 룬은 티아스가 바닥에 뛰어내리자 다시 한 번 줄이 잘 묶여 있는지 확인한 다음 구멍 바깥으로 나가기 위해 줄을 움켜쥐었다.

콱!

그때 쥐 죽은 듯 가만히 있던 갑옷의 왼팔이 움직이더니 룬의 목을 움켜잡았다. 양손이 다 밧줄을 잡고 있는 상황이었기 때문에 아무런 반항도 하지 못했다. 하지만 룬은 급소를 상대방의 손에 내준 상황에서도 태연하게 입을 열며 한쪽 손을 슬며시 허리 뒤로 가져갔다.

"아직도 여한이 남은 건가?"

룬의 오른손이 재빨리 움직이며 시드리칸의 왼팔을 노렸다. 하지만 마력검은 시드리칸의 팔을 자르지 못했다. 마력이 없는 마력검은 잘 들지 않는 식칼보다 못한 무기였다. 룬은 어떻게 해야 마력검에 마력을 불어넣을 수 있는지 정확히 알지 못했다.

'그저 힘을 주는 것만으로는… 아닌 건가?'

룬은 그렇게 마음속으로 중얼거리며 마력검을 바깥으로 던져 버린 다음 오른손으로 밧줄을 움켜잡았다. 다시 안쪽으로 뛰어들까 생각하기도 했지만 그것도 여의치 않았다. 시드리칸의 팔은 룬의 몸이 마음대로 움직이게 놔두지 않았다. 잡혀 있는 것이 팔이라면 부러뜨리거나 자르고서라도 빼낼 수 있을지 모르지만 시드리칸이 잡고 있는 것은 목이었다. 룬은 왼팔의 건틀릿으로 자신의 목을 잡고 있는 시드리칸의 팔을 후려쳤다. 그나마 다행인 것은 시드리칸의 팔 힘이 목을 부러뜨릴 정도로 강하게 조르고 있지 않다는 것 정도였다.

'같이 죽을 생각인가?'

이대로라면 룬도 무너져 내리는 돌덩어리에 묻혀 버리고 말 것이 뻔했다. 룬은 필사적으로 자신의 목을 잡고 있는 시드리칸의 팔을 내려쳤다. 하지만 그 팔은 결코 쉽게 풀리지 않았다. 룬은 갑옷 전체에서 풍겨내는 시드리칸의 음흉한 의지에 치를 떨어야 했다.

콰콰쾅!

순간 룬은 성 전체를 울리는 폭음에 아찔한 느낌을 받았다. 그와 동시에 룬의 목을 잡고 있던 시드리칸의 갑옷이 희미하게 사라지기 시작했다. 하지만 룬은 밧줄을 잡고 아래로 내려가지 못했다. 시드리칸의 몸 전체가 희미하게 사라지기 시작하자 갑옷에 묶여져 있던 밧줄은 허무하게 공중으로 튕겨져 올랐다.

받침점을 잃어버린 룬의 몸은 무너져 내리는 돌 더미와 함께 바닥으로 한없이 추락하기 시작했다. 룬은 그 떨어지는 순간에도 필사적으로 머리가 위로 가게 하기 위해서 발버둥쳤다. 어떻게든 떨어져서 살아남기만 한다면 본진에 있는 성직자들의 치료를 받을 수 있을지도 몰랐다. 룬은 절대로 자신의 목숨을 함부로 포기하지 않았다.

"뭐야, 저건?!"

골각수들과 싸우고 있던 병사들은 깜짝 놀라며 뒤로 물러섰다. 지금까지 격심하게 몸부림치며 주위에 있는 모든 살아 있는 것들을 파괴하던 골각수들이 미친 듯 몸을 떨며 기괴한 울음소리를 내지르고 있었다. 기사들과 병사들은 흠칫 놀라며 뒤로 물러섰고 그 골각수들은 더 이상 인간을 공격하지 않았다. 점차 부스러지고 있는 그들의 몸에서 희뿌연 뭔가가 흘러나오기 시작하자 지휘관들은 급히 병사들을 뒤로 물러서게 했다. 아무리 생각해도 먼지 섞인 안개가 몸에 이로울 것이라는 판단은 서지 않았다.

"전군 이십 보 후퇴!"

병사들은 열을 맞춘 상태에서 신속하게, 하지만 결코 흐트러짐없는 걸음걸이로 뒤로 물러섰다. 하지만 지휘관들이 단지 이십 보를 물러서는 정도로는 그 연기의 사정 거리 안에 들게 된다는 것을 알게 된 데는 오랜 시간이 걸리지 않았다. 곧 지휘관들은 자신들의 잘못을 인정하고 다시 명령을 내리려고 하다가 뒤에서 들려오는 북소리를 듣고 흠칫 놀라 뒤를 바라보았다. 그리고 힘찬 목소리로 주위를 향해서 외쳤다.

"퇴각한다! 전군 최대한 빨리 본진으로 복귀! 서둘러!"

　분명히 그 깃발의 흔들림은 후퇴를 의미하는 것이었다. 병사들은 들판을 뿌옇게 덮어가는 연기 속에서 적이 뛰쳐나오지나 않을까 경계하며 최대한 빨리 뒤로 물러서기 시작했다. 그때 어디선가 천둥이 치는 듯한 괴음이 조금씩 들려오기 시작했다. 병사들은 갑자기 들려오기 시작하는 천둥 소리에 긴장했다.

　쿠르르르릉!

　그때 땅이 울리기 시작하더니 어둠 저 건너편에 있던 성이 한꺼번에 무너져 내리기 시작했다. 그리고 그 충격을 병사들이 받아들이기도 전에 폭풍과도 같은 엄청난 바람이 병사들을 향해 몰아닥쳤다. 그들은 몸을 낮추며 전방에서 밀려오는 연기를 마시지 않기 위해 숨을 죽였다.

　그 폭풍은 모든 병사들을 공중에 날려 버리기라도 할 듯이 거칠게 몰아붙였다. 성에 가까이 있던 천막이 날아가기도 했고 가벼운 물품들이 하늘을 날아다녔다. 병사들은 급히 칼이나 기타 등등의 무기를 품에 안고 최대한 땅에 몸을 붙였다. 그 성은 최후를 맞이한 거대한 괴수와도 같이 단말마를 내지르며 그렇게 주저앉고 있었다.

　그 바람이 멈춰져 병사들이 눈을 뜨고 고개를 들었을 때는 벌판을 가득 메우고 있던 골각수들이 흔적도 없이 사라져 있었다. 병사들은 하나둘씩 자리에서 일어나 영문을 모르겠다는 듯 주위를 둘러보았다. 성은 무너져서 마치 거대한 돌무덤 같은 모습을 하고 있었고 적은 더 이상 눈에 보이지 않았다. 심지어 하늘을 날아다니고 있던 해골귀들도 사라져서 대신 뿌연 구름만이 남아 있을 뿐이었다.

　"이, 이겼어?"

　작은 웅성거림이 여기저기에서 터져 나왔다. 그 웅성거림은 서로 합쳐져서 좀 더 거대한 소리로 변해갔고, 곧 어떠한 확신이 병사들 사이

를 휩쓸자 병사들은 자신들의 무기와 방패를 하늘을 향해서 쳐들고 함
성을 내지르기 시작했다. 전쟁을 얼마 겪어보지 않은 초보 병사들도
본능적으로 지금 이 상황이 말하는 의미를 잘 알고 있었다.

그들은 살아남았다.

Chapter 7 과거

희미하게 다리를 감아 구속하는 족쇄.
자신의 모습을 비추는 망각의 거울.
버릴 수 없는 시간의 흔적.

Chapter 7 과거

1

“뭐야?! 벌써 두 달?”

“아, 예.”

오랫동안 뭔가를 먹지 않아서 약해진 몸을 생각한 유동식을 그릇에 담아왔던 하인은 자신의 앞에 있는 자가 정말로 며칠 전까지만 해도 죽은 듯 잠자고 있던 그 사람이 맞는지 의심했다. 크라우드는 텁수룩하게 자라 있는 자신의 머리카락과 수염을 만지작거리며 얼굴을 찡그렸다.

“좀 피곤하다 싶어서 잔 게 두 달 가까이 잤단 말이지? 이 좋은 때에 두 달이라는 시간을 흘려버렸다니 환장하겠군. 아, 시라닌은? 분명히 나하고 같이 있었을 텐데.”

“예, 시라닌님은 다른 방에 계십니다. 어제쯤에 정신 차리셔서 지금 한창 재활 운동 중이라고 들었습니다.”

잠시 후 그 하인은 자신의 입이 가벼웠던 것을 한탄하며 기어코 자리에서 일어나려고 하는 크라우드를 말려야 했다. 처음에는 크라우드도 무대포로 무조건 일어서려고 했지만 하인은 크라우드의 현재 외모 상태를 예로 들며 진정할 것을 간곡히 권했다. 결국 크라우드는 일단 이발과 목욕을 한 후에 바깥으로 나설 것이라고 한 발자국 뒤로 물러섰고, 덕분에 그 하인은 약간 숨을 돌릴 수 있었다.

하지만 그는 크라우드를 과소평가하고 있었다. 크라우드는 정말로 이발과 목욕을 한 다음에 억지로 자리에 일어서더니 그대로 훈련장을 향해서 걸어나가 버렸다. 크라우드의 뒤를 돌봤던 하인들은 비실거리는 걸음으로도 용케 걸어가는 크라우드를 바라보며 혀를 내둘렀다.

잠시 후 시라닌은 어느새 자신의 앞에 서서 호탕하고 웃고 있는 크라우드를 무표정한 얼굴로 바라보았다.

"우하하하핫! 겨우 하루쯤 일찍 일어났다고 잘난 체하지는 않겠지, 시라닌?"

"두 달 동안이나 잠만 자다가 일어나서 뇌가 상하기라도 한 거야? 헛소리하지 말고 운동하러 온 거라면 걷기 운동부터 해, 다리 떨지 말고."

예상외로 담담한 시라닌의 반응에 크라우드는 풀이 죽어서 훈련장 주위를 걸어다녔다. 대부분의 기사단이 전투에 참가했기 때문에 훈련장에는 두 사람밖에 없었다. 한참 동안 훈련장 주위를 돌면서 몸을 풀던 크라우드는 숏 소드로 쉐도우 스파링을 하고 있는 시라닌을 향해 조용히 말했다.

"괜찮아?"

"이번 작전 실패로 도대체 몇 명이 죽은 거야? 쉐도우 오브 라이트닝이나 투스 오브 윈드는 완전히 전멸이고 헬 나이트 전군이 나갔어. 그게 부족해서 용병까지 모집해야 했고. 도대체 우리가 한 건 뭐지?"

크라우드는 곤란한 듯 한숨을 쉬며 널따란 반석 위에 주저앉았다. 목욕을 하면서 쉐도우 오브 라이트닝과 투스 오브 윈드에 관련된 몇 가지 정보는 얻은 상태였다. 책임감이 강한 시라닌은 이번 일이 자신의 판단 미스 때문이라고 생각할 것이 뻔했다. 크라우드는 버릇대로 품속을 뒤졌다가 담배가 있을 리 없다는 것을 알아차렸다. 결국 크라우드는 양손을 마주잡은 채 나지막한 목소리로 말했다.

"네 잘못이 아니야."

크라우드는 시라닌이 숏 소드를 늘어뜨리고 자신에게서 고개를 돌리자 담배가 없는 것을 아쉬워하며 말을 이었다.

"어차피 군인이란 건 목숨을 담보로 하는 직업이잖아? 그놈들도 다 죽음은 각오하고 싸운 거라고. 그러니까 자책 같은 거 하지 마."

"하지만 안 죽을 수도 있었잖아? 내가 작전만 잘 짰다면……."

"시라닌."

크라우드는 시라닌의 말을 끊었다. 다른 기사들에게 마녀라고 불릴 만큼 엄격한 시라닌은 자기 자신에게도 엄격했다. 자기 자신에게도 엄격하지 않은 주제에 다른 이들에게 엄격한 것을 강요한다는 것은 말도 안 된다는 것을 시라닌 자신이 가장 잘 알고 있었다. 그리고 시라닌의 엄격함을 너무나도 잘 알고 있는 크라우드는 지금 시라닌의 고민이 얼마나 큰지 알 수 있었다.

"따지자면 제대로 정보를 못 모은 내가 잘못이야. 그리고 그런 일을 벌인 그 영주 놈이 잘못이고. 따지자면 잘못 안 한 사람이 없잖아? 너, 무지하게 엄격한 건 잘 알지만 그쯤 해둬. 어쨌거나 전쟁은 끝났으니까."

크라우드는 힘겹게 자리에서 일어났다. 수십 일 동안이나 움직이지 않았던 몸은 갑작스러운 운동에 쉽게 움직여 주지 않았다.

"나 간다. 오랜만에 걸어다니려니까 영 힘들어서… 너도 적당히 해 둬."

시라닌은 고개를 뒤로 돌린 채 고개를 끄덕였다. 크라우드는 더 이상 시라닌의 대답을 기다리지 않고 훈련장 바깥으로 비틀비틀 걸어나 갔다. 마녀 시라닌의 울음 섞인 목소리를 들으면 악몽으로 밤잠을 설칠 것 같은 기분이 들었기 때문이다.

"아!"

케딜은 몸 여기저기에 붕대를 감고 있는 제마이드를 힐끔 바라보았다. 원래 상당히 많은 상처를 입고 있던 제마이드였지만 큰 상처는 신성 마법으로 치료가 되었기 때문에 작은 상처들만이 남아 있었다. 제마이드는 마치 뭔가가 생각난 듯한 표정으로 천장을 바라보고 있었다. 케딜은 기름을 잔뜩 먹여 방수 처리를 한―덕분에 냄새는 고약한―천막의 천장을 바라보다가 다시 제마이드에게 고개를 돌리며 머리를 긁었다.

"무슨 소린가?"

"어쩐지 인상에 남는다고 했더니……."

케딜은 여전히 알 수 없는 소리를 하고 있는 제마이드를 멀뚱멀뚱 바라보기만 할 뿐이었다. 잠시 그렇게 고민하던 제마이드는 문득 자신을 바라보고 있는 시선을 느꼈는지 고개를 들며 말했다.

"예전에 베루온 산맥에서 싸웠던 때 생각나? 몇 년 전쯤인데."

"응, 기억하고 있다."

"그럼 그 전투에서 죽었던 인물 중에서 가장 거물급이 누구였지?"

케딜은 이번에는 조금 생각을 해야 했다. 하지만 하프 오거라고 해도 보통 인간에 비해서 머리가 나쁜 건 아니었기 때문에 곧 그에 대한 대답을 할 수 있었다.

"터렐 아벨루드."

"그래, 그럼 그때 누가 터렐을 죽였다고 했지?"

"이름없는 용병 아니었던가? 이름은 기억나지 않지만. 확실히 그다지 명성이 있는 용병은 아니었다."

제마이드는 다시 입을 다물었다. 마치 꼭두각시 인형처럼 움직이다가 마지막에는 결국 이벨을 쓰러뜨리고 만 남자. 전장에서는 절대로 싸우고 싶지 않은 스타일이었다. 상당한 실력을 갖추고도 목숨을 아깝게 생각하지 않는 인간과 싸워서 이기는 건 무리였다.

하지만 한 번쯤은 대결해 보고 싶다는 생각은 없어지지 않았다. 전장에서 목숨을 포기하고 온 힘을 다해 싸우는 자들을 본 적은 꽤나 많았지만 목숨 자체를 소중히 하지 않고, 마치 인형처럼 싸우는 자를 보기는 매우 힘들었다.

"케딜, 용병들이나 마법사들은 전부 돌아갔겠지?"

"응, 용병들은 보수받고 돌아갔고 마법사들은 후에 흥정한다고 하고 돌아갔던 것 같다. 키즈린이 이야기해 줬으니까 틀림없을 거다. 뭔가 잘못된 게 있는 건가?"

제마이드는 고개를 내저었다. 이제 더 이상 그 용병, 룬을 만날 일은 없을 것 같았다. 강자는 강자에게 끌린다지만 그게 과연 룬에게도 통용될지는 알 수가 없었다. 제마이드는 룬을 얌전히 돌려보낸 게 못내 아쉬운 듯 고개를 내저으며 조용히 중얼거렸다.

"진작 좀 생각났으면 좋았을 텐데……."

"그러니까 이름도 모르고 얼굴도 몰랐다는 거냐? 그런 녀석에게 고대 마법의 잔재를 떠맡다니… 부주의하군."

"어지간히 미쳐 있었던 모양이죠."

"어쨌거나 임무 하나 끝내서 좋겠구나."

레전트는 피식 웃으면서 조금 묘한 표정으로 고개를 끄덕였다. 엘반은 그런 레전트의 반응을 조금 의아하게 느낀 듯 눈썹 사이를 좁혔다. 레전트는 엘반이 자신에게 뭔가 대답을 요구하고 있다는 것을 알았기 때문에 고개를 흔들며 양 손바닥을 펴서 앞을 향했다.

"아무것도 아니니까 신경 쓰지 말아주세요."

"고약한 녀석 같으니. 어쨌든 좋다. 그럼 임무를 또 하나 내려주마."

그때까지만 해도 뭔가를 곱씹듯 조금 찡그린 표정을 짓고 있던 레전트는 눈을 크게 뜨고 이를 악물며 소리쳤다.

"예? 무슨 소리예요? 겨우 전장에서 돌아온 제자한테 이게 지금 할 짓이에요? 조금이라도 자유 시간을 주는 게 상식적인 인간으로서……."

"너야말로 스승한테 그게 무슨 말버릇이냐, 이 망나니 녀석아!"

레전트는 자신의 머리를 향해 내려쳐지는 지팡이를 양팔을 교차시켜서 방어한 후 양손으로 각각의 팔목을 문질렀다. 엘반은 자신을 향하고 있는 레전트의 시선에 고개를 내저으며 품속에서 뭔가를 꺼내서 던졌다. 양팔을 문지르고 있던 레전트는 반사적으로 손을 뻗어 그것을 받았고 엘반은 깍지를 껴서 턱을 받치며 중얼거리듯 말했다.

"그 수인족 아가씨를 숲으로 돌려보내 줘라. 네놈도 마법사라면 수인족의 숲에 들어가는 게 얼마나 희귀한 경험인지 알겠지?"

“하지만 티아스는 자기가 알아서 돌아가도……”

레전트는 급히 말을 끊고 앨반이 자신에게 던졌던 것을 쳐들었다. 레전트의 머리로 떨어져 내리던 지팡이는 레전트의 손에 들려 있는 주머니를 때리지 않고 뒤로 물러섰다. 레전트가 씨익 웃자 앨반은 그에 반비례하여 얼굴을 구겼다.

“지금까지 부려먹고 그냥 그렇게 보낼 셈이냐? 그게 네 마지막 임무니까 잘해봐라. 설마 이런 간단한 임무에서 실패하지는 않겠지?”

“옮겨야 할 뭔가에 두 발이 달려 있다면 굳이 내가 데려다주지 않아도 알아서 찾아가겠죠. 내가 아무리 보기 싫다고 해도 이건 좀 너무한 거 아니에요?”

앨반은 레전트의 장난기 어린 말투에 입술을 일자로 굳히며 창밖을 바라보았다. 마지막 임무만 마치면 레전트는 이곳에서 졸업을 할 수 있었다. 그렇게 된다면 이제 더 이상 이곳에 올 일이 없어지게 되고 당연히 앨반의 얼굴은 볼 일이 없게 된다. 그 정도로 돌려서 말하는 말장난을 앨반이 못 알아들을 리가 없었다.

“근데 이게 뭐예요?”

레전트가 주머니를 위아래로 던졌다 받았다를 계속하자 앨반은 눈살을 찌푸리며 그 주머니를 향해 턱짓하며 말했다.

“거기 안에 있는 거 가져가고 네가 가지고 있던 거 내놔라.”

레전트는 영문을 모르겠다는 얼굴로 주머니를 풀었다. 그 주머니에서 손바닥보다 좀 더 작은 원판이 나오자 입을 쩍 벌리고 그것과 앨반을 번갈아 바라보았다. 그것은 레전트가 가지고 있는 마법사 길드의 문장과 비슷한 모습을 하고 있었지만 생명의 나무 사이에 붉은 보석이 박혀 있었다. 레전트는 그 문장이 무엇을 의미하는지 알고 있었기 때문에 한참 후에야 숨을 크게 들이쉬며 작게 중얼거렸다.

"정말로 나 다시는 안 볼 작정이에요?"

"좋아할 줄 알았는데 아니었나 보군. 싫으면 도로 내놔라 이 녀석아."

레전트는 고개를 흔들며 품속에 넣고 있던 마법사 길드의 문장을 꺼냈다. 붉은 보석이 박혀 있는 마법사 길드의 문장은 자유 마법사를 의미했다. 그 문장에는 칼스와 동맹 관계에 있는 나라에서라면 허무의 전당의 이름을 걸고 어떠한 지원도 받을 수 있는 권한이 있었다. 하지만 레전트는 자신의 문장을 꺼내서 엘반에게 건네주며 조금 침울한 기분을 느꼈다. 붉은 보석의 문장은 절대 새로 만들어지지 않았다. 이 문장은 분명히 엘반이 가지고 있었던 문장일 것이다. 그리고 이 문장이 없어지면 엘반은 일반 마법사로서 함부로 이곳에서 나갈 수 없는 몸이 되고 만다.

엘반은 레전트의 손이 떨리고 있는 것을 보고 한심하다는 듯 한숨을 쉬며 마치 뺏듯이 레전트의 문장을 낚아챘다. 그리고 다시 창밖을 바라보며 귀찮다는 듯 손짓을 했다.

"볼일 다 봤으면 나가봐. 혹시나 나중에 올 일 있으면 선물이나 사 가지고 와라."

레전트는 의자에서 일어나 책상 앞에 앉아 있는 엘반의 앞에 똑바로 섰다. 그리고 가만히 무릎을 꿇은 다음 양손을 가슴에 붙이고 고개를 숙여 절을 했다. 레전트가 그런 행위를 하는 동안에도 엘반은 여전히 창 바깥을 내다보고 있을 뿐이었다.

"안녕히 계세요, 스승님."

레전트는 그 인사를 끝으로 방 바깥으로 나갔다. 그리고 몇 시간쯤 이 지난 후, 엘반은 레전트가 문장의 권한으로 창고에서 마법 물품 몇

개를 빼갔다는 항의와 함께 남겨진 쪽지를 받아 들고 자신도 모르게 실소를 하고 말았다.

『나중에 돌려주러 올 테니까 치사하게 쫓아오지 말아요.』

전쟁은 승리로 끝났지만 병사들의 사기는 끝없이 가라앉고 있었다. 이번 전쟁으로 얻은 것은 원래 있던 평화를 지킨 것뿐이었다. 땅을 얻은 것도 아니었고 금은보화가 손에 들어온 것도 아니었다. 뭔가 눈에 보이는 이득이 없었기 때문에 병사들이 그런 반응을 보이는 건 어찌 보면 당연한 일이었다.

죽은 이들이 너무나도 많았고 상처 입은 이들도 많았다. 몸이 불구가 된 이들도 있었고 공포를 이기지 못해서 미쳐 버린 이들도 있었다. 시체라도 거둘 수 있었던 자들은 행복한 자들이었다. 대부분 죽은 병사들의 가족들은 그들이 전투 전에 잘라 보관해 놓았던 머리카락이나 손톱, 혹은 중요한 물건들을 땅에 묻어야 했다.

국가에서 소정의 보상금이 지급되기는 했지만 그건 어디까지나 소정이었다. 한 식구가 겨우 한 계절이나 날 수 있을 정도의 보상금이 각 가정에 보내졌다. 가장을 잃어버린 가정은 쥐꼬리만한 보상금에 한숨을 쉬며 슬픔에 잠기기도 전에 당장 다음 달에 먹고 살 거리를 찾기 위해서 고심해야 했다.

가장 큰 문제는 그 영지에서 일어난 전투로 인해서 거두어들이지 못한 농작물이었다. 네스트의 전체 농작물 수확량의 3할가량을 생산하는 영지에서 일어난 전쟁 탓에 거두지 못한 밀들은 그대로 썩어서 쓸모가 없게 되어버렸고 국고는 그만큼 비게 되었다. 가뜩이나 넉넉하지 못했

던 네스트의 국고는 유족의 보상금이나 용병들의 보수로 인해서 거의
바닥을 드러냈다.

하지만 살아남은 자들은 살기 위해서 발버둥치기 시작했다. 아낙들
은 낫과 괭이를 들고 성밖으로 나가 직접 땔감을 구했고 아이들은 아버
지의 죽음을 애써 잊어버리려고 자신들의 부모를 도우려고 노력했다.

국가에서는 폐허가 되어버린 그룬 영지를 재생하려는 계획을 세우
기 시작했다. 봄이 되면 당장 농작물의 씨를 뿌려야 곡식을 거둬서 내
년의 국고를 메울 수 있었기 때문에 그 계획은 겨울 동안에 끝을 내야
했다. 게다가 마법사를 빌려 쓴 보수를 지급하기 위해서도 그 땅을 놀
릴 수는 없었다.

다행히 그룬의 집이나 대부분의 시설들은 거의 멀쩡했기 때문에 국
가에서는 근처 마을이나 커르니안에서 소작농들을 불러들였다. 일 년
간 주거지 무료 대여와 수확량의 4할이 세금이라는 파격적인 조건—게
다가 일정량 이상의 수확에는 3할의 세금이라는—은 텅 비어버린 그룬을 다
시 붐비게 만들었다. 국가에서 내려온 임시 영주는 마을 내에 있던 귀
한 손님을 맞이하던 건물을 임시 관서로 삼고 어떤 건물에 누가 살고
어느 정도의 땅을 빌릴 것인지에 대해 처리해 나가기 시작했다.

전쟁이 끝나고 상처가 서서히 아물어가던 겨울의 어느 날, 네스트의
전역에는 유래없을 만큼 엄청난 양의 눈이 내렸다. 간간이 내리기도
하던 진눈깨비와는 비교를 거부할 정도의 폭설은 깊게 상처를 입었던
땅에 차분히 쌓여갔다. 사람들은 그렇게 쌓여가는 눈의 아래에서 곧
다가올 봄을 생각하며 부지런히 움직였다.

Chapter 7 과거

2

노인은 벽난로에 걸려 있는 강철 솥을 멀거니 바라보았다. 노인만큼이나 나이를 먹어 시커먼 검댕투성이인 작은 솥 안에서는 각종 야채와 감자가 끓고 있었다. 벽난로에서 타 들어가는 마른 장작은 연기도 내지 않고 뜨겁게 타오르며 집 안을 훈훈하게 데웠다. 사납게 몰아닥치는 바람이 창문을 부술 듯이 두들겨 대고 있었지만 나무판자가 십자 형식으로 교차되어 막혀 있는 창문은 단단히 바람을 막아내고 있었다.

기록상 네스트의 최남단의 마지막에 존재하고 있는 마을인 로베민은 그다지 추위가 심하지 않은 지방이었지만 올해는 왠지 추운 날이 계속되더니 유래없던 폭설까지 쏟아지고 있었다. 덕분에 마을 사람들은 작년까지만 해도 그다지 신경을 쓰지 않았던 겨울나기 준비를 톡톡히 해야 했고 그 노력이 지금 빛을 발하고 있는 중이었다.

"왜 안 된다는 거야?"

"여기까지 오면서 추위가 얼마나 무서운지 잘 알았다고 생각하는데, 나나 티아스에 비해서 추위에도 약한 주제에 이런 날씨에 돌아다니면 얼어 죽어."

"장담할 수 있는 거야 그거?"

"장담하는데, 지금같이 눈 오는 날 바깥에 나갔다가는 두세 시간 만에 눈 속에 파묻혀 죽어가게 될 거다. 자살하고 싶으면 혼자 해."

"이이익! 이 열받는 말투는 이 입이 말하는 거냐? 이 입이?"

노인은 금발 머리의 청년이 검은 머리의 청년의 양 볼을 잡고 늘어지는 광경을 흘려 보며 솥 안의 내용물을 휘저었다. 원래 시간이라면 해 질 녘쯤 마을에 찾아든 두 청년과 한 명의 아가씨는 참으로 오랜만에 보는 외지 사람이었다. 볼 것이라고는 산이나 초원밖에 없는 이런 작은 마을에 외부인이 찾아오는 건 꽤나 드문 일이었기 때문에 여관 같은 게 있을 리가 없었다.

이런 엄동설한에 사람을 바깥으로 내쫓을 수는 없는 노릇이었기 때문에 이 마을에 사는 사람 중 가장 나이가 많아 대표자 격인 노인은 여행자들을 자신의 집으로 초대했다. 겨우 스무 가구밖에 안 되는 작은 마을이었지만 사람들의 인심은 나쁘지 않았다.

"그 청년의 말대로 이 눈보라가 가라앉을 때까지만 머무시게. 무슨 사정인지 몰라도 이런 눈보라 속에서는 늑대도 먹잇감을 찾지 않을 거네."

작은 집이었기 때문에 따로 부엌이 있지는 않았다. 뭐든지 집 바깥에서 대충 다듬어 집 안에 있는 벽난로에서 끓이면 그만이었다. 여름에는 집 바깥에서 요리를 하면 됐다. 거실 하나와 방 하나, 그것이 노인의 집 구조였다. 그나마 거실에 있는 탁자에는 원래 의자가 하나밖에 없었다. 오래전 노인은 자신의 아내의 장례식을 치르며 의자 하나를 불살라 버렸다. 지금 두 명의 청년과 한 명의 아가씨가 앉아 있는 의자도 다른 집에서 빌려온 것이었다.

"여기에 이렇게 눈보라가 몰아치는 건 내가 태어나서는 처음 있는 일이야. 아마 오래가지는 않을 거네. 내일이나 내일 모레쯤에는 그치겠지."

룬은 노인이 솥 안의 내용물을 퍼내려 하자 도우려고 했지만 노인은 그 도움을 가만히 거절했다. 스튜라고 부르기에는 조금 묘한 음식이 오래되어 검게 반질거리는 나무 그릇에 담겨져 탁자 위로 올라왔다. 레전트는 그 음식을 굉장히 떨떠름하게 바라보다가 룬을 힐끔 바라보며 팔꿈치로 옆구리를 찔렀다.

"젊은이들에게는 좀 고역스러울지도 모르겠지만 좀 참게. 나도 할망구 떠나보내고 나서 제대로 된 요리는 한 적이 거의 없어서 말이야. 허허허."

"상관없습니다. 감사합니다, 노인장."

룬은 그렇게 가볍게 인사를 하고 나무 수저를 들어서 레전트에게 보라는 듯 그것을 떠먹기 시작했다. 주위의 눈치를 보던 티아스도 조심스럽게 수저를 들어 그것을 떠먹으려고 하다가 몇 번 실패한 후 아예 그릇을 들고 먹기 시작했다. 잠시 후 레전트도 묘한 신음 소리를 내며 스튜에 수저를 담갔다.

"그런데 자네들은 웬일로 이런 곳에 온 건가?"

"이런저런 일이 있어서 말입니다. 이제 좀 더 남쪽으로 내려가야 합니다."

"여기서 남쪽이라면… 잊혀진 숲에 가려는 건가?"

스튜를 깨작거리면서 먹고 있던 레전트는 의아한 말투로 반문하듯 말했다.

"뭐 잘못된 거라도 있어요?"

"그런 건 아니네만, 그쪽에는 짐승도 별로 없는 데다가 산세가 험해서 사냥하기도 좋지 않고 땔감을 구한다고 하더라도 숲 깊이까지는 들어갈 필요가 없거든. 깊이 들어갔다 가는 길을 잃기도 해서 가는 일이 없는 곳이라서 말이야. 하기야 사람마다 나름대로의 사정이라는 게 있는 걸 테니."

노인은 자문자답하듯 그렇게 말하더니 고개를 끄덕이며 자리에서 일어섰다.

"어쨌든 편히 쉬어가게. 나는 옆집에 가서 잘 테니."

"하지만 노인장……."

"신경 쓰지 말게나. 어차피 온 마을 사람이 다 가족 같아서 불편한 건 없으니."

노인은 그렇게 말하더니 옷걸이에 걸쳐져 있던 두툼한 양가죽 외투를 걸치고 문을 열었다. 눈발 섞인 찬바람이 열린 문 안쪽으로 몰아닥쳤고 노인은 급히 바깥으로 나간 후에 문을 닫았다. 잠시 후 레전트는 한숨을 폭 내쉬더니 가방을 뒤적거려 단단히 밀봉되어 있는 유리병을 찾아냈다. 그리고 그 안에 들어 있던 흰 가루를 수저 위에 덜어내며 말했다.

"갔어. 긴장 풀어."

티아스는 탁자 위에 엎드렸고 룬은 얼굴을 만지작거리면서 레전트를 가볍게 노려보았다.

"아팠다."

"리얼하게 연기하려면 그 정도는… 소금 줄까? 이거 너무 싱겁네."

소금은 일반 평민 사이에서는 상당히 귀한 물건이었다. 그것도 바닷물을 증발시켜서 만든 천일염은 금값과 맞먹는다고 해도 과언이 아니었다. 그렇기 때문에 일반 평민들은 암염을 사용했고, 그것도 어느 정도 생활에 여유가 있는 자들만이 사용했다. 이런 작은 마을에서는 그런 암염도 귀하게 여겨질 수밖에 없었기 때문에 스튜라고 부르기에도 뭐한 야채 죽은 상당히 묘한 맛을 만들어내고 있었다.

룬도 그 점에서는 동감하고 있었기 때문에 말없이 소금병을 받아 들었다. 이미 자신의 할당량을 깨끗이 비운 티아스는 탁자에 머리를 처박은 상태로 뒹굴거리고 있었다. 그런 광경을 몇 주 동안이나 봐왔던 두 사람은 그런 티아스를 내버려둔 상태로 대화했다.

"네스트에서는 네가 나보다 더 오래 살았으니까 알겠지? 이 날씨 정상이야?"

"절대 아니다. 게다가 여기는 커르니안보다 훨씬 남쪽이야. 이 지역에는 눈이 아예 안 온다고 알고 있어. 만약 온다고 해도 쌓이지는 않아. 바로 녹아버리니까."

"목적지가 코앞인데 눈보라가 몰아닥치다니……."

레전트는 조금 전과는 다르게 조금 심각한 얼굴로 중얼거렸다. 이상 기후가 보인다는 건 절대로 정상적인 일이 아니었다. 그것도 수십 년간이나 눈 한번 제대로 내린 적 없는 지방에 내리고 있는 폭설은 더 더욱 그러했다.

"신이 변덕을 부렸을 수도 있겠지. 중요한 건 이런 날씨에 움직이는 게 무리가 있다는 거다. 티아스는 괜찮을지 모르지만 우리는 인간이니까."

“눈보라가 그칠 때까지는 여기에 있을 수밖에 없다는 거야?”

“약속의 숲이라고 불리는 곳까지 넉넉히 잡아서 사흘이다. 지도도 없이 티아스의 안내만으로 길을 찾아야 하니까 신중을 기하는 게 좋겠지.”

레전트는 피식 웃으면서 고개를 끄덕거렸다.

“단서가 있을 거라고 생각해?”

“있으면 좋겠지만 없어도 별로 상관은 없어.”

레전트는 룬이 무덤덤하게 말하자 조금 묘한 기분이 되어 머리를 긁적거렸다. 잠시 뭔가를 생각하던 레전트는 룬을 향해서 손을 내밀었다. 룬은 수저를 놓고 품속에서 뭔가를 꺼내 레전트의 손바닥 위에 올린 후 다시 식사에 집중했다. 이미 음식을 먹고 싶은 생각이 없어진 레전트는 룬이 자신에게 넘긴 것을 물끄러미 바라보았다.

한 달 반 전쯤 룬은 주저하면서도 결국 이터를 분해했다. 이미 날이 완전히 사라진 이터는 더 이상 날이 재생될 기미가 없었기 때문에 어차피 검으로서의 효용성은 없었다. 그렇게 분해된 이터의 손잡이 부분에서는 머리카락 굵기만큼이나 얇은 금속 실이 나왔다. 레전트는 아마도 그 실이 날을 형성하거나 재생하고 있었을 거라고 말했다. 그리고 그 실과는 별개로 엄지손가락만한 금속덩이가 튀어나왔다.

그것의 용도를 알지 못해 고심하던 중 레전트는 그 금속덩이에 고대 문자가 희미하게 새겨져 있다는 것을 알게 되었고 결국 돋보기까지 동원해 그 문자를 읽어냈다.

약속의 숲.

레전트는 조심스럽게 그 금속덩이를 분해해 보려는 노력을 했고 마법으로 그 안을 살피려는 노력을 하기도 했다. 하지만 이음새도 보이지 않는 금속덩이는 분해 자체가 불가능했다. 레전트가 마력을 주입하고 각종 마법을 걸어보는 등 모든 방법을 동원했지만 결국 레전트는 그 금속덩이의 사용 방법조차 알아내지 못했다. 그저 알 수 있는 건 그 금속덩이의 재질이 미스릴이라 마법으로 투시조차 불가능하다는 사실 정도였다.

하지만 성과는 있었다. 약속의 숲이란 단어를 입에 달고 다니던 레전트를 한동안 계속 주시하는 티아스의 태도를 이상하게 여긴 룬이 질문을 던졌고, 티아스에게서 자신이 살던 곳이 약속의 숲이었다는 기막힌 사실을 듣게 되었다.

비록 펄쩍 뛸 정도로 기뻐한 건 아니었지만 그 이후로 룬의 몸놀림이 더욱 빨라진 것을 레전트는 잘 알고 있었다. 그렇기 때문에 눈보라에 발이 묶인 지금 조바심이 나서 미칠 것 같은 것은 자신이 아니라 룬일 거라는 사실을 잘 알고 있었다.

고향으로 돌아가는 여자와 과거의 실마리를 찾는 남자에 비하면 지적 욕구를 채우려고 하는 자신의 목적은 하찮은 것에 속할지도 몰랐다.

"어쨌든 앞으로 일주일 후쯤에는 도착해 있기를 빌어야겠네."

룬은 아무 말 없이 그릇들을 치우더니 방 한구석에 일단 쌓아두었다. 그리고 벽난로에 걸려 있는 작은 솥을 드러낸 다음 뚜껑을 덮었다. 레전트는 애써 태연한 척하려는 룬을 바라보며 자신도 모르게 웃음을 터뜨리고 말았다. 그리고 자신을 째려보는 룬의 눈을 피해서 고개를 뒤로 돌리고 한 손으로 입을 막은 채 키득거리며 룬의 신경을 긁었다.

"예전이라면 내가 웃든 뭘 하든 신경도 안 썼을 텐데."

"옛날 일이다."

"그래 봤자 몇 달 전이잖아? 하긴 지금이 놀리는 맛이 있어서 더 재미는 있지만."

룬은 자신의 배낭에 손을 뻗으며 나지막이 경고했다.

"그 입 막아버린다."

비록 예전에 비해서 말이 늘기는 했지만 자신이 하지 못할 말은 아예 입 밖에 내지 않는 룬의 성격을 잘 알고 있는 레전트는 조용히 입을 다물고 어깨를 으쓱거렸다. 룬은 가방에서 손을 떼고 뭔가를 생각하듯 양손에 깍지를 끼어 이마에 댄 채 고개를 숙였다. 그리고 한참 후에 입을 열었다.

"…정말로 단서가 있을까?"

"초조해하지 마. 아마 있을 거야. 없으면 또 찾으면 되는 거고. 어차피 티아스를 숲에 데려다주고 나면 너나 나나 걸릴 게 없어지잖아?"

"고용주가 용병의 사정을 봐주면서 돌아다니겠다는 거냐?"

"상관없잖아? 어차피 시간은 넘쳐 나고 재미도 있을 것 같은데. 하지만 네 과거에 대한 단서를 찾으러 돌아다닐 때는 계약 기간 중에서 뺄 거야."

"어련하겠나."

룬은 한숨을 쉬듯 그렇게 대답을 하며 레전트가 자신에게 던진 금속 덩이를 가볍게 받아 품속에 넣었다. 레전트는 피곤한 듯 기지개를 켜면서 주위를 둘러보았다.

"안쪽에 침대가 있는 것 같던데… 티아스, 침대에서 잘래요?"

이미 대답을 알고 있기는 했지만 레전트는 예의상 그렇게 질문했다. 그리고 고개를 좌우로 내젓는 티아스의 모습에 고개를 끄덕이며 룬을 바라보았다.

"그럼 너랑 나랑 침대에서 자면 되겠네."

"그 침대 두 사람 잘 수 있나?"

레전트는 곧장 일어나서 방 안으로 들어갔다. 그러더니 거실—이라고 부르기에는 작았지만—로 고개를 내밀고 고개를 내저었다.

"나 혼자 자기도 힘들겠다. 어쩔래?"

"어떻게든 자야겠지. 어쨌든 그럼 자둬라."

레전트는 자신의 배낭을 들고 방 안으로 들어갔다. 룬은 침대가 아니라도 어디 올라가서 잘 만한 곳이 있는지 주위를 둘러보았다. 이런 추운 날씨에 바닥에서 자면 냉기가 몸에 스며들어 아침에 일어나면 괴롭게 되기 마련이었다. 하지만 탁자는 사람이 올라가서 잘 수 있을 만큼 크지 않았고, 그 이외에 사람이 올라갈 만한 잠자리는 없었다. 잠시 고민하던 룬은 모포 두 장을 바닥에 깔고 벽난로 옆에 잠자리를 마련했다. 티아스도 벽난로의 곁에 웅크리더니 그대로 눈을 감았다. 룬은 마치 이불과 같이 티아스의 온몸을 덮어버린 은색 머리카락을 잠시 바라보았다. 그리고 탁자 위에 놓여져 있는 등불을 손가락 끝으로 잡아 끄고 잠을 청하기 시작했다.

"……."

룬은 가만히 눈을 뜨고 슬그머니 자리에서 몸을 일으켰다. 눈을 몇 번 깜박이며 시력을 확인한 룬은 주위를 둘러보곤 짧은 한숨을 내쉬었다. 자신의 반대쪽 벽난로의 곁에서 잠들어 있던 티아스가 어느 사이에 사라져 있었다. 자리에서 일어난 룬은 집 안 구석구석을 살폈지만 집 안 어디에도 티아스의 모습은 보이지 않았다. 밤새 수염이 자라서

까칠해진 턱을 만지작거리던 룬은 조용히 망토 한 장을 걸치고 바깥으로 향하는 문을 열었다. 차가운 밤바람이 몰아닥치며 오한이 들게 만들었지만 룬은 잠시 얼굴을 찡그렸을 뿐 별다른 반응을 보이지 않았다.

룬의 눈은 이제 서서히 그쳐 가는 눈보라의 한가운데에 서 있는 한 여성에게로 향해 있었다. 하늘에서 내리는 눈과 같은 빛으로 동화되어 주위의 풍경과 구별조차 힘들어진 여인은 멍하게 하늘을 올려다보며 눈을 맞고 있었다. 티아스는 룬이 바깥으로 나온지도 알지 못하는 듯 계속 하늘을 바라보고 있었다. 바람이 불 때마다 은빛 머리카락과 눈발이 용케 엉키지 않은 채로 공중에 휘날렸다. 룬은 하늘을 바라보았다. 바람은 거의 멈춰 조용히 쏟아져 내리고 있는 눈밖에 보이지 않았지만 룬은 티아스가 눈을 보고 있을 거라곤 생각하지 않았다. 아마도 티아스가 바라보고 있는 것은 달일 것이다.

티아스는 의외로 룬과 레전트가 자신을 따라온다고 하는 것을 거부하지 않았다. 여차하면 티아스의 다리에라도 매달릴 생각이었던 레전트가 조금 기운이 빠진 채로 길을 출발했을 정도였다. 혼자서 길을 떠났다면 수인족의 힘으로 한 달도 걸리지 않았을 길이었다. 하지만 티아스는 전혀 불평하지 않았다. 룬은 그런 티아스의 얼굴에서 어두운 구석을 발견했다. 그리고 눈치가 빠른 레전트도 어렵지 않게 그것을 알아차렸다. 티아스는 억지로 밝은 척하려고 하고 있는 것뿐이었다.

룬과 레전트는 시드리칸이 수인족일 것이라고 생각했다. 티아스에게서 대답은 들을 순 없었지만 거의 확실했다. 룬은 그가 혹시 티아스가 잘 아는 사람일지도 모른다는 가정을 세웠지만 레전트는 수인족들의 연대감은 인간의 그것을 훨씬 뛰어넘는다면서 아닐 수도 있다는 가정을 세워 결국 결론은 나지 않았다.

어색하기에 짝이 없는 여행이었다. 만약 셋이 서로를 이해하려 하지 않거나 극도로 이기적이었다면 이 여행은 좀 더 쉬웠을지도 몰랐다. 하지만 룬은 뭔가를 고민하는 티아스를 무심하게 바라볼 수 있을 만큼 피가 차갑지도 않았고, 주위 사람의 일에 신경을 쓰는 레전트는 그런 룬과 티아스의 일에 대한 생각을 하며 골머리를 썩혀야 했다. 티아스 는 티아스 나름대로 자신이 고민하고 있다는 사실을 바깥에 내비치지 않으려 했지만 남을 속이는 행동을 할 줄 모르는 티아스로서 자신의 마음을 완벽히 가리는 건 무리였다.

그렇게 셋은 뭔가 어긋나고 삐뚤어진 모습으로 한 달 반 동안이나 여행을 계속하고 있었다. 룬은 이제 매일 밤마다 달을 바라보는 티아 스를 보는 것도 며칠 남지 않았다는 사실을 상기하며 문을 열고 집 안 으로 들어갔다.

"일어나라."

"오랜만에 침대에서 자는 사람을… 하암, 왜 벌써부터 깨우고 그래? 벌써 아침이야?"

"일단 일어나."

말하는 도중에 늘어지게 하품을 한 레전트는 눈물을 문질러 닦으면 서 자리에서 일어났다. 룬은 레전트가 일어나는 동안 배낭을 챙기고 자신의 레더 아머를 껴입으며 금방이라도 떠날 듯이 준비를 하고 있었 다. 레전트는 잠자는 동안 헝클어진 머리를 잡아당기며 그런 룬을 멀 뚱히 바라보다가 마침내 입을 열었다.

"왜 이렇게 서둘러? 밥이라도 먹고 가야 할 거 아냐? 아, 그리고 마 을 사람한테도 인사해야 할 테고……."

“밖에 나가봐.”

동문서답하는 듯한 묘한 룬의 태도에 레전트는 기분 나쁜 듯 얼굴을 찡그리면서도 바깥으로 향하는 문을 열었다. 산뜻할 정도로 상쾌한 찬 바람이 몸 구석구석으로 스며들자 레전트는 몸을 부르르 떨며 하늘을 바라보았다. 불그스름한 달과 반짝이는 별들이 공중을 한가득 수놓고 있었다. 여름이라면 슬슬 별들이 사라지고 해가 뜰 시간이기는 했지만 낮보다 밤이 긴 겨울이기 때문에 해가 뜨려면 아직도 두세 시간 정도는 남아 있었다.

“도대체 뭐가 어쨌다는 거냐?”

“지금 그게 정상인가?”

레전트는 마치 이를 갈듯 묘한 어투로 말하는 룬의 말투에 얼굴을 더 더욱 찡그리며 주위를 둘러보았다. 잠시 후 레전트는 다시 하늘과 땅을 번갈아 본 후 미간을 좁히며 고개를 갸우뚱거렸다.

“저기, 룬.”

“말해.”

“어젯밤에 무지하게 눈보라가 쏟아졌던 걸로 기억하는데, 그거 꿈이었나?”

“아니.”

레전트는 고개를 끄덕이다가 멈추고 나서 다시 한 번 바깥 풍경을 쭉 둘러보았다. 그리고 한숨을 푹 내쉬며 하늘을 다시 올려보았다. 어젯밤에 내렸던 눈보라와 구름은 어디론가 말끔히 사라져 버렸고 하늘은 맑디맑아서 구름 한 점도 보이지 않았다. 땅에 조금 쌓여 거의 다 녹아버린 눈만이 얼마 전까지만 해도 이곳에 눈이 왔었다는 것을 말해 주고 있는 듯했다.

"이 정도면 그 신이란 작자의 변덕도 수준급이군."

레전트는 그렇게 하늘을 향해 중얼거린 다음에 완벽하게 나갈 채비를 마친 룬을 질린 눈으로 바라보며 어깨를 으쓱거렸다.

"날씨가 빨리 갠 건 알겠는데 이렇게 빨리 서두를 필요 있어? 좀 천천히 해도……."

룬은 오른 엄지손가락으로 자신의 등 뒤를 가리키면서 다시 한 번 짧게 말했다.

"뭐가 하나 더 비어 있는 것 같지 않나?"

레전트는 집 안을 잠시 동안 들여보다가 고개를 끄덕거렸다. 분명히 방 안에서 잠자고 있어야 할 또 다른 한 명이 사라져 있었다. 룬 정도로 주의 깊은 인간이라면 이미 주위를 한번 둘러본 후일 것이라는 건 뻔했다. 하지만 레전트는 룬과는 다르게 태연한 말투로 반문했다.

"그래서?"

"뭐?"

레전트는 묘한 표정을 짓고 있는 룬의 태도에도 별로 신경을 쓰지 않고 방 안에 들어와 의자에 앉았다. 룬은 배낭을 어깨에 짊어진 채로 그런 레전트를 무섭게 쏘아보았다. 하지만 레전트는 그런 시선을 받으면서도 태평한 태도로 룬을 마주 바라보았다.

"예상 못했던 것도 아니잖아. 지금까지야 인간 세상이라는 곳이었지만 이 앞은 아니야. 수인족의 세상이라고. 오히려 우리가 이방인이 되는 곳이지. 솔직히 티아스가 이쯤에서 멋대로 돌아갔다고 해서 우리가 뭐라고 할 권리는 없는 거야."

"하지만……."

"네 과거의 실마리를 저 안에서 찾을 수 있다고 기대한 것 때문에 그러는 거야?"

레전트가 손을 뻗어 남쪽을 가리켰다. 룬은 레전트의 손끝을 바라보고 배낭을 가만히 내려놓았다. 레전트는 룬이 고개를 내젓는 것을 바라보았다.

"확실히 그것에 관한 것도 있다는 거 부정하진 못하겠지만 다른 사정이 있다."

"뭔데?"

잠시 말을 끊은 룬은 주저하면서 다시 입을 열었다.

"저번에도 말했었지만 그 시드리칸이라는 자는 죽어가면서 마지막으로 이렇게 말했다. '나는 나의 과거와 함께 나의 육체를 버렸다. 이 기적인 여신에게까지도 거부받은 더러운 혼혈의 육체 따위는 나의 과거와 함께 버린 지 오래다' 라고."

"그래서 그 시드리칸이라는 자가 수인족이었을 거라는 결론도 내렸고 인간이나 그 이외의 생명체와의 혼혈이었을 수도 있다고 말했었지. 그런데?"

"그자의 말대로 과거를 버리는 게 그렇게 쉬운 걸까?"

룬은 주먹을 꽉 움켜쥐고 고개를 내저으며 스스로 답을 내뱉었다.

"그건 아니다. 과거가 아무리 고통스러운 거라고 해도, 즐거운 거라고 해도 그건 가슴속에 남고 머리 속에 남아. 감정을 찾고 난 후에 나도 내 자신의 과거의 기억이 없다는 것에 대해서 불안감을 느끼고 있을 정도니까."

"어쨌든 결론만 짧게 말해."

룬은 그런 레전트를 상당히 못마땅한 눈으로 바라보다가 고개를 끄덕였다.

"티아스는 괴로워하고 있었다. 너도 알고 있겠지? 이미 두 달 가까이 지난 과거의 일이지만 티아스는 그 일에 대해서 고민하며 괴로워하고 있어. 그러니까 나는 적어도 티아스가 그런 모습인 상태로 우리와 헤어지는 게 싫다는 거다."

진지하지만 금방이라도 폭발할 듯한 어투에 레전트는 뭔가를 생각하듯 눈을 감았다. 룬은 그런 레전트의 모습을 조급하게 바라보았다. 지금 당장이라도 바깥으로 뛰쳐나가고 싶었지만 그와는 상반된 이성의 결단이 룬을 이 자리에 못 박았다. 레전트는 자신의 동료였고 지금과 같은 상황에서 가장 이성적 판단을 확실히 내릴 수 있는 동료의 생각을 무시할 수는 없었다.

"확실히."

꽤 긴 침묵이 끝나고 마침내 레전트가 입을 열었다. 룬은 몸 전체를 묶고 있던 긴장의 끈이 풀어지는 것을 느끼며 빙긋 웃고 있는 레전트의 얼굴을 바라보았다.

"이왕 헤어진다면 웃는 얼굴로 헤어지는 게 좋겠지."

잠시 후 레전트는 가방 속에 들어 있던 각종 시약을 하나둘씩 꺼내 탁자 위에 늘어놓으며 질문했다.

"언제 사라진 거야?"

"최대 한 시간 전. 아까 눈 오는 걸 맞으면서 계속 하늘을 바라보고 있는 티아스를 봤었다. 평소 때 하고 별로 다를 것 없는 모습이라 그냥 들어왔었는데……."

룬의 말투는 자신이 실수했다는 사실에 대해서 안타까워하는 감정을 비췄다. 하지만 정작 레전트는 그런 룬을 탓하는 대신 탄식하듯 중얼거렸다.

"잠깐, 한 시간 전만 해도 눈이 오고 있었다는 소리야?"

룬이 고개를 끄덕이자 레전트는 고개를 내저으며 조그마한 사기 그 릇에 여러 가지 시약을 섞은 다음 손끝에 작은 상처를 내서 피를 짜냈 다. 룬은 레전트가 뭔가 마법을 사용하려 하고 있다는 사실을 알아차 리고 의자 하나를 끌어내 자리에 앉았다.

"그럼 이거 신의 변덕이라기에는 좀 심한데. 한 시간 만에 이렇게 구름이 걷히고 눈이 안 내리게 된다는 건 확실히 문제가 있어. 티아스 의 짐은?"

"놔두고 갔다. 이미 집이 코앞인데 짐 같은 건 없어도 상관없겠지. 어차피 이 앞에서는 자급자족이 가능할 테니까. 그런데 지금 뭐 하는 건가?"

"마법… 이라고 하면 때릴래?"

룬은 레전트의 장난스러운 태도에 피식 웃고 말았다. 레전트가 이 정도로 여유있게 행동한다는 건 말 그대로 여유가 있다는 사실을 의미 했다. 레전트는 힐링 파우더를 손끝에 뿌리고 붕대를 감으며 말했다.

"간단히 설명하자면 추적 마법이야. 예전에 티아스가 먹던 약 기억 나?"

"약이라면……."

룬은 예전의 기억을 끄집어냈다. 그리고 그 기억 속에서 티아스가 곧잘 먹던 동그란 환약을 생각해 냈다. 이벨과 마지막 전투를 치르기 전까지 티아스는 그 약을 자주 복용했고 후에 영혼을 되찾자 그 약을 더 이상 복용하지 않았다. 일단 거기까지 기억을 떠올린 룬은 고개를 끄덕이며 입을 열었다.

"확실히 생각은 난다. 네가 만들어줬던 걸로 알고 있었는데?"

“맞아. 그 약은 티아스에게 마법적으로 영혼의 힘을 대체해 주는 역할도 했지만 다른 역할도 하고 있었지. 원래대로라면 힘을 잃어버린 티아스가 대로변에라도 기절해서 실종되어 버리는 걸 막기 위해서였는데…….”

레전트는 양피지 위에 일정만 문양을 그리고 품속에서 길이가 중지만한 대바늘을 꺼내서 그 한가운데에 올렸다. 마치 나침반과 같은 도형의 나열에 룬은 고개를 살짝 기울이며 그 마법진을 주시했다.

“그 약을 만들 때 일부러 내가 찾기 쉬운 패턴을 입력시킨 미스릴 가루를 넣었어. 몸에는 해가 없는 데다가 한 두어 달쯤 지나면 몸속에서 완전 배출되는 건데… 그걸 목표로 하고 추적 마법을 거는 게 가능해. 이미 약을 끊은 지 두 달이 다 돼가니까 효과는 미미해서 목표가 어디에 있는지 방향 정도밖에 알아낼 수 없겠지만 말이야. 어쨌든 지금부터 말 걸지 마.”

레전트는 룬의 대답을 기다리지 않고 눈을 감았다. 레전트의 양손이 양피지의 위에 올려지자 시약이 점차 푸르스름한 빛을 발하기 시작했다. 그리고 양피지 한가운데에 있던 대바늘이 공중으로 서서히 떠올랐다. 레전트는 희미하게 실눈을 뜨며 입속으로 룬이 알지 못할 주문을 중얼거렸다. 시간이 흐르자 검붉은색을 띠고 있던 시약이 검게 타버리며 푸른 빛무리가 공중에 떠올라 바늘에 휘감겼다. 마치 비단으로 만든 부드러운 천이 휘감기듯 천천히 대바늘을 휘감아가던 빛무리는 어느 순간 사라지고 말았고 레전트도 그와 동시에 눈을 떴다.

레전트는 공중에 살짝 떠 있는 바늘을 날카롭게 주시했다. 그러자 바늘은 마치 나침반의 그것처럼 빙글빙글 맴돌다가 어느 한 방향을 가리켰다. 레전트는 그 바늘의 끝이 멈춰서 가리키는 쪽을 바라보곤 고개를 끄덕였다.

"역시 남쪽이네."

레전트는 바늘을 공중에 내버려 둔 채 시약들을 가방에 쓸어 넣었다. 그러면서 룬을 똑바로 바라보며 경고하듯 말했다.

"미리 말해 두는데 이런 행동은 이기적일지도 몰라. 너의 예상대로라면 우리는 티아스의 소중한 사람을 죽인 장본인이니까. 이 이상 티아스하고 같이 있는 건 오히려 티아스를 더욱 상처 입히는 것일지도 모르지. 그냥 우리가 여기서 사라지는 게 최선일 수도 있어."

레전트는 마치 도발하는 듯한 눈빛으로 룬을 바라보았다. 어쩌면 위험한 일이 벌어질 수도 있었다. 숲 안으로 들어가면 다른 수인족을 만나게 될 수도 있었고 그렇게 된다면 전투가 일어날 가능성도 충분했다. 하지만 룬은 마음을 굳힌 듯 목소리에 힘을 실어 말했다.

"정말로 그렇게 생각하는지 이야기 정도는 들어본 후에 사라져도 괜찮겠지."

레전트는 고개를 끄덕이고 품속에서 주머니를 꺼내 탁자 위에 동전 몇 개를 올려두었다. 하룻밤 동안 집을 빌려준 노인의 친절에 대한 간소한 보답이었다. 레전트는 집 안을 둘러봐서 뭔가 이상하게 된 것은 없는지 대충 살핀 다음 공중에 떠 있는 대바늘을 잡아챘다. 대바늘은 아무런 저항 없이 레전트의 손으로 들어갔다. 레전트는 자신의 배낭을 어깨에 가볍게 짊어졌다.

"가자."

불가능한 일이었다.

수일 동안이나 하늘을 뒤덮고 있던 눈구름이 완벽하게 사라진다는 건 절대로 불가능한 일이었다. 하지만 지금 하늘에서는 형형색색의 별들이 자신의 모습을 뽐내며 밤하늘을 수놓고 있었다. 그리고 그 한가운데에는 불그스름한 달이 떠서 어둠이 찾아든 대지를 따뜻하게 감싸 안았다.

흔히 인간들은 같은 하늘에 떠 있는 달이지만 어느 땅에서 보느냐에 따라 느낌이 달라진다고 한다. 지금까지 계속 보아왔던 달이지만 그 달빛이 땅을 비추는 순간 티아스는 지금 자신이 밟고 서 있는 땅에서 익숙한 내음을 느꼈다. 고향의, 익숙한 대지의 내음이었다.

티아스는 자신의 감정과 느낌이 명령하는 대로 달렸다. 달리면 달릴수록 익숙한 공기가 피부에 부딪쳤고 익숙한 갈색의 풍경이 눈 속으로 파고들어 왔다. 전속력으로 달린 지 몇십 분이 지나자 다리가 뻣뻣해지며 숨이 가빠왔다. 티아스는 뛰는 것을 멈추고 자리에서 주저앉아 가쁜 숨을 몰아쉬었다. 가슴이 급격히 오르락내리락거리며 차가운 공기가 티아스의 폐 속으로 스며들었다가 사정없이 뿜어져 나오며 희뿌옇게 물들었다.

그렇게 한참 동안이나 하얀 입김을 뱉어내던 티아스는 자리에서 일어섰다. 가슴속 깊은 곳에서 불타오르던 환희가 조금 사그라들자 티아스는 주위를 살피며 천천히 길을 걷기 시작했다. 인간이라면 누구라도 '길'이라고 생각하기에는 무리가 있는, 그저 잡초와 나무가 가로막고 있는 숲의 한 일부일 뿐이었지만 티아스에게는 분명히 길이 보였다. 수인족이 알 수 있고 짐승들이 알 수 있는 숲의 사이에 나 있는 길이었다.

봄을 기약하며 잎사귀를 떨군 나무들이 앙상한 가지를 하늘로 곧추세우며 티아스를 내려다보았다. 마른풀과 썩어가는 퇴비 아래에서 잠자고 있던 땅은 티아스의 발길에 놀라 움츠렸다. 티아스는 그것들이 마치 처음 보는 신기한 광경인 것 같은 얼굴로 사방을 둘러보았다.

티아스는 갑자기 걸음을 멈춰 섰다. 젖은 땅의 감촉이 발바닥에 차갑게 스며들었다. 주위에는 아직도 군데군데 흰 눈이 쌓여 있어서 방금 전까지만 해도 눈이 왔었다는 것을 증명하고 있었다. 이 정도로 눈이 빠르게 그치고 구름이 말끔하게 사라지는 건 절대로 불가능한 일이었다. 하지만 가능하기도 했다. 티아스는 어릴 적에 대사제가 기상을 조작하는 것을 본 기억이 단 한 번 있었다.

하지만 기상을 조작하기 위해서는 많은 준비가 필요했고 근본적으로도 자연의 질서를 망치는 일이기 때문에 함부로 사용하는 것을 금하는 게 원칙이었다. 이 정도로 환경에 큰 영향을 줄 기상을 조작하기 위해서는 그만큼의 대의명분이 있어야 했다.

어떤 이질적인 존재로 인해서 발생한, 정상적이라면 닥치지 않아야 할 폭우나 폭풍 등.

거기까지 생각이 미친 티아스는 자신이 뛰어온 길을 뒤돌아 바라보았다.

'알려야 해.'

거기까지 생각이 미쳤던 티아스는 자신이 그런 생각을 했다는 것에 대해서 의문을 품고 몸을 굳혔다. 이제 곧 있으면 헤어질, 아니, 지금이라면 헤어져도 이상하지 않을 관계인 인간들에게 굳이 이런 일을 말할 필요는 없었다. 하지만 티아스는 그들에게 이 상황에 대해서 알려야 한다고 생각했다.

룬과 레전트에 대해서 생각하자 티아스는 지금 자신이 이대로 숲으로 돌아가 버려도 되는 것인지 더럭 겁이 났다. 마치 몸의 일부분을,

중요한 뭔가를 놔두고 온 듯한 기분이 티아스에게 조바심을 일으키게 했다. 그런 모순된 이성의 부딪침이 티아스의 머리 속에서 격렬히 일어나는 동안 티아스는 멍하니 서서 하늘을 쳐다보았다.

질퍽질퍽해진 땅에 다리를 박고 뻣뻣하게 서 있는 티아스는 마치 한 그루의 나무와 같았다. 티아스는 자신이 사고하는 존재라는 것마저 잊어버린 것 같은 모습으로 그렇게 서서 머리 속의 싸움이 끝나기를 기다렸다. 하지만 그 싸움은 예상보다 오랫동안 계속되었다.

철퍽—

티아스의 육체가 무너지듯 주저앉자 진흙이 튀어 올라 티아스의 몸을 차게 식혔다. 허리 아래까지 내려오던 긴 은발이 진흙 속에 흩뿌려지자 진갈색의 진흙은 머리카락의 틈 사이로 천천히 스며들었다. 티아스는 문득 바닥을 짚고 있는 두 손을 치켜들었다. 진흙 때문에 더럽혀진 두 손이 자신의 눈앞에 보였다.

'더러워졌어······.'

진흙 때문에 더러워진 몸 때문이 아니었다. 섞이지 말아야 할 것이 섞였다. 티아스로서는 감당할 수 없는 거대한 세상의 강함이 티아스의 속에 섞여 버렸다. 바깥 세상에서 배우고, 보고, 들은, 진짜 인간 세상은 작은 수인족 여성이 버티기에는 너무나도 컸고 강했다.

인간 세상에서 있었던 많은 일들과 숲에서 배웠던 지식들, 그리고 추억과 과거로 남아버린 지금 이전의 모든 것들이 섞이지 않는 물과 기름처럼 반발을 일으켰다. 티아스는 자신이 숲 안이라는 작은 세상 속에서 살다가 그냥 죽는 게 나았을지도 모른다는 생각을 버릴 수가 없었다. 그것이 자아의 싸움 속에서 내려진 최종적인 결론이었다.

두려움 속에서 떠났던 여행이었다. 오직 누군가의 생존을 바랬고 그를 만나기를 바라는 것 하나만으로 그 두려움을 떨치고 떠났던 여행이었다. 하지만 그는 살아나지 못했고 티아스는 다시 두려움 속에 빠져야 했다. 그 두려움 속에서 티아스를 지탱한 것은 다른 누구도 아닌 두 명의 인간과 곧 부러질 것같이 비틀거리는 사명감이었다. 그리고 그 사명감에 관련된 일이 끝났을 때, 티아스는 어색했지만 레전트와 룬에게 기댔다. 그렇기에 어느새 자신의 지탱점이 되어버린 두 명의 인간을 버릴 수가 없었다.

인간 세상에 물들어 버린 수인족은 고향으로 되돌아가기 원하면서도 인간 세상을 포기할 순 없다고 생각했다. 그리고 티아스는 그런 자신의 모습에 진흙이 묻어나는 주먹을 움켜쥐며 몸을 움츠렸다. 옷이 더 더욱 더러워졌지만 티아스는 그에 신경 쓰지 않았다. 앞으로 어떻게 해야 할지 길을 찾지 못해서 주저앉아 버린 티아스는 그렇게 서럽게 흐느꼈다.

"티아스?"

티아스는 몸을 움찔거렸다. 너무나도 익숙한 딱딱하고 무미건조한, 하지만 어딘가 따뜻한 목소리가 들려왔다. 티아스는 진흙과 눈물에 젖은 얼굴을 들고 손등으로 얼굴을 비볐다. 진흙이 가득한 손으로 비비는 얼굴이 깨끗해질 리가 없었다. 티아스는 뭔가가 자신의 얼굴을 잡는 것을 느끼고 몸을 크게 움찔거렸다. 하지만 조금 거친 천이 얼굴을 닦아내자 티아스는 조심스럽게 눈을 떴다.

"우, 우우우……."

룬은 티아스가 울먹이는 것을 보고 조금 놀라며 뒤로 물러섰다. 티아스는 그 순간 인간인 룬에게 기대고 싶어했던 자신의 감정을 저주하며 양손으로 얼굴을 가리고 흐느끼며 중얼거렸다.

“돌아가고 싶어······.”

그 중얼거림에 룬은 아무 말도 하지 않고 뒤로 물러섰다. 뒤에서 그런 룬의 모습을 보고 있던 레전트는 가만히 고개를 내저었다. 레전트의 추적 마법은 대상의 정확한 위치를 가르쳐 주지 않기 때문에 레전트는 몇 번이나 이 위를 통과해야 했다. 수십 미터 상공의 날씨는 굉장히 추웠다. 그리고 고속으로 그런 바람을 헤치고 날아다닌 덕택에 레전트는 얼굴은 차게 굳어져 버리고 말았다.

“가자, 레전트.”

“가지 말아요.”

레전트는 룬의 물음에 고개를 끄덕이려고 하다가 눈을 동그랗게 뜨며 가냘픈 목소리를 낸 주인공을 눈으로 찾았다. 물론 그 말소리의 주인을 찾는 건 어려운 일이 아니었다. 한겨울에 산속, 그것도 이 근처에 있는 말을 할 수 있는 존재는 단 세 명뿐이었다.

“가지 말아요.”

확인하듯 그 목소리의 주인공이 다시 말하자 룬은 조금 앞으로 걸어가 티아스의 앞에 무릎을 꿇었다. 진흙의 물기가 두꺼운 옷에 스며들었지만 룬은 그에 상관하지 않고 조심스럽게 양손을 뻗었다. 그리고 티아스의 어깨를 가만히 감싸 쥐었다.

‘도대체 뭘 어떻게 해야 하지?’

‘몰라.’

레전트는 입 모양으로 질문을 하는 룬에게 고개를 흔들며 어깨를 으쓱거림으로써 답변했다. 룬은 레전트를 향해 눈을 살짝 찌푸려 준 다음 자신의 손에 어깨를 잡혀서 흐느끼는 티아스를 내려다보았다. 이런 일을 거의 겪어보지 않았던 룬에게 이 상황은 굉장히 난감했다. 결국 룬은 일단 티아스를 자리에서 일으켜 어딘가 땅이 단단한 곳으로 갈 생각을 했다. 한겨울에 온몸에 진흙을 바르고 있으면 체온이 떨어지는 건 당연했고 그렇다면 감기에라도 걸릴 염려가 있었다. 룬은 자신이 이 상황에서 할 수 있는 최대한의 결론을 생각해 내자 그것을 실행하기 위해서 입을 열었다.

"이러고 있으면 감기 걸립니다. 일어나요, 티아스."

룬은 뒤에서 레전트가 길게 한숨을 내쉬는 것을 무시하며―그 한숨에 바보라는 중얼거림이 섞여 있는 것도―울먹이는 티아스를 일으켰다. 그리고 주위를 둘러보며 어딘가 쉴 만한 곳을 찾았다. 하지만 이런 깊은 산중에서 쉴 만한 곳을 찾는다는 건 힘든 일이었다. 게다가 땅이 젖어 있었기 때문에 마음대로 앉아 있을 수도 없었다.

"레전트, 어딘가 쉴 만한 땅을 마련할 수 없겠나?"

"내가 무슨 신이라고 생각하는 거냐? 이런 눈 내려서 질퍽거리는 산 속에서 쉴 땅을 마련하게?"

"마법사잖아."

"……."

레전트는 룬과의 말장난에서 졌다는 사실을 쓸쓸하게 받아들이며 고개를 흔들었다.

"어쨌든 마련하라는 건 못해. 수인족의 숲에서 함부로 마법 썼다가 봉변당하기는 싫으니까. 근처에 쉴 데가 있는지 좀 찾아보고 올게."

경화 마법을 쓴다면 진흙을 굳혀서 앉을 자리를 만들 수는 있었다. 하지만 이런 숲 속에서 그런 마법을 썼다가는 땅속의 생명체들이나 나무들이 죽어버리게 될지도 몰랐다. 그렇게 된다면 수인족의 신경을 상당히 거스르게 될 것이 뻔했다. 레전트는 잠시 몸을 쉬게 하는 대가로 목숨을 위험하게 만들 위험에 빠지고 싶지는 않았다.

다 쓰러져 버린 성의 폐허 속에서 찾아낸 마법의 망토는 예전과 같은 기능을 발휘하고 있었다. 비행 마법이 걸려 있는 망토가 펄럭이자 레전트의 몸이 가볍게 하늘로 날아올랐다. 이십여 미터 정도의 상공에 올라간 레전트는 주위를 둘러보았지만 주위는 온통 산뿐이었다. 갈색으로 말라 버린 나무들과 여기저기에 희미하게 쌓여 있는 눈이 레전트의 눈에 들어오는 모든 것의 전부였다. 레전트는 얼굴을 맹렬히 스쳐 가는 차가운 북풍에 장갑을 낀 손으로 얼굴을 만지작거리며 자신의 기분을 표시했다.

"망할, 역시 거기서 좀 더 자고 출발하는 게 나았을 텐데……."

잠시 후 룬과 티아스가 있는 곳으로 내려온 레전트가 내린 결론은 룬을 곤란하게 만들었다. 이 근처에 쉴 데가 없다면 그 쉴 데가 있는 곳까지 가야 했다. 그렇게 둘이 한참 동안 의논을 하고 있을 무렵 티아스가 뭔가를 느끼고 고개를 들었다.

룬은 레전트와의 말싸움 중에도 티아스가 뭔가 이상한 낌새를 보이는 것을 눈치 채고 주위를 둘러보았다. 레전트도 처음에는 룬이 자신의 말을 무시하는 줄 알고 화를 내려 하다가 티아스와 룬의 모습을 본후에야 주위에 뭔가가 있다는 것을 알게 되었다.

크어어어어엉—

거대한 야수의 울음소리가 주위를 쩌렁쩌렁하게 울렸다. 마치 수십일 간 굶은 포악한 곰이 내지르는 것 같은 울음소리는 레전트의 몸을 뻣뻣하게 굳게 만드는 데 충분했다. 하지만 룬은 허리춤에 손을 가져다 대며 그 울음소리의 주인공을 탐색했다. 룬은 왼쪽 허리에서 달랑거리고 있는 검 중 하나를 뽑아 들었다. 질 좋은 강철제 롱 소드는 서

슬 시퍼런 빛을 뿜어내며 희생자를 물색했다.

"확실히 곰이 있어도 이상할 것 같은 산중은 아니지만 도대체 웬……."

"곰이 아니야."

룬은 레전트의 생각을 짧게 부정해 버렸다. 그리고 짧게 자신의 의견을 내뱉어 더 더욱 레전트를 기겁하게 만들었다.

"수인족이다. 어쩐지 구면일 듯한 느낌도 드는군."

잠시 후 숲 사이에서 곰으로 착각할 수 있을 만큼 거대한 남자의 모습이 드러나자 룬은 뽑아 들었던 롱 소드를 칼집으로 되돌린 다음 칼집을 풀어 땅에 던졌다. 레전트는 상대방을 눈앞에 둔 상태에서—어쩌면 생명이 위험한 상태에서—무기를 버리고 양손을 머리 위로 들어 보이는 룬을 질린 눈으로 바라보았다. 그렇게 자신이 싸울 의사가 없음을 밝힌 룬은 자신보다 머리 한두 개 이상 커 보이는 거한을 바라보았다. 그리고 그 거한도 상당히 어이없는 듯한 표정을 짓고 더듬거리는 말투로 말했다.

"너, 도대체 무슨 생각이냐?"

"글쎄."

수개월 전에 겨우 한 번 룬을 보았던 알은 예전과 별로 달라지지 않은 뻣뻣한 룬의 태도에 으르렁거렸다. 레전트가 그런 룬의 태도에 더 더욱 당황한 것은 주위에 있는 수인족이 알뿐만이 아니라는 점이었다. 알을 포함한 열 명의 수인족은 여차할 경우 자신들의 힘을 유감없이 발휘할 듯한 태세로 룬과 레전트를 주시하고 있었다. 룬은 사방팔방에서 흘러 들어오는 살기들을 가볍게 흘려버리며 알을 바라보았다.

"싸울 생각이 없는 상대에게 이런 태도를 취하는 건 옳지 않다고 보는데, 그렇지 않나? 용건이 티아스를 데리고 가는 거라면 그냥 데려가면 될 텐데."

알은 룬이 예전과 똑같이 뻣뻣하다고 생각했던 것을 부정하고 대신 예전에 비해서 훨씬 뻣뻣해졌다는 것을 인정해야 했다. 레전트는 여차할 경우 공중으로 날아오르기 위해서 룬의 뒤에 달라붙은 상태로 연신 주위의 수인족들의 태도를 살폈다.

"네가 평소 때에 찾아왔다면 나는 너를 기절시키고 숲 바깥에다가 버렸을 것이다. 하지만 오늘은 예외다. 얌전히 따라와라."

룬과 레전트는 알의 손짓이 무엇을 의미하는지 알지 못했지만 수인족들이 자신들의 양 옆에서 팔을 잡는 것을 보고 그 손짓이 어떤 의미였는지 알게 되었다. 덕분에 레전트는 공중으로 날아오를 타이밍을 놓치고 말았기 때문에 일단 순순하게 굴기로 했다. 알은 직접 티아스에게 다가가서 수인족의 말로 몇 가지 질문을 던졌고 티아스는 고개를 끄덕거리거나 내저으며 의사를 표시했다. 레전트는 그 말들이 뭘 의미하는지 알 수가 없었지만 알이 자신과 룬을 힐끔힐끔 바라보며 못미더운 눈빛을 던졌기에 더 더욱 불안감을 느껴야 했다.

룬은 순순히 칼 두 자루와 배낭을 수인족에게 넘겼다. 레전트 역시 별다른 반항 없이 자신의 배낭을 수인족에게 넘겼지만 알은 수인족의 언어로 또 다른 명령을 했다. 곧 명령을 받은 수인족이 천을 꺼내서 레전트의 입을 막으려 하자 레전트는 기겁을 하면서 급히 질문했다.

"이, 이봐요! 도대체 왜 이런 짓을?"

"나는 인간 말을 잘 알지 못한다. 그러니까 사정은 가서 설명하겠다. 절대로 해치지는 않는다. 반항하지 마라, 마법사. 반항을 한다면 어쩔 수 없이 해치겠다."

협박에 가까운 알의 말투는 레전트를 체념하게 만들었다. 그렇기 때문에 레전트는 자신이 마법사라는 이유로 입에 재갈이 물린 사실에 대해서 서글프게 생각하면서도 납득을 해야 했다. 곧 수인족들은 룬과 레전트의 팔다리를 묶고 검은 천으로 눈을 가렸다. 온몸이 제압된 상태에서는 약간씩 감정을 찾아가는 룬도 꺼림칙함을 느껴야 했다. 비록 상황은 같다고 해도 몸을 움직일 수 있는 것과 없는 것에서의 심리 상태는 크게 달라질 수밖에 없었다.

수인족들은 마치 나는 듯한 걸음걸이로 숲 사이를 달려갔다. 몸에 부딪치는 바람의 속력이 상당했기 때문에 수인족들이 뛰고 있다는 것은 알 수가 있었지만 뛰면서 몸에 느껴져야 할 진동은 전혀 느껴지지 않았다. 마치 공기를 탄 듯이 그렇게 달려가던 수인족들이 걸음을 멈추자 룬은 드디어 그들이 목적지에 도착했다는 것을 알 수가 있었다. 곧 자신의 몸이 차가운 돌바닥에 닿자 룬은 자신의 앞 어딘가에 있을 알을 향해 말했다.

"이건 안 풀어줄 생각인가?"

알은 다시 얼굴을 험악하게 일그러뜨렸지만 안대를 두르고 있는 룬이 그런 알의 표정을 알 리가 없었다. 알은 룬과 레전트의 안대를 거칠게 벗긴 다음 룬을 투박한 손가락으로 가리키며 말했다.

"너, 가만히 있어라. 이곳에서 도망을 친다고 해도 바깥에는 우리의 전사들이 버티고 있다. 그리고 마법사, 너도 얌전히 있기를 바란다."

룬은 알을 좀 더 자극해 볼까 생각했지만 곧 그 생각을 포기하고 조용히 고개를 끄덕거렸다. 무기도 없는 데다가 온몸이 묶여 있는 이런 상황에서 알을 자극해 봤자 좋은 일이 일어나지 않을 것은 당연한 일이었다. 알은 만족한 듯 그대로 동굴에서 나가 버렸다. 룬은 좀 더 주위를 살폈지만 곧 모든 걸 포기해 버린 듯한 자세를 취했다. 레전트는 룬이 손과 발이 묶여 있는 상황에서도 바닥에 누워서 잠을 청하는 모습을 보고 고개를 푹 숙이며 웅얼거렸다.

"에아 어가은 노을 익고 이는 게 하시하다."

룬은 슬그머니 눈을 뜨고 재갈을 물린 채로도 자신을 향해 뭐라고 중얼거리고 있는 레전트를 바라보았다. 그리고 짧게 한마디를 내뱉었다.

"풀어줄까, 그거?"

룬은 레전트가 맹렬히 고개를 끄덕이자 뒤를 돌아보게 한 후 입으로 목 뒤쪽의 매듭을 우물거렸다. 레전트는 간지러운 듯 몸을 자꾸 꿈틀거렸지만 결국 재갈의 매듭을 푸는 데 성공한 룬은 이빨로 재갈을 물어 잡아당겼다.

"푸핫!"

룬은 레전트가 길게 숨을 내쉬는 것을 보고 재갈을 바닥에 뱉어버리며 입맛을 다셨다.

"허술해."

"뭐?"

"너하고 내가 같이 있으면 서로 매듭을 풀어주는 게 가능하잖아."

"아, 그렇네?"

"어쨌든 우리를 여기까지 데려온 걸 보면 뭔가 사정이 있는 거겠지. 좀 자두는 게 나을 거야. 미리 말해 두는데 태평하다고 할 생각은 하지 마. 지금 이 상황에서 우리가 할 수 있는 일은 없으니까. 네 망토도 뺏기지 않았으니까 여차하면 도망 갈 수도 있잖아."

"알았어, 알았는데 이런 불편한 자세로 어떻게 자? 이것도 좀 풀어

쥐 봐."

"팔다리를 묶어놓은 끈까지 풀어놓으면 저들을 자극하기에는 충분할걸. 그냥 어떻게든 자봐."

"……."

"예전의 그 전사와 마법사 말입니까?"

"그래, 일단 티아스는 집으로 데려다 뒀고 둘은 동굴에 가둬놓았다. 몇 명이서 앞을 지키고 있으니까 도망가지는 못할 거야."

"다른 인간들은?"

"없었다. 산속을 샅샅이 수색했지만 그 둘밖에 없었어."

노마인은 깍지를 끼고 생각에 잠겼다. 알은 그런 노마인의 앞에 멀뚱히 서서 노마인이 뭔가 말을 하기를 기다렸다. 잠시 후 노마인은 조심스럽게 입을 열었다.

"그들일 가능성이 높군요. 어쨌거나 오늘밤에 발견된 인간이 그 둘뿐이니까."

알은 뭔가 말하고 싶은 표정이었지만 노마인은 손을 들어 알의 발언을 막았다. 알은 좀 억울하다는 듯한 표정이 되었지만 노마인은 엄하게 알을 꾸짖었다.

"대사제님을 의심할 생각은 아니시겠지요? 그건 저희의 어머니인 헤르세니안님을 의심하는 게 됩니다."

"의심하는 건 아니지만 그런 인간들이 중요한 일을 하게 될 거라는 건……."

알은 말꼬리를 흐렸다. 노마인은 그런 알을 이해할 수 있었다. 이번에 수인족의 숲에서 일어났던 많은 일들은 결코 수인족만의 힘으로 해

결할 수 있는 일이 아니었다. 하지만 아무리 그렇다고 해서 인간, 그것
도 단 두 명이 이 일에 큰 힘이 될 거라는 것은 노마인에게 많은 의구
심을 가지게 하기 충분했다.

'그래 봤자 인간이다. 도대체 그들이 뭘 할 수 있다는 걸까…….'

노마인은 인간들을 굳이 나쁘게 생각하지는 않았지만 그렇다고 높
게 평가해 줄 생각도 없었다. 하지만 노마인은 대사제의 의지를 거스
를 생각은 없었다. 그들이 어떤 힘이 될지는 알 수가 없었지만 지금은
대사제의 의지를 따라야 했다.

"둘을 데리고 오세요, 알. 지금 당장 의문을 풀어봅시다."

알은 고개를 끄덕였다.

3

"그대들이 그들인가요?"

레전트와 룬은 당황해했다. 하지만 곧 그 목소리는 자신의 말이 이상하다는 것을 눈치 챈 듯 다시 말을 이었다.

"그대들이 오늘 새벽에 숲 속에서 발견된 자들입니까?"

"그, 그렇습니다."

레전트는 어둠이 가득 차 있는 동굴 속의 건너편을 향해서 대답했다. 처음에 알이 둘을 찾아와 신전으로 가자고 했을 때 레전트는 굉장한 기대를 했다. 헤르세니안의 신전을 눈으로 볼 수 있다는 건 지식 욕구가 넘쳐 나는 레전트에게 있어서 큰 행운이었다. 하지만 레전트는 수십 미터에 달하는 좁은 동굴 속을 들어가고 난 후에 나타난 암흑만에 질려 버렸다. 햇빛은 꾸불꾸불하게 꼬인 수십 미터의 통로에 막혀 들어오지 못했는지 빛이라고는 티끌만큼도 찾아볼 수 없는 방은 정확한 크기조차 알 수도 없었다. 다만 말소리가 벽에 반사되는 것을 봐서는 이 방의 크기가 상당할 것이라고 생각할 수는 있었다.

빛 자체가 없는 곳에서는 아무리 눈이 어둠에 익숙해진다고 해도 사물을 인지할 능력이 보통 인간에게는 없었다. 그렇기 때문에 레전트는 빛의 구를 만들어서 떠우거나 하고 싶은 충동을 느꼈지만 가까스로 그 욕망을 잠재워 눌렀다.

"이야기는 들었습니다. 예전에 알과 노마인을 설득했었다고 하더군요."

순식간에 수개월 전의 기억을 떠올린 레전트는 당황해할 수밖에 없었다. 아무리 생각해도 그 알이라는 사내와 룬의 칼부림은 결코 호의적으로 이루어지지 않았고 호의적으로 끝나지도 않았었다. 하지만 그 목소리는 레전트가 당황해하는 것을 알았는지 재빨리 말을 덧붙였다.

"잘못을 묻고자 하는 게 아닙니다. 노마인에게 들은 알의 태도에도 문제가 있었다고 들었으니까요. 그런데 당신은 마법사라고 했었지요?"

레전트는 그 말이 자신을 지칭한다고 생각했기 때문에 고개를 조금 숙인 채로 목소리가 들려오는 쪽을 향해 말했다.

"그다지 높은 수준은 되지 못합니다. 그저 마법사라는 소리를 들을 정도로……."

"겸양의 표현을 듣자고 하는 것이 아닙니다, 인간의 마법사여."

미끄러지듯 부드러운 목소리는 레전트를 다독였다. 그 목소리는 약간 거칠긴 했지만 친절하고 조용한 어투를 구사했다. 비록 오랜만에 인간의 말을 써보는 듯 약간 어색하기는 했지만 그 말에는 레전트와 룬의 기분을 편하게 하는 힘이 있었다. 마법적인 힘이 아닌, 말 그대로 친절이 말에 배어나는 듯한 그런 목소리와 어투였다.

"마법이란 대단하지요. 허공에서 빛과 불을 만들어내고 자연을 조작하기도 합니다. 우리는 쓸 수 없는 인간들의 힘이지요."

그 목소리는 잠시 동안 침묵했다. 레전트는 상대방이 왜 이런 소리를 하는지 그 이유를 생각해 내기 위해서 골머리를 썩혀야 했다. 하지만 아무리 생각해 봐도 상대방이 이쪽의 무엇을 원하는지는 알 수가 없었다.

"그럼 이번에는 그대에게 묻지요. 그대는 전사입니까?"

룬은 적어도 이 방 안에는 세 명의 살아 있는 생명체가 존재한다고 생각하고 있었다. 자신과 레전트, 그리고 어둠 속에 숨어서 뭔가 말하고 있는 수인족의 대사제였다. 그렇기 때문에 그 물음이 자신을 향하고 있다는 것을 어렵지 않게 알 수 있었다.

"그렇습니다."

"이렇게 직설적으로 말하면 놀랄지 모르겠지만 사실 다른 이들에게 부탁해서 그대들을 데려온 것은 그대와 대화를 나누고 싶은 것 때문이었습니다."

레전트는 룬이 자신도 모르게 침을 삼키는 소리를 듣고 깜짝 놀랐다. 그리고 떨리는 목소리로 말하는 룬의 말투에 더 더욱 놀라 버리고 말았다.

"저를 아시는… 겁니까?"

"그대의 품속에 있는 것을 꺼내서 내가 당신을 알고 있다는 것을 증명해 주시기 바랍니다."

룬은 그 목소리가 무엇을 말하는지 알 수가 없었다. 하지만 뭔가 가슴속에서 두근거리기 시작하자 룬은 그 말이 무엇을 말하고 있는지 알아차리면서도 당황해 버렸다. 마치 몸속에 심장이 하나 더 생긴 것 같은 기분에 룬은 뭔지 모를 불쾌감을 느끼면서도 조용히 품속에 손을 넣었다. 따뜻한 온기를 가지고 있는 뭔가가 손끝에 걸리자 룬은 조심스럽게 그것을 꺼내 들었다. 그리고 그것이 이터의 손잡이 부분에서 나왔던 금속덩이라는 사실을 알았을 때 룬은 당황해 버리고 말았다.

레전트도 작동 원리를 알아내지 못했던 그 금속덩이가 룬의 손 위에서 희미한 금빛을 발하기 시작했다. 그 빛은 작았지만 어둠이 가득한 이 방을 채워 버릴 것처럼 퍼져 나갔다. 레전트는 갑자기 일어난 일에 당황했고 룬은 고개를 들어 빛이 잠식해 들어가는 어둠 속을 맹렬히 주시했다.

"그것을 그대가 가지고 있다는 것은 그대의 이름이 루니안 이스펠틴이라는 것을 의미할 겁니다. 맞습니까?"

룬의 목이 심하게 울렁거렸다. 금속덩이에서 스며 나오던 빛은 꽉 쥐어버린 룬의 오른손 안에 갇혀 버렸다. 룬은 왼손으로 목을 움켜잡아 숨을 가다듬었다. 잠시 동안의 침묵이 흐르고 나자 룬은 뭔가에 억눌린 듯한 어투로 조용히 말했다.

"당신은… 누구입니… 까?"

레전트는 룬이 이처럼 격양된 말투로 말하는 것을 들어본 기억이 없었다. 어떠한 상황에서라도 룬은 냉정이라는 말이 어울리는 행동을 해 왔다. 어쩌다가 격렬하게 반응하기도 했지만 이 정도는 아니었다. 주먹에서 흘러나온 빛의 입자들이 사방을 희미하게 밝히자 레전트는 룬이 이를 악물고 있는 모습을 볼 수 있었다. 온몸의 정맥이 피부를 뚫고 튕겨나올 정도로 긴장하고 있었고 눈은 희미한 빛에 반응하여 스스로 빛난다고 착각될 정도의 불꽃을 내뱉었다. 레전트는 그 기세에 자신도 모르게 룬의 곁에서 몇 발자국을 물러서고 말았다. 룬은 머리를 왼손으로 누르며 최대한 진정하려고 애썼다.

"당신의 아버지를 알고 있습니다."

레전트는 룬의 안에서 뭔가가 끊어지는 듯한 소리를 들었다고 순간 착각했다. 하지만 룬은 초인적인 자제력을 발휘하여 암흑을 헤치고 암흑의 저편에 있는 수인족을 향해서 뛰어가는 것을 멈출 수 있었다. 대신 룬은 자신의 이빨을 몇 개 갈아버리겠다는 듯이 이를 악물어 보였고 레전트는 상당히 기괴한 얼굴에 반응하여 자신의 얼굴을 같이 찡그렸다.

"자세한 이야기는 나중에 하도록 하지요. 일단 좀 쉬어두도록 하세요. 앞으로 중요한 일을 해야 할 테니까."

"지금 이야기해 주십시오! 저는 누구입니까? 제 아버지는? 제 과거는 뭡니까?!"

룬의 행동에 레전트는 고개를 끄덕거렸다. 아무리 초인적인 자제력을 발휘한다고 해도 자신의 잊어버린 과거의 행적을 알 수도 있는 자가 눈앞에 있었다. 이성적으로는 나중에 이야기를 들어도 됐지만 지금 이 상황에서 룬에게 이성이라는 것을 바라는 것은 무리였다. 룬은 나중이란 것을 염두하지 않고 움직이지 않을 것처럼 으르렁거렸다.

"루니안."

갑작스럽게 목소리의 질이 변했다. 룬과 레전트는 그 목소리에 담겨서 흘러오는 야성의 살기에 온몸이 경직되는 것을 느껴야 했다. 룬은 몸이 뻣뻣하게 굳어버리는 듯한 살기 아닌 살기에 저항하기 위해서 몸을 조금씩 움직였다.

"그것을 놓아두고 돌아가도록 하세요. 나중에 돌려드리도록 하겠습니다. 그리고 그대의 과거에 대해서는 말해 드리도록 하겠습니다. 하지만 그전에 쉬어두세요. 힘든 여행이 될 테니까요."

"그건… 그럴 수는……."

룬은 힘겹게 한 발자국을 앞으로 옮겼다. 하지만 그 다음 순간 룬은
자신이 정신을 잃고 있다는 사실도 모르게 그 자리에 주저앉아 버리고
말았다. 레전트는 눈 깜짝할 순간 자신의 옆에 나타난 푸른 털을 가진
거대한 늑대를 바라보며 온몸의 털이 곤두서는 듯한 느낌을 받았다.
하지만 곧 그 늑대가 발톱을 숨긴 발로 룬의 뒤통수를 후려쳐 기절시
켰을 뿐이라는 것을 알고 조금 긴장을 늦췄다.

"그대의 이름은 무엇입니까, 마법사여?"

그 목소리는 조금 전과 다름없이 평온했다. 레전트는 급히 말을 더
듬으면서도 자신의 이름을 외치듯 말했다.

"레, 레전트… 레전트 페일 알카티온이라고 합니다."

"레전트, 당신의 동료를 쉬도록 해주세요. 그리고 그 열쇠는 제가 맡
아두도록 하겠습니다. 펜릴을 따라 나가면 통로의 끝이 보일 겁니다.
알이나 노마인이 밖에서 기다리고 있을 테니 그들이 안내한 곳에서 편
히 쉬어두도록 하세요."

어디선가 튀어나온 작은 펜릴이 서서히 빛을 잃어가며 바닥을 구르
고 있는 금속덩이를 물고 어둠 저편으로 사라졌다. 레전트는 커다란
펜릴이 등을 숙이고 자신을 바라보고 있는 사실에 대해서 울상을 지을
수밖에 없었다.

"루니안을 펜릴의 등에 올려놓으세요."

레전트는 대사제의 말대로 낑낑거리며 룬의 몸을 끌어 펜릴의 등 위
에 올려놓았고 펜릴은 천천히 바깥을 향해 걷기 시작했다. 펜릴의 온
몸이 푸르스름하게 빛나고 있었기 때문에 펜릴이 어디론가 이동하는

모습은 레전트에게도 보였다. 레전트는 재빨리 펜릴의 뒤를 따라 걷기 시작했다.

룬과 레전트가 사라지고 나자 대사제는 양손을 자신의 뒤로 넘겼다. 그리고 목에 걸려 있던 목걸이의 끈을 풀어내었다. 수수한 검은 끈으로 되어 있는 목걸이가 풀리자 그 목걸이에 꿰어져 있던 금속 막대가 나타났다. 만약 다른 수인족이 이것을 보았다면 꽤나 놀랐을지도 몰랐다. 수인족은 기본적으로 몸을 치장하기 위해서 금속을 이용한 장신구를 만들지 않는 종족이었다.

목걸이에서 펜던트 역할을 하고 있던 금속 막대는 거의 손가락 서너 개를 합친 것과 같은 크기였다. 대사제는 그 금속 막대의 양쪽을 잡고 서로 반대쪽으로 비틀었다. 그러자 그 금속 막대가 절반으로 쪼개지며 텅 비어 있는 안을 드러냈다. 대사제는 룬이 가지고 있던 금속덩이를 그 안으로 밀어 넣었다. 그 금속덩이는 원래 그 막대의 부품이었던 듯 크기가 완벽하게 맞아떨어졌다. 대사제는 뭔가 망설이는 듯이 자신의 손 위에 올려져 있는 막대를 바라보았다. 하지만 곧 마음을 굳힌 듯 그 막대를 다시 원래대로 조립한 다음 자신의 앞에 놓아두었다.

스스스…….

대사제는 오랫동안 어둠에 익숙해졌던 눈을 가늘게 뜨고 빛을 사방으로 뿜어내기 시작한 금속 막대를 바라보았다. 그리고 가만히 입을 열어 누군가의 이름을 불렀다.

"루발드."

빛은 흩어지지 않고 점차 어떤 모습으로 변해갔다. 바람에 흩어져 버릴 안개처럼 불안하기는 했지만 그 빛은 결코 흩어짐없이 점차 인간의 모습으로 변해갔다. 온몸이 흐릿하게 보이기는 했지만 그것은 인간,

남자의 모습을 띠고 있었다.

―오랜만이군, 나이비.

"오랜만에 그 이름으로 불려보는군요. 하지만 저는 지금 나이비가 아닙니다, 루발드."

대사제라는 직책은 자신의 모든 것을 버려야 하는 직책이었다. 자신의 모든 것, 심지어 이름까지도 여신에게 바칠 수 있어야 대사제의 자리를 맡을 수 있었다. 그 빛은 자신이 실수를 했다는 것을 알아차린 듯 머리 부분을 끄덕이듯 움직이며 말했다.

―미안하군, 대사제. 아이게나는 죽은 건가?

"돌아가신 지 올해로 16년이 됐군요."

대사제는 고개를 끄덕이며 추억을 되새기듯 먼 천장을 응시했다.

"수십 년 전에 당신이 이곳에 왔었던 게 기억나는군요. 비밀리에 전 대사제님만 만났으니까. 다른 수인족들은 몰랐지만 말입니다."

―그리고 당신은 그런 우리를 훔쳐봤었지.

대사제는 작은 미소를 지었다. 그 빛 역시 마치 웃는 듯 작게 흔들렸고 대사제는 어쩔 수 없다는 듯 고개를 흔들며 말을 이어갔다.

"결국 저도 이 일에 연관되고 말았지요. 전 대사제님은 이 일이 우리의 숙명이라고 말씀하셨었지요. 그때 어린 저는 알지 못했지만 이제 나이를 먹다 보니 그게 무슨 의미를 가지고 있는지 알 것 같습니다. 루발드, 그땐 당신의 모습이 얼마나 무서웠는지 알고 있습니까?"

―글쎄.

"온몸에는 피와 진흙이 말라붙은 채였지요. 마치 금방 누군가를 죽이고 온 것처럼."

공기가 사늘하게 식어갔다. 대사제는 얼굴을 약간 굳히며 빛을 응시했다.

"처음에는 못 알아볼 뻔했지만 영혼의 본질이 바뀌어 있더군요. 그래서 예전에 당신이 예견한 것처럼 그것에 갇혀 있을 거라고 생각했습니다"

빛이 움츠러지듯 조금 작아졌다. 짧은 인사와 함께 바로 본론으로 넘어가는 대사제의 화법은 어쩌면 거칠다고도 느껴질 정도였다. 하지만 루발드는 그에 별다른 반응을 하지 않았고 대사제 자신도 그에 신경 쓰지 않고 다시 말했다.

"수십 년에 걸쳐서 그 영혼을 다시 원래의 몸으로 되돌리는 것은 힘든 일이었을 겁니다. 굳이 그런 일을 하실 필요가 있었던 겁니까?"

영혼은 침묵했다. 대사제는 눈을 감으며 작게 중얼거렸다.

"라시엘이 움직이고 있습니다."

빛이 심하게 꿈틀거렸다. 대사제는 예상했다는 듯 고개를 끄덕이며 계속 말을 이어갔다.

"그녀도 이제 교활하게 움직이는 방법을 배운 것 같습니다. 이곳에서 일어났던 카오스 크리스탈의 도난도 그녀의 일이었죠. 그 외에도 인간 세상에서 많은 일이 일어나고 있는 것 같습니다. 겉으로는 불거지지 않는 것 같기는 하지만 말입니다."

—네스트에서도 큰 전쟁이 있었는데… 그것 역시 라시엘의 음모였을까?

"아마도 그렇겠지요. 전쟁은 죽은 영혼을 자연스럽게 만들어내니까요. 그녀는 당신과는 달리 어떤 힘이든 모으고 있습니다. 그게 마기든 영혼이든 모을 수 있는 건 뭐든지 모으고 있죠. 덕분에 그녀는 빠른 속도로 강해지고 있습니다. 당신이 수십 년 전에 죽지 않았다면 그녀는 이미 이 세상에 없을지도 모르지만……."

─나를 비난할 셈인가, 대사제?

빛이 크게 울렁거리며 말허리를 끊어냈다. 하지만 대사제는 조용히 고개를 내저었다.

"비난하려고 하는 게 아닙니다. 당신이 지금이라도 그 일을 할 수만 있다면 상관없습니다. 아니, 누구든지 상관없습니다. 라시엘을 완벽한 죽음으로 몰아갈 수 있다면 당신의 아들이라도 상관없겠지요. 하지만 그는 자신의 과거를 전혀 모르고 있더군요. 자신의 힘도, 그리고 당신에게서 생명과 같이 물려받은 책무도."

─아직 알려주지 않았을 뿐이야.

"언제쯤에나 알려줄 생각입니까?"

빛은 다시 침묵했다. 대사제는 한숨을 내쉬며 다시 말했다.

"어차피 라시엘이 각성하면 당신의 아들은 반드시 죽습니다. 당신의 아들뿐 아니라 우리 모두가 죽게 되겠죠. 그녀의 힘을 직접 겪어보지는 않았지만 전 대사제님으로부터 기억은 받았으니까 알고 있습니다."

하지만 여전히 빛은 침묵을 지켰다.

"설마 두려운 겁니까? 그가 자신을 죽일 뻔했던 당신을 증오할까 봐 두렵습니까?"

─너는 아이를 낳아봤나?

질문에 대한 갑작스러운 질문에 대사제는 잠시 당황해하다가 다시 평정을 되찾고 고개를 내저었다.

"아이를 낳아보지는 않았지만 이곳의 모든 수인족들이 제 아이들과 같습니다. 저는 모든 이의 어머니인 헤르세니안의 대사제, 그리고 그녀의 대행자이니까요."

─네가 어머니라면 알 수 있을 거라고 생각한다. 나는 그 아이가 나를 증오하는 걸 두려워하지 않아. 나는 분명히 그 아이에게 증오받을 짓을 했으니까. 다만…….

목소리는 망설이듯 끊어졌다. 대사제는 가만히 그 목소리가 나머지의 말을 다 하기를 기다렸다.

─그 아이가 버틸 수 있을까? 진실을 접하고 나서도 루니안으로 남을 수 있을까? 그 아이는 인간이야. 너희 수인족들이 말하는 약한 인간이지. 자신의 영혼을 되찾고 감정을 찾아가는 것만으로도 조금씩 바뀌고 있는 아이에게 그렇게나 무거운 과거와 책무를 알려준다면…….

암흑보다 무거운 침묵이 가라앉았다. 빛은 굳어버린 것처럼 더 이상 움직이지 않았고 아무 말도 하지 않았다. 대사제는 가만히 자리에 앉아 바닥을 손가락으로 두드렸다. 인간이 아닌 수인족이라고 할지라도 그 충격을 쉽게 견뎌내지는 못할 것이다. 물리적이 아닌 정신적인 충격은 한번 받으면 쉽게 회복되는 것이 아니었고, 정신은 육체만큼이나 간단히 단련시키기도 어려웠다.

"하지만 시간이 없습니다. 당신이 원하는 대로 이미 그는 살아났습니다. 그리고 우리는 미뤄놓았던 일을 그에게 맡겨야 합니다. 그리고 만약 그가 책무를 거부한다면 우리는 그를 우리의 마음대로 할 권리가 있습니다. 당신도 전 대사제님의 그런 조건에 동의했었을 겁니다."

빛은 사라졌다. 대사제는 거의 빛을 잃어버려 아주 작은 빛을 발하고 있는 금속 막대를 집어 들었다. 그리고 그 막대를 비틀려고 하다가 손에 힘을 뺐다. 어차피 두 개가 한 짝인 물건이었고 그중 어느 것도 자신의 것이 아니었다. 아버지의 책무를 물려받은 그에게 다시 돌려주는 것이 당연한 일이었다. 잠시 동안 금속 막대를 내려다보던 대사제는 작은 목소리로 속삭였다.

"그를 믿어보세요. 그게 당신이 할 수 있는 유일한 일일 테니까."

금속 막대에 어려 있던 빛이 완전히 사라졌다.

"어디 아픈 데라도 있는 거냐? 혹시 그 인간 놈들이 이상한 짓이라도?"

티아스는 가볍게 고개를 내저었다. 알은 힘이 쭉 빠져 버려 힘없이 마른풀을 채워넣은 침대 위에 앉아 있는 티아스의 모습을 한참 동안 바라보다가 눈이 마주치자 움찔거렸다. 그리고 그 다음 티아스의 입에서 나온 말에 약간 당황해하고 말았다.

"나가줘요, 알."

알은 고개를 끄덕이고 나서 바깥으로 나갔다. 티아스는 알이 나가고 문이 닫히자 주위를 둘러보았다. 너무나도 익숙한 모습들이었다. 하지만 동시에 익숙하지 않았다. 너무나도 순수했던 티아스는 이미 인간 세상의 규칙과 모습에 짙게 물들어 있었다.

'레전트는? 룬은?'

티아스는 거의 짐짝과 같이 동료들의 어깨에 얹혀져 있던 둘의 모습을 기억해 냈다. 그리고 그와 동시에 엄청난 피곤함이 몰려오는 것을 느꼈다. 쉬지 않고 약 한 시간가량을 뛰었던 피로가 지금에야 느껴졌다. 티아스는 침대 위로 쓰러지며 또다시 눈물을 흘렸다. 그만큼이나 많은 눈물을 흘렸지만 눈물샘은 마르지 않는 것처럼 계속 눈물을 만들어냈다. 티아스는 그렇게 멍하게 누워서 둘의 안위를 걱정하다가 문득 다시 자신의 이성이 서로 싸우는 것을 경험해야 했다. 이번에도 역시 자신이 둘의 일에 상관해야 할 이유가 없다는 것과 그와는 상반된 그들을 걱정해야 한다는 이성의 싸움이었다.

한참 동안이나 마른풀이 깔려진 흙바닥을 굴러다니던 티아스는 자리에서 벌떡 일어섰다. 문득 어떤 사실이 생각났다. 이곳은 숲이었고 누구보다도 현명한 여신의 대행자인 대사제가 있는 곳이었다. 대사제는 숲에서 누구보다 더 높은 지식을 가지고 있었고 그 지식을 바탕으로 누구보다도 올바른 판단을 해냈다. 수인족들은 흔히 무슨 일이 생기면 대사제에게 알리고 그에 대한 해결책을 듣고자 했다.

대사제는 이곳에서 인간 세상의 왕이며 법관이었다. 티아스는 그런 대사제라면 자신이 품고 있는 모순적인 이성의 싸움에 대한 해결책을 내줄 수 있을 것이라는 생각을 해냈다.

티아스는 곧바로 문을 열고 바깥으로 뛰쳐나갔다. 수인족의 신전은 언제나 모든 이에게 개방되어 있었기 때문에 언제라도 찾아갈 수 있는 곳이었다. 온 정신이 신전을 향해서 쏠고 있는 티아스는 문 앞에 앉아 있던 알이 놀란 표정으로 자신의 뒤를 바라보는 것을 눈치 채지 못했다.

“그럼 불을 사용하기는 하는 건가요?”

“예, 인간들은 성냥이라는 걸 이용하는 모양이지만 저희는 부싯돌을 쓰거나 나무를 문질러서 불을 만들죠.”

“그렇군요! 그럼 이런 동굴은…….”

레전트는 보는 사람이 부담스러울 정도로 눈을 번쩍이며 노마인에게 계속 질문을 던졌다. 노마인은 곤란한 듯 식은땀을 흘리면서도 레전트가 묻는 것에 대해서 전부 대답해 주었다. 수인족의 생활 방식이나 식문화 등 레전트가 알고 싶어하는 것은 너무나도 많았다.

룬과 레전트는 처음에 갇혀 있었던 그 동굴에 앉아 있었다. 바깥에서 찾아올 손님이 없는 수인족으로서는 손님을 머물게 할 수 있는 여분의 집이 없었다. 물론 사냥을 나가거나 해서 몇 개의 비어 있는 집이 있다고는 하지만 그건 어디까지나 개인 소유의 것이었고, 무엇보다 누군가를 '수용'하기 위해서는 그다지 좋지 않은 시설이었다. 그것도 그 수용해야 할 것에 마법사가 있다면 더 더욱 그랬다. 마법으로 천장을 뚫고 사라지기라도 하면 손을 쓸 수가 없는 수인족으로서는 위험 인물을 가두어두는 건 일반 집보다는 동굴이 더 안전했다. 레전트도 그 사실을 알고 있었기 때문에 동굴에 자신들을 가둬두고 있는 수인족의 태도에 별다른 이의를 제기하지 않았다.

그렇게 계속 질문을 하던 레전트는 문득 뭔가가 생각난 듯 진지한 표정으로 노마인을 바라보았다. 그 표정이 방금 전과는 다르게 너무나도 진지했기 때문에 노마인은 당황해 버리고 말았다. 하지만 레전트는 자신이 방금 전과 전혀 다른 사람이라는 것을 주장하기라도 하는 듯 표정을 풀지 않은 채 질문했다.

"그런데 수인족은 인간들에게 알려지지 않는 게 기본적인 종족 아닙니까? 이렇게 말해 주셔도 되는 건가요?"

"어차피 여기를 떠날 때 그런 기억은 전부 지우게 될 테니까요. 지금은 알아두신다고 해도 상관은 없습니다."

레전트는 수인족이 기억을 조작하는 게 가능하다는 것을 떠올렸다. 순간 뭔가가 자신의 기억을 조작한다고 생각하자 레전트는 등골이 오싹해지는 느낌을 받으며 진저리를 쳤다. 그런 모습을 본 노마인은 레전트가 뭔가 오해를 한다고 생각했는지 급히 말했다.

"보통 때는 저희의 모습을 본 기억을 부분적으로 지우는 데 쓰는 거지만, 이런 경우에는 그런 지식에 관한 것만 지우게 될 겁니다. 그러니까 레젠트 씨가 저에게 질문을 했다는 것과 기억을 지웠다는 건 기억하시게 될 겁니다. 다만 제가 지금까지 말했던 것만 잊어버리시게 되는 거지요."

"…뭔가 '어차피 죽을 녀석이니 뭐든지 물어봐라' 라는 듯하군요, 그건."

"아니, 그런 건……."

레젠트는 좀 실망한 표정으로 벽에 기댔다. 그리고 정신을 차린 이후부터 검을 뽑아 들고 검날을 주시하고 있는 룬을 힐끔 바라보았다. 룬은 동굴에 옮겨져 와서 정신을 차린 이후로 아무런 말도 하지 않았고 아무런 행동도 하지 않았다. 그저 바닥에 길게 늘어뜨린 마력검의 검신을 지그시 응시하며 가끔 가다가 눈을 깜빡이는 게 룬이 한 행동의 전부였다. 벽에 기대서 혼자서 뭔가를 중얼거리던 레젠트는 노마인의 눈길이 룬을 향하고 있는 것을 보고 손을 흔들며 안심하라는 듯 말했다.

"초조한 거 억누르려고 그런 거예요. 그냥 내버려두면 별다른 일은 일으키지 않을 테니까 걱정 마세요."

"하지만……."

노마인은 이따금씩 빛이 흘러나왔다가 사라졌다를 반복하는 마력검으로 눈을 옮겼다. 응축된 마력의 움직임은 노마인을 불편하게 하기에는 충분했다. 레젠트도 티아스를 통해서 수인족이 마력에 민감하다는 것을 알고 있기는 했지만 룬을 막을 수는 없었다.

아직 룬은 마력검을 다루지 못했기 때문에 마력검에 마력을 불어넣어 검날을 형성시키는 것을 연습하는 것은 상당한 집중력이 필요한 일이었다. 룬도 룬 나름대로 자신을 억누르기 위해서 저것을 연습하고 있다는 소리였다. 레전트는 룬을 변호하기로 하고 어깨를 으쓱거리며 노마인을 설득했다.

"저 녀석도 나름대로 힘든 사정이 있으니까 좀 참아주시죠."

"힘든 사정? 뭡니까, 그게?"

"아, 저는 수인족하고는 달리 기억 조작 능력이 없는걸요. 죄송하지만 개인 사정에 관한 이야기니까 말하기는 좀 그렇네요."

그렇게 작은 복수를 마친 레전트는 의기양양한 표정을 지었고 노마인은 어쩔 수 없다는 듯 양손을 머리 위로 들어 보였다. 그때 멀리서 동굴 입구를 막고 있는 덩굴이 젖혀지더니 거대한 남자가 모습을 드러냈다. 노마인은 빛을 등지고 있어서 얼굴이 잘 보이지 않는 그 남자를 보고 약간 놀란 표정을 지었다.

"알, 티아스를 보호하라고 하지 않았던가요? 여기는 왜 오신 겁니까?"

"네 말대로 어떤 생각을 가지고 있는지 몰라서 집 앞에서 지키고 있었다. 그런데 조금 전에 집에서 나와 대사제님을 찾아갔다. 도대체 무슨 생각인 거지, 그 아이는?"

"대사제님을?"

"어쨌든 너에게 말해 두려고 온 거다."

레전트는 마치 야수와 같은 눈빛으로 자신을 노려보는 알의 눈길을 피했다. 그렇게 룬과 레전트는 노려보던 알은 분통을 터뜨리듯 말했다.

"도대체 너희들은 그 아이에게 어떤 일을 보게 한 거냐? 그 아이와 헤어진 지 수개월이 지났다. 원래대로라면 아무리 너희 인간들의 길이

길다고 해도 이렇게나 오랜 시간이 걸렸을 리가 없어. 대답해 봐.”

잠시 망설이던 레전트는 룬을 힐끔 바라보았다. 룬은 여전히 검신을 바라보고 있었고 레전트는 한숨을 푹 내쉬며 속으로 가만히 중얼거렸다.

‘꼭 이럴 때만 내가 다 뒤집어써야 되는 거야?’

레전트는 별수없다는 듯 말을 꺼내기 시작했다. 이벨과 시드리칸의 만남과 싸움. 인간 세상에서 벌어졌던 전쟁, 그리고 티아스가 그 속에서 어떤 역할을 했고 어떤 일을 당했는지에 관한 이야기였다. 어차피 이쪽이 잘못한 것은 없었고 이벨과 시드리칸은 이미 이 세상 사람이 아니었다. 어떤 형태로든 수인족들이 인간 세상에 관여될 일은 없었다. 그렇게 판단한 레전트는 조금의 숨김도 없이 셋이 겪었던 지난 수 개월의 이야기를 말해 나갔다.

기록된 책을 읽는 듯한 레전트의 태도에 노마인은 놀람을 표시했다. 어떠한 의견도 없었고 어떠한 잘잘못을 가리자는 감정적인 이야기도 없었다. 감정이나 감성은 전부 배제되어 순전한 관찰자의 시점에서 계속되어 가는 그 이야기는 둘을 집중시켰고 그 이야기는 오랫동안 쉼없이 계속되었다.

레전트의 이야기는 전쟁이 끝나는 상황까지 계속되었다. 레전트는 이야기를 끝내고 나서 길게 한숨을 쉬었다. 레전트가 말하는 것을 좋아한다고 하지만 지난 수개월 동안에 일어났던 일을 설명하자니 힘든 건 별수없는 일이었다. 레전트는 문득 고개를 들었다가 둘의 표정이 상당히 단단히 굳어 있는 것을 보고 의아함을 느꼈다. 하지만 곧 그 의아함은 풀렸다. 이야기 속에서 등장한 수인족은 노마인과 알, 티아스를 제외하고 한 명이 더 있었다.

"분명히… 그가 자신의 과거를 버렸다고 말했던 겁니까? 그리고 자신이 수인족이라고?"

"예. 혹시 누군지 아십니까?"

레젼트도 궁금했던 일이었다. 티아스가 그렇게 망가질 정도로 티아스의 움직임에 큰 움직임을 주었던 자였다. 룬과 레젼트가 예상할 수 있는 건 단지 그가 수인족이고 티아스와 밀접한 관련이 있을지도 모른다는 것뿐이었다.

하지만 다음 순간에 레젼트는 자신도 얼굴을 구기고 말았다. 둘은 수인족의 언어로 대화를 나누기 시작했고 결과적으로 레젼트는 둘의 말을 전혀 알아들을 수 없었다.

"에딜인가?"

"그럴 가능성이 높겠군요. 확실히 티아스도 어딘가 이상한 것 같기도 하고……."

"역시 그때 티아스를 보내면 안 됐던 거야."

노마인은 자신에게 책임을 묻는 알을 향해 미소 짓지 못했다. 자신이 결정한 일 때문에 티아스는 에딜을 만났다. 사실 노마인은 티아스가 에딜을 만나서 적당히 현실을 알아차리고 숲으로 돌아오기를 원했었다. 하지만 에딜은 노마인의 예상보다 훨씬 타락한 상태였던 것이다. 그리고 그 사실은 티아스를 한층 강하게 만들기는 했지만 어딘가 이상하게 만들고 말았다.

"제 잘못입니다. 하지만 이미 지나간 일이니 별수가 없지요. 문제는 티아스를 어떻게 원래대로 되돌리냐는 겁니다. 이 인간의 말대로라면 티아스가 정신 분열이라도 일으키지 않을지 의문이군요."

"그건 누가 되돌린다고 해서 되돌려지는 게 아니잖아. 티아스가 대사제를 찾아간 것도 자신이 어딘가 문제가 있다는 것을 알고 있기 때문이겠지. 난 머리가 나쁘긴 하지만 적어도 우리가 이 상황에서 뭔가 해줄 수 있는 게 없는 것 정도는 알 수 있을 것 같은데."

노마인은 침묵했다. 알 역시 입을 다물고 팔짱을 낀 채 눈을 감았다. 순식간에 다른 세계로 팅겨났던 레전트는 이 둘이 시드리칸과 티아스의 관계에 대해서 어느 정도 알고 있는 것 같다는 결론을 내리고 조심스럽게 질문했다.

"저… 죄송합니다만 저도 무슨 일인지 알 수 있을까요?"

노마인은 가볍게 고개를 내저음으로써 레전트를 당황하게 만들었다. 그리고 나서 이 둘이 절대로 그에 관한 이야기를 할 생각이 없다는 사실을 확실히 인지하게 되었다. 레전트는 왠지 수인족이라는 종족이 정떨어진다고 생각하며 벽에 등을 기댔다.

룬은 계속 검신에 마력을 주입하는 데 온 정신을 쏟고 있었다. 한순간이라도 정신을 다른 곳에 두면 자신의 과거를 알고 있다고 했던 목소리가 떠올랐다. 그리고 그때마다 자신도 억누를 수 없는 공격성이 터져 나왔다. 하지만 룬은 지금은 서두를 때가 아니라는 것을 알고 있었다. 상대방의 호의적인데 굳이 그들을 자극해서 자신에게 악영향을 줄 일은 하고 싶지 않았다. 몇 년 동안이나 신경 쓰지 않아 왔고 자신의 과거를 알고 싶다고 생각한 건 일 년도 채 되지 않았다. 자신이 왜 사는지 그 이유를 알기 위해서 떠났던 여행은 자신의 과거를 찾는 여행으로 바뀌어가고 있었다.

룬은 마력검의 이용법에 대해서 더 더욱 집중해 나갔다. 모든 것을 잊기 위해서 거기에 집중하는 것인만큼 평소 때와는 비교도 안 될 정도의 놀라운 집중력이 발휘되었다. 평소에는 마력검에 마력조차 제대로 맺히게 하지 못했던 룬이었지만 지금은 마력검에 검날이 형성될 정도로 정신이 집중된 상태였다. 룬은 검날이 형성되는 것을 보며 더 더욱 검에 정신을 집중해 나갈 수 있었다.

"…야!"

검날이 완전히 날의 모습을 형성해 가는 것에 신경을 쓰던 룬은 누군가의 자신을 부르는 소리를 무시하고 말았다. 하지만 다음 순간 누군가가 자신의 앞에 앉아서 자신을 바라보고 있다는 것을 알아차리자 한순간 정신 집중을 잃고 말았다. 검신에 피어오르던 마력이 멈춰 버리며 검날이 사라지자 룬은 조금 짜증스러운 표정으로 고개를 들었다.

"대사제님이 오시래요."

평소와 다름없는 티아스의 모습과 왠지 모르게 놀란 듯한 표정으로 티아스를 바라보고 있는 두 명의 수인족, 그리고 어쩔 수 없다는 듯한 표정으로 동굴 천장을 바라보고 있는 레전트의 모습이 보였다.

"이제 흥분은 좀 가라앉았나요?"

룬은 어둠 속 저편에 있는 대신관을 향해서 고개를 끄덕거렸다. 처음에 대사제가 룬과 레전트에게 모든 장비를, 무기조차도 넘겨주라고 했다는 소리를 들은 노마인과 알은 동굴의 천장에 머리가 닿을 만큼 펄쩍 뛰어올랐다. 둘은 순간적으로 그 말을 가지고 온 티아스가 어딘가 잘못되어 제대로 말을 듣지 못한 게 아닌가 의심했지만 티아스는 고개를 내저으며 자신이 제정신이라는 것을 증명했다(티아스, 지금 내가 뭐라고 했죠? 티아스, 지금 내가 뭐라고 했죠? 라고 말했어요).

룬은 푸른 늑대가 어둠 속에서 천천히 걸어와 자신을 올려다보자 가늘게 눈을 떴다. 둘이 그렇게 눈싸움을 하고 있자 대사제는 가벼운 웃음소리를 내며 룬에게 손을 내밀게 했고, 펜릴은 룬의 손 위에 금속 막대를 올려놓았다. 룬은 그 금속 막대가 원래 자신이 가지고 있던 것보다 묵직하다는 것을 알아차리고 자세히 그것을 들여다보았다. 아무리 보아도 크기와 무게가 달라져 있었다.

"합쳐서 돌려드리겠습니다. 수십 년 전에 그대의 아버지가 전 대사제님께 맡겨놓은 것입니다."

룬은 이빨을 악물며 자신을 자제하기 위해 노력했다. 조용히 그것을 품속에 넣은 룬은 조용히 그 다음 말을 기다렸다.

"당신의 아버지는 당신이 과거를 찾지 않기를 바라는 것 같더군요."

레전트와 티아스는 룬이 빌어먹을 아버지라고 이를 가는 것을 듣고 각자 다른 반응을 보였다. 티아스는 깜짝 놀라며 뒤로 물러섰고 레전트는 고개를 끄덕이며 한숨을 쉬었다. 문득 그 말 중에서 뭔가를 깨달은 레전트는 지금 이 대화에 자신이 끼어들어도 될까 생각하며 어둠 저편을 힐끔힐끔 바라보았다.

"뭔가 말하고 싶은 것이 있으십니까?"

"아, 예. 말해도 되는 겁니까?"

"물론이지요."

잠시 머리를 긁적이던 레전트는 방금 대사제가 했던 말 중 중요한 것을 하나를 집어냈다.

"아까 전만 해도 룬에게 과거를 말해 주신다고 하셨습니다만 지금은 그 아버지가 말해 주지 않기를 바란다고 하시는군요. 설마 그 잠깐 사이에 룬의 아버지를 만나신 겁니까? 그럼 혹시 이곳에 있는 건가요?"

"자세한 것은 말해 드릴 수가 없군요."

"그럼 뭘 말해 주실 수 있습니까?"

짧지만 정곡을 찔러 들어오는 질문에 레전트는 팔짱을 낀 채로 끄응거리는 소리를 냈다. 사정을 알지 못하는 티아스는 그저 갑작스럽게 태도가 공격적으로 변해 버린 룬을 힐끔거릴 뿐이었다.

"과거를 알게 된다면 당신의 아버지가 맡고 있던 책무를 물려받아야 할 겁니다. 그건 힘들고 무거운 것일 수도 있지요. 그걸 감당할 수 있겠습니까? 그걸 대답할 수 있다면 그대의 과거를 알려드리겠습니다."

룬은 침묵했다. 레전트는 그 침묵이 생각보다 오래간다고 생각했지만 입을 열지는 않았다. 그저 가만히 서서 룬이 말하기를 기다릴 뿐이었다. 레전트도 이런 곳에서 끼어드는 건 룬을 과소평가하는 것이나 다름없다고 생각했다. 레전트는 룬을 믿었다.

"시드리칸이라는 자와 싸운 적이 있습니다."

침묵 속으로 룬의 말이 가만히 스며들었다. 룬이 입 바깥으로 낸 그 이름에 티아스는 흠칫 놀라며 룬을 바라보았다. 하지만 룬의 얼굴에는 어떠한 적의도, 공포도 존재하지 않았다.

"그는 저에게 이렇게 말했었습니다."

룬은 뭔가를 결심한 듯 흥분되지 않은 또렷한 목소리로 자신의 의지를 말해 나가기 시작했다. 몇 시간 동안 정신을 집중했던 것은 룬이 자신의 의지를 다시 돌아보게 하는 역할을 했고, 그 의지가 무엇인지 확실히 알게 했다.

인간이 뭔가를 알아가고 깨달아가는 도중에 어떤 일이 계기가 되어 한 단계 높은 곳으로 올라가는 것은 그다지 흔한 일은 아니었다. 평범한 자들은 그 계기를 쉽사리 놓쳐 버리고 알아차리지 못하기 때문에 그렇게 성장하는 사람은 드물다. 하지만 룬은 그 계기를 놓치지 않았고, 그 결과 불과 몇 시간 정도의 짧은 시간이었지만 조금 더 성장해 있었다.

"그곳에서 지냈던 나의 과거는 고통과 비탄에 젖어 있었다. 네가 그 것을 알 수 있나? 내가 얼마나 멸시받아야 했는지 너는 알 수 있나? 라고."

룬의 시선은 대사제를 향해서 고정되어 있었다. 정확히 말하자면 룬은 대사제를 바라보지 못했다. 인간이라면 눈앞도 보지 못할 어둠이 자욱하게 깔려 있는 상황에서 저 멀리에 앉아 있는 대사제를 보는 것은 무리였다. 수인족인 티아스의 눈에조차 대사제의 모습은 암흑에 가려 희미하게 보이고 있었다.

"그가 이곳에서 어떤 일을 당했는지 저는 알 수가 없습니다. 다만 그 과거를 기억하고 싶지 않아 하고 남에게도 과거란 쓸데없는 것이라는 가치관을 주입시키려고 할 정도로 지독한 일을 당했다는 것밖에는 알 수 없습니다."

룬은 잠깐 말을 끊었다가 말했다.

"그가 혼혈이기 때문이었습니까?"

"대답할 의무는 없습니다."

"그래서 수인족의 숲에서 쫓겨났던 겁니까?"

룬은 뭔가가 자신의 옷깃을 잡는 것을 느꼈다. 악력이 약했기 때문에 룬은 어렵지 않게 그게 레전트라는 것을 알아차렸다. 아마도 이 이상 상대방을 자극하지 말라는 소리인 것 같았지만 룬은 그런 레전트의 기대와는 달리 레전트의 손을 뿌리치며 이야기를 계속했다.

"그는 예전의 고통스러운 과거를 젖혀 버리고 시드리칸으로서 자신의 과거를 만들어갔습니다. 그리고 결국 자신을 고통스럽게 만들었던, 거짓이라고 생각했던 과거를 떨쳐버리는 데 성공했습니다."

레전트는 룬의 뒤에 조심스럽게 숨었다. 아까도 느꼈었던, 금방이라도 뭔가 앞에서 튀어나올 것 같은 살기가 레전트를 엄습해 왔다. 그 살기는 같은 방향에 있던 티아스마저 움츠리게 만들었다. 하지만 룬만은 그 살기를 꿋꿋이 버텨내며 말을 이어갔다.

"말해 두지만 전 그를 동정하지 않습니다. 그는 당신들이 내친 정도로 자기 자신을 완전히 잃어버릴 정도로 약한 자가 아니었으니까."

룬은 앞으로 한 걸음 걸어나갔다. 레전트는 당황하여 룬의 옷깃을 놓치고 말았다. 룬은 그 살기를 밀어내며 천천히, 아주 천천히 한 걸음씩 앞으로 전진해 나가기 시작했다. 암흑이 앞길을 가득 채우고 있었다. 바닥에 뭐가 있고 앞에 뭐가 있는지, 다리에 뭐가 걸릴지 알 수는 없었지만 룬은 그 어둠 속을 계속 걸었다. 그렇게 룬은 티아스조차 볼 수 없는 암흑 속을 천천히, 하지만 확실하게 걸어나가고 있었다.

"그는 자신의 과거에 짓눌려서 자기 자신을 포기하지 않았습니다. 시드리칸은 그런 자였습니다. 그리고 저는 결코 그보다 약하지 않습니다. 제 과거가 뭐든 루니안 이스벨틴의 과거가 뭐든 저는 그에 짓눌려 망가질 정도로 약하지 않습니다."

룬의 걸음이 멈췄다. 티아스는 가물가물하게 보이는 룬과 대사제의 거리가 겨우 몇 미터에 불과하다는 것에 안도의 한숨을 쉬었다. 어둠 속에서 시력을 상실당한 레전트는 주위의 마력을 조금씩 순환시켜 상황을 파악하기 위해 노력하고 있었다.

"저는 룬 크리셔드입니다."

침묵이 레전트를 긴장하게 만들었다. 마력의 움직임을 활성화시킨다고 해도 저 앞에 있는 룬의 상황을 알 수 있을 정도가 되려면 시간이 상당히 많이 필요했다. 하지만 침묵은 곧 작은 웃음소리와 함께 깨졌다. 맑고 천진난만한 웃음소리가 대사제가 있는 곳에서 흘러나오고 있었다.

잠시 후 그 웃음소리가 그치고 나자 아직도 웃음이 배어 있는 대사제의 목소리가 들려왔다.

"역시 걱정할 필요는 없었군요. 그의 아들답습니다."

룬은 침묵으로 대답했다.

"좋습니다. 제가 알고 있는 것을 알려드리죠."

안도의 한숨이 레전트의 폐 속에서부터 길게 흘러나왔다. 그리고 짧기는 했지만 티아스도 작게 숨을 내쉬었다. 대사제는 그런 둘의 반응에 작게 웃었다.

"예전의 당신과 당신의 아버지가 살고 있는 집을 알고 있습니다. 이곳에서 꽤 멀리 떨어져 있는 곳이지만 15일 정도 가면 찾을 수 있을 겁니다. 더 자세히 말해 주고 싶지만 그대의 아버지는 자신이 직접 그것을 말하기를 원하니까 아버지에게 직접 듣는 게 좋을 겁니다."

"그곳이 어딥니까?"

"그대가 알지도 모르는 곳입니다."

룬은 잠시 고민에 빠졌다. 하지만 대사제는 룬을 굳이 고민시키고 싶은 생각은 없는지 곧바로 이어 말했다.

"이그노어의 대평원. 그곳 어딘가입니다. 자세한 장소는 모르지만 인간의 지도에서 한가운데. 인간의 발이 닿지 않는 곳이라고 하더군요. 그대의 동료가 도와준다면 쉽게 찾을 수 있을 거라 생각합니다."

룬은 순간 뭔가 철렁하는 것을 느꼈다. 자신의 가장 오래된 기억이 있는 곳, 처음으로 눈을 떴고 처음으로 리테일의 손에 발견되어 인간의 온기를 느낀 곳이었다. 대사제는 룬이 짧은 신음 소리를 내뱉는 것을 내버려두고 티아스를 불렀다.

"티아스, 여행을 떠나기 전 문신을 받고 가세요."

"여행?"

대답은 티아스가 아닌 레전트에게서 들려왔다. 대사제는 약간 이상한 말투로 소리를 내지른 레전트를 바라보았고 레전트는 자신의 실수를 눈치 챘는지 왼손을 들어 입가를 쓰다듬었다.

"그대의 동료의 과거에 관한 단서를 가르쳐 준 것에 대한 대가 정도라고 생각해 주세요."

"예? 설마……."

대사제는 이번에는 다른 곳에서 들려오는 신음 소리를 흘리며 자신의 앞에 서 있는 룬에게 눈을 돌렸다.

"티아스를 데리고 가주셨으면 합니다. 그녀가 만족할 때까지."

둘은 아무 말도 하지 못했다.

"이게 도대체 무슨 일이냐!"

티아스는 통나무를 쌓아 올려 만든 집이 크게 울릴 정도로 소리치는 알을 바라보며 귀를 막았다. 노마인은 고개를 흔들며 단언하듯 말했다.

"이건 안 됩니다, 티아스. 더 이상 티아스가 인간 세계로 나가는 건 위험해요. 대사제님은 제가 설득해 보겠습니다. 그러니까 좀 더 기다리세요."

하지만 티아스는 고개를 내저으며 노마인의 생각을 부정했다.

"제가 원한 거예요."

"뭐라고요?!"

평소에 흥분하지 않는 것으로 유명하던 노마인이 순식간에 티아스의 눈앞으로 다가왔다. 자신의 왼팔과 왼다리에 새로 수놓아진 문신을 바라보며 피부를 쓰다듬던 티아스는 약간 움찔거리며 조금 몸을 뒤로 물렸다.

"그런 말도 안 되는! 도대체 그 인간 세계에 뭐 볼 게 있다는 겁니까? 레전트 씨에게 말을 들어보니 티아스도 심한 일을 많이 당했더군요. 영혼도 뺏기고 죽을 뻔하기도 했지 않습니까? 도대체 그 인간 세계에 뭐 더 볼 것이 있어서 나가려는 겁니까?"

알이 움찔거리며 물러날 정도로 노마인의 말투는 거칠고 강했다. 알은 평소에 인간 세계에 꽤나 호의적인 태도를 취하고 있던 노마인이 지금 자신의 눈앞에 있는 노마인과 다른 인물인지 잠시 고민했다. 그렇게 한순간 많은 말을 뱉어낸 노마인은 숨을 씩씩 내쉬며 자신을 똑바로 바라보는 티아스에게서 물러났다.

"뭔가 변명할 게 있으면 해보세요, 티아스."

"없어요."

알과 노마인은 턱이 빠져 버린 듯 입을 쩍 벌리고 아무런 소리도 하지 못했다.

"미안해요, 노마인, 알. 하지만 이렇게 하지 않으면 안 될 것 같아요."

노마인은 결연한 의지가 떠오른 티아스의 얼굴을 바라보며 자신의 무력감에 치를 떨었다. 무슨 소리를 해도 듣지 않을 얼굴을 하고 있는 티아스를 막을 수는 없었다. 대사제에게 이것이 어떻게 된 일인지 알아보겠다며 바깥으로 뛰쳐나갔던 알은 잠시 후 축 처진 모습으로 돌아와 고개를 흔들어 대사제가 분명히 그런 명령을 내렸고, 티아스도 그것에 동의했다는 사실을 비통하게 말했다.

　티아스는 새롭게 덧씌워진 은색 문신을 쓰다듬으며 어제 자신이 찾아가 고민을 털어놓자 빙긋 웃던 대사제의 얼굴을 기억해 냈다.

　"어린 나이에 너무 많은 세계를 봐서 그런 겁니다. 하지만 티아스, 지금 이대로라면 티아스가 이곳에 남아도 계속 의문은 남게 됩니다. 차라리 좀 더 넓은 곳을 돌아다니다 오세요. 그리고 자신이 누구인지, 자신이 무엇인지 찾도록 노력해 보세요."

　그때까지만 해도 티아스는 바깥 세상에 나가기를 두려워했다. 대사제는 그런 티아스의 모습을 보고 룬과 레전트를 불러오라고 시켰다. 그리고 룬이라는 인간이 자신이란 존재에 대해서 어떻게 생각하고 있는지 티아스에게 보여주었다. 티아스는 어제 대사제의 앞에서 룬이 자신의 말을 하던 장면을 떠올렸다. 그리고 조금 시간이 흘러 자신에게 문신을 새로 해주던 대사제가 하던 말을 기억했다.

　"그가, 룬이 룬이듯이 티아스는 티아스입니다. 바깥에 나가도 이것을 기억해 두고 행동하세요. 그리고 자신이 옳다고 생각되는 쪽으로 움직이도록 하세요. 지금까지 배웠던 여신의 종자의, 그리고 인간의 지식은 한쪽에 놔두고 새로운 지식을 쌓으세요. 그럼 후에 그 지식은 그 두 가지로 나뉘어진 지식을 합할 수 있는 역할을 하게 될 겁니다."

　그때 누군가 문을 두드렸다. 티아스가 대답하자 문이 빼꼼이 열렸고 알은 그 열린 문틈으로 보이는 얼굴을 죽일 듯 노려보았다. 하지만 그 정도의 눈길은 무시할 만큼의 강심장인 룬은 알의 시선을 철저히 무시하고 티아스를 바라보았다. 티아스는 룬의 눈길이 무엇을 의미하는 것인지 알고 있었기 때문에 자리에서 일어나 둘을 향해 작게 고개를 숙여 보였다.

"다녀올게요, 노마인, 알."

둘은 후드가 달린 망토를 두르고 바깥으로 뛰어나가는 티아스에게 아무런 말도 행동도 취하지 못했다.

〈5권으로 이어집니다〉